행복한 고독사

장편소설

윤희일

한 동네에서 발생한 연쇄 고독사의 비밀

‘행복한 고독사’를 계획하고 실행한

사람들의 이야기

　홀로 숨짐을 행복하게 마무리하겠다는 지독한 역설을 향해가는 사람과 조력자. 그리고 집요한 수사로 서서히 파헤쳐지는 진실들. 오랫동안 죽음에 대한 보고서를 서사구조로 펼쳐온 기자 출신 윤희일 작가가 삶과 죽음에 대해 '2026년식 현실 인식과 화법'으로 질문을 던진다. 모차르트의 '레퀴엠'이 들리듯 이야기 속 장면이 눈앞에서 펼쳐진다. 사건을 둘러싼 인간성과 사회구조를 해석하는 방송을 오래 해오면서 죽음은 항상 하나의 결론으로 마주해 왔다. 그러나 이 작품은 그 익숙한 방향을 거슬러, 죽음에 이르는 선택의 과정에 시선을 머물게 한다. '행복한 죽음'이라는 지독한 역설. 죽음의 방식에 대한 소망을 이루어준 조력자의 선의는 윤리의 경계를 조용히 뒤흔든다. 수사관의 집요한 추적은 행복한 홀로 죽음을 조용히 준비하는 모습을 독자에게 현실처럼 보여준다. 이 소설은 그 결론을 서두르지 않은 채 질문으로 남긴다. 이 소설은 동시대를 살고 있는 우리에게, 삶과 죽음에 대해 깊이 있게 생각하고 마주할 기회를 제공한다.

– 김현정/SBS 〈꼬리에 꼬리를 무는 그날 이야기〉 프로듀서.

사건을 통해 인간의 선택과 의미를 탐구하는 방송을 제작하고 있다.

우리 인간은 죽음의 굴레 속에 갇혀 살고 있다. 모두가 한번 맞이하는 죽음을 원하는 대로 경영하지 못하고, 죽음의 노예가 되어 전전긍긍하며 일생을 지내고 있다고 볼 수 있다. 이러한 죽음을 관조하며 바라볼 수 있게 도와주는 책이 나와 매우 반갑다. 우리 모두 내 죽음의 주인이 되어 '행복사'를 준비할 수 있기를 바란다.

– 이광형/KAIST 바이오 및 뇌공학과 교수. 실패를 두려워하지 않는 '괴짜 교수'로 TV프로그램 〈유키즈 온더 블록〉에 출연한 바 있다. 현재 KAIST 총장으로 재직 중이다.

이 책은 1인 가구가 급증하고 있는 한국 사회의 고독사 문제를 정면으로 다룬 책이라는 점에서 가치가 있다. 혼자서 살다가 죽음을 맞이할 수밖에 없는 사람을 포함한 모든 인간은 행복하게 삶을 마무리하길 원한다고 생각한다. '행복한 죽음'을 이루기 위해 애를 쓰는 다양한 사람의 모습을 통해 죽음이란 무엇인가, 그리고 우리는 어떻게 죽음을 준비해야 하는가에 대해 다시 한번 생각할 수 있게 될 것이다.

일본에서는 자기 집에서 숨진 뒤 8일 이상 지나서 발견되는 경우 '고립사'라고 하는데, 그 수가 연간 2만 명을 넘는다. 1인 가구의 증가와 고령화는 한·일 공통의 과제다. 그런 사회에서 사람들은 어떻게 살아가고, 어떻게 죽어가는가? 누구나가 마주해야 할 질문을, 이 책은 소설의 형태로 던진다. '고립사 사회'에 직면한 일본 독자들에게도 꼭 권하고 싶은 책이다.

차례

예기치 못한,
그 누구도
예기치 못한

송선동의 죽은 몸은 듬성듬성 썩어있었지만, 그렇다고 완전히 썩은 건 아니었다.

사위는 고요했다.

'조용한 지옥.'

김명길 형사의 머리에 이런 생각이 스쳤다.

김명길 형사가 거실 문을 열고 들어서는 순간 뭔가가 휙 사라졌다. 생쥐처럼 생긴 작은 동물도 있었고, 바퀴벌레처럼 생긴 곤충도 보였다.

움직임을 보인 것은 이것들뿐이었다.

죽은 송선동의 몸 곳곳에서는 무엇인가에 의해 파먹힌 흔적이 보였다. 구더기가 있을 것 같았는데, 구더기는 보이지 않았다.

"집안에 쉬파리는 없었나 보네. 막 겨울을 지나서 그런가?"

김명길 형사는 손으로 코를 막은 채로 거실 구석구석을 살피며 중얼거렸다.

파리인지, 하루살이인지, 개미인지 이런저런 벌레도 죽어 있었다.

하지만, 파리 몇 마리는 살아서 공간을 날아다니며 그 아래에 펼쳐져 있는 광경을 내려다보고 있었다.

'살아있는 것이 또 있었군.'

김명길 형사가 이런 생각을 하며 거실 안에 들어섰을 때 파리 몇 마리가 앉을 자리를 찾지 못하고 공중을 계속 헤맸다.

거실 바닥은 짙은 갈색으로 변해 있었다. 갈변의 모양은 송선동이 쓰러져 죽어 있는 형태 그대로였다. 송선동의 입에서 피가 흘렀는지, 입이 있는 바닥 근처에 검은 물질이 엉겨 붙어 있었다.

생각보다 냄새가 심하지는 않았다. 겨울이 지난 지 얼마 되지 않아서 그런 것 같다고, 김명길 형사는 생각했다.

실내는 조용했다. 집안은 마치 시간이 멈춰있는 듯했다.

'풍화.'

김명길 형사의 머리에 갑자기 '풍화'라는 단어가 떠올랐다. 바

위나 돌 따위가 햇빛, 공기, 물 등의 작용을 받아 점차 부서지고 사라지는 현상.

사람이 죽고, 썩고, 살점이 사라지고, 그것을 갉아먹거나 주위를 맴돌던 벌레가 또 죽고, 냄새는 옅어지고.

사람이 죽고, 정확하게 알 수 없는 시간이 흐르고, 방 안에 있던 공기가 작용하고.

작은 방문과 창의 틈새를 통해 공기가 순환하고, 부패한 시체에서 뿜어져 나온 냄새가 조금씩 사라지고.

날아갈 것은 날아가고, 남아서 굳어질 것은 그대로 굳어지고.

'풍화'라는 말의 정확한 뜻과는 다른 모습이었지만, 김명길 형사는 자신이 풍화가 진행되는 현장에 들어서 있는 것 같다고 생각했다.

'시간이 오래돼서 그런가? 그렇다면, 얼마나 오래됐을까?'

살아있는 파리 몇 마리는 아직 풍화의 과정에서 벗어나 있었다. 송선동의 시신 위를 돌아다녔을 생쥐와 바퀴벌레는 어디론가 숨어버렸다. 이런 생명체는 지금 당장 풍화의 대상이 되는 것은 아니겠다고, 김명길 형사는 생각했다. 쥐가 드나들 수 있는 구멍을 찾아봤지만, 겉으로 드러나 있지는 않았다.

'사람이 죽으면 누구나 그 시점부터 풍화의 대상이 되겠지. 아무도 치우지 않아 그 자리에 그대로 있다면.'

김명길 형사가 풍화를 생각하고 있는 동안 살아있는 파리 몇 마리가 송선동의 시신 위에 내려앉기도 했다.

'아직은 살아있는 생명체, 이것들은 지금 당장 풍화의 과정에 들어가 있지 않지만, 미래 어느 순간에는 역시 풍화의 대상이 되겠지.'

김명길 형사의 머릿속에서 풍화라는 말이 사라지지 않았다.

'이놈들까지 완전히 죽고, 아무도 여기에 들어오지 않았다면, 완전한 풍화가 이루어졌을까? 아무것도 남아있지 않게 되었을까? 사람의 뼈, 그러니까 인골이 몇 조각 남게 될까?'

파리들이 날아다니면서 내는 왱왱 소리가 간간이 들렸지만, 방안은 적막했다.

'내가 지금까지 본 현장 중에 이보다 '낡은 곳'이 있었나?'

김명길 형사는 사실 많은 시신과 사람이 죽어 있는 현장을 봤다. 하지만, 이런 현장은 처음이었다. 사람이 죽고, 꽤 많은 시간이 흐르고, 풍화가 진행되고, 시간은 멈추고, 그래서 모든 것이 낡은 상태인 곳.

김명길 형사가 집 밖으로 나와 현관문 상태를 점검하고 있는데, 후배 강동섭 형사가 왔다.

"단순 변사 가능성이 아주 높습니다."

강동섭 형사가 김명길 형사의 귀에 대고 작은 목소리로 말했다.

김명길 형사는 별다른 대답 없이 고개를 가볍게 끄덕였다.

"집주인이에요. 송선동의 시신을 가장 먼저 발견하고 신고한 사람이고요."

강동섭 형사가 처음으로 현장을 발견한 집주인을 데려와 소개했다.

"얼마 전부터 뭔가가 썩은 냄새가 났어요. 냄새가 그렇게 독하지는 않았고요. 처음에는 '이상하다'라고 생각하면서도 그냥 지나쳤는데 냄새가 사라지지 않는 거예요. 그래서 여기저기 찾아봤는데, 도대체 냄새가 어디서 나는지 모르겠더라고요."

"결국, 이 집 문을 열어본 건가요?"

"저는 가족과 함께 4층에서 살고 있거든요. 세입자들은 1층, 2층, 3층에서 살고요. 계단을 오르내리다 보니, 2층에서 무슨 냄새가 나는 것 같았어요. 2층의 세 집을 모두 방문해 일일이 확인했는데, 이 집만 연락이 안 되는 거예요. 초인종을 눌러도 대답이 없고요. 계약서에 적혀있던 휴대전화로 연락해도 받지를 않고요. 불길한 생각이 들더라고요. 이 집 사람은 혼자 살고 있었거든요. 그래서 열쇠집 사람을 부른 거예요. 번호 키인데, 저는 번호를 모르니까요."

"아, 그랬군요."

"형사님은 집안에 들어갔다 오신 거예요? 저는 다시는 못 들

어가겠어요. 이렇게 끔찍한 곳은 처음 봐요. 사람이 식탁 옆에
쓰러진 채 비틀어져 썩어있는…."

"아…, 저희도 이런 광경은 자주 보지 못합니다. 그런데, 이 집
에 살던 사람을 마지막으로 본 게 언제였어요"

"혼자 사셨는데, 작년 가을이었던 것 같아요. 화분을 사서 집
으로 들어가는 것을 본 것이 마지막인 것 같아요."

"화분을 사 갔다고요?"

"예, 빨간색 꽃이 핀 화분이었어요. 가을에 무슨 꽃인가, 하는
생각을 했던 것 같아요. 그 뒤로는 보지 못했고요."

"월세는 밀리지 않았어요?"

"그럼요. 이 집 살던 사람은 모든 것이 확실했어요. 저를 보
면 인사도 공손하게 잘하고요. 집세는 자동이체를 했기 때문에
한 번도 밀리지 않았어요. 지난달에도 월세가 들어왔거든요."

집주인의 설명을 들은 김명길 형사는 다시 현장인 거실 안으
로 들어갔다.

창문 앞에 있는 화분의 꽃과 잎이 바짝 말라 죽어 있었다. 마
른 꽃과 잎만 봐서는 무슨 꽃인지 짐작을 할 수 없었다.

'그렇다면 이 집 주인이 화분을 사 온 이후에 죽었다는 건
가….'

송선동의 시신은 온전한 형체가 아니었다. 어디를 다쳤는지,

아니면 뭐에 걸려서 넘어진 건지, 그냥 쓰러진 건지, 누군가에 의해 살해됐는지 짐작조차 하기 어려웠다.

시신의 외관만을 봐서 사인을 짐작하는 것은 불가능했다.

국과수의 검사 결과를 받아보는 수밖에 없었다.

시신 발견 일시 : 2025년 4월 2일

사망 추정 시기 : 2024년 10월 상순(정확한 일시는 단정하기 어려움)

사망원인 : 독극물 중독사

며칠 후 김명길 형사의 책상 위에 송선동의 죽음에 대한 국과수의 조사 결과가 올라와 있었다. 후배 강동섭 형사가 핵심 내용을 포스트잇에 써서 서류 위에 올려놓은 것이다.

'아, 단순 병사나 사고사가 아니었군.'

김명길 형사의 머리가 복잡해졌다.

'하나씩, 증거물을 찾아보는 수밖에….'

김명길 형사는 송선동의 집에 가서 이런저런 물건을 조사하다가 송선동이 쓴 것으로 보이는 일기장과 노트를 발견했다. 하지만, 현대의 사건 수사에게 결정적인 역할을 하는 경우가 많은 휴대전화, 그러니까 송선동이 쓰던 휴대전화는 없었다.

일기장과 노트는 송선동의 집 방 안에 있는 책상 위에 놓여 있었다. 많은 수사에서 일기장은 여러 가지 정보를 제공한다는 것을, 베테랑인 김명길 형사는 잘 알고 있었다.

2024년 10월 2일

박씨는 내 마음을 꿰뚫는 마력을 지니고 있다. 내가 그를 처음 만난 것은 2019년이다. 자주 교류한 것은 아니었지만, 나와 박씨는 늘 마음이 통했다. 특히, 그는 항상 나의 마음을 정확하게 꿰뚫어 봤다.

박씨와 나는 지자체가 개설한 자서전 쓰기 교실과 웰다잉 교실에서 연이어 만나면서 친해졌다. 박씨와 나를 합해 모두 다섯 명의 멤버가 친하게 어울렸다. 멤버들이 다 같이 어울리고 난 뒤 박씨와 나만 따로 술자리를 갖고는 했다. 그래서 우리 둘만은 서로 말도 놓고 지냈다. 따지고 보면, 너나들이로 지내는 사이였다.

그런 박씨가 우리 집, 우리 집이라고 해 봤자, 거실 하나에 방이 하나 있는 작은 집이지만. 여하튼 우리 집에 오겠다고, 전화를 걸어왔다.

"술 한잔할까?"

"어디서?"

"자네 집에서…."

"우리 집에서?"

"동네 호프집이 좋지 않을까?"

"아니야, 이번에는 마음을 열어놓고 하고 싶은 이야기가 좀 있어서 그래."

사실 내키지는 않았다. 우리가 그동안 교류하는 과정에서 서로의 삶에 대해 대충 알고는 있었기에, 나의 생활공간이 특별히 창피하다고 생각하지는 않았다. 하지만, 뭔가 나의 공간에 타인을 들이는 것은, 썩 내키지 않았다.

나는 사실 혼자서 살아가면서 느끼는 자유로움을 늘 즐겼다. 그 누구의 간섭도 받지 않고, 오로지 나의 판단에 따라, 내가 원하는 대로 살아왔다. 그게 좋았다.

누군가가 불 꺼진 집에 들어갈 때가 가장 외롭다거나, 심지어 무섭다고 말하는 걸 들어본 적이 있지만, 나는 그렇지 않다. 깔끔하게 정리된 집 거실의 소파 위에서 혼자 책을 읽거나, TV를 볼 때는 '행복하다'라는 생각이 들 때도 많다. 그 누구의 방해도 받지 않는 그런 생활은 나를 자유와 행복의 심연으로 빠뜨리곤 한다.

'이런 생활이 꽤 오래돼서 그런 걸까?'

순간적으로 내가 나에게 질문하면서 전화를 이어갔다.

"그냥 허허로워서 그래. 왜 그런 느낌 있잖아."

박씨가 갑자기 자기 마음을 열어 보였다.

허허롭다고?

그게 뭔데. 그게 특별한 느낌인가?

우리처럼 혼자 사는 사람들이 자주 느끼는 기분 아닌가? 자유로워서 행복할 때도 있지만, 뭔가 텅 비어 있는 것 같은 허허로움. 그건 혼자 사는 사람이 감수해야 하는 것 아닌가?

"단둘, 그러니까 우리 둘만 모여서 술 한잔하고 자네 집에서 1박 하려고 하는데? 허락해 줄 수 있지?"

'어허, 이건 뭐지? 1박까지 한다고?'

도대체 이유를 알 수가 없었다. 우리는 늘 예의를 지켰다. 우리는 서로의 공간, 서로의 마음속으로 깊이 들어가는 것을 늘 피했다.

그건 형편이 비슷한 신세에 놓인 사람, 혼자서 살아가는 사람으로서 할 수 있는 일종의 배려였다.

우리는 그런 배려를 일종의 규칙처럼 지켜왔다. 서로의 삶에 대해, 서로의 가족에 관해 묻지 않았다.

우리는 다섯 명 모두가 혼자 산다는 것을 알면서도, 서로가 혼자 사는 이유나 사연에 관해 묻지 않았다. 그것은 자연스럽게 형성된 일종의 불문율이었다.

우리가 서로에 대해 확실하게 아는 것, 그것은 모두가 혼자서 산다는 것, 그것뿐이었다.

"이야기가 길어질 것 같아. 꼭 하룻저녁 재워줘야 해."

규칙을 깨는 박씨의 제안은 당황스러웠다.

'어떻게 대응해야 할까?'

나는 나에게 질문했다.

'사람의 살갗을 느끼고, 다른 사람의 숨소리를 들으면서 잠을 잔
지 얼마나 됐나?'

갑자기 그런 생각이 들었다. 생각해 보니, 적어도 10여 년은 넘
은 것 같았다.

'그럴까?'

이런 나의 반응이 내 마음속의 잠재의식 안에 있던 외로움에 기
인한 것인지는 정확히 모르겠다고 생각했다.

마음이 흔들렸다.

오랜만에 사람의 체온을 느끼고 싶었을까?

"그래, 그럼. 뭐, 먹고 싶은 거 있어?"

"아니야, 아무것도 준비하지 마. 내가 준비해 갈게."

"그래도 우리 집에 오는데…."

"아니야, 자네 갑오징어 좋아한다고 했었잖아? 요즘 수산시장에
싱싱한 갑오징어가 천지더라고. 그거 사 갈게."

“아이고.”

‘아니, 이 친구. 내가 갑오징어 좋아하는 거는 어떻게 알았지? 내가 이야기한 적이 있나?’

“그래 그럼 술은 내가 준비할게.”

“아니야 술도 내가 준비했어. 자네 사케 좋아하잖아. 좋은 사케 두 병 준비해 놨어.”

‘내가 사케를 좋아하는 것도 알고 있네. 내가 그것도 얘기한 적이 있나?’

잘 생각이 나지 않았다.

“그럼 나는 뭐를 준비하면 되지?”

“아이고, 집이나 좀 치워놔. 홀아비 냄새는 좀 그러니까.”

“알았어. 그럼, 언제 올 건데?”

“모레 저녁 8시쯤 갈게. 저녁은 먹고 가니까, 갑오징어를 안주 삼아서 사케 진하게 한잔하자고.”

“근데 자네 건강은 괜찮은 거야?”

지난번에 만났을 때 박씨가 살이 좀 빠진 것 같다는 느낌이 들었던 터라 물었다.

“괜찮아. 나는 아주 건강하다고.”

“아니 지난번에 보니까, 얼굴이 홀쭉해졌던데?”

“아, 내가 요즘 다이어트를 좀 하잖아. 나도 오래 살고 싶은 사람이야. 오래 살다가 행복하게 죽고 싶은 1인."

"그럼, OK. 모레 보자고."

2024년 10월 3일

대청소.

이게 얼마 만인가. 아침부터 현관문과 창문을 모두 열어놓고 청소기를 돌렸다.

창문을 통해 들어온 시원한 바람이 현관문을 통해 빠져나갔다. 거실에서 청소하는 나의 폐부 깊은 곳으로 청량한 공기가 가득 들어왔다.

'정말 좋은 날이네.'

갑자기 그런 생각이 들었다. 창밖을 보니, 하늘이 청명했다.

박씨는 도대체 왜 우리 집에 온다는 것일까?

짐작되는 것이 하나도 없었다. 우리가 다섯 명의 멤버 중에서도 특별히 친하게 지내기는 했어도, 집에까지 쳐들어갈 수 있는 그런 사이는 아니지 않는가?

이건 분명한 사실이다.

박씨가 오기로 한 날이 내일이다.

내가 이 집에 온 뒤 처음으로 사람이 온다고 생각하니 마음이 조금 떨렸다.

'사람 냄새가 그리운가?'

그런 생각을 잠시 했다.

청소기를 구석구석 돌린 뒤 화장실과 싱크대까지 깨끗하게 청소했다.

초등학교 때 장학사가 시찰 온다는 이유로, 모든 아이가 방과 후에 마룻바닥과 유리창을 빡빡 닦던 생각이 났다.

내일 낮에는 산에 다녀오기로 했다. 박씨는 산을 좋아하지 않는다.

'산행을 마치고 한잔하면 끝내주겠는데…. 그리고 염씨도 온다면 더 좋을 텐데….'

갑자기 염씨 생각이 났고, 그도 부르고 싶다는 생각이 들었다. 하지만, 금방 단념했다.

염씨는 이미 이 땅에 없다는 사실이 떠올랐기 때문이다.

'사람들 곁에서 떠나겠다고 말하던, 염씨의 비장한 얼굴이 아프게 떠올랐다.

'그래 내일은 박씨와 둘이 일단 한잔 마시지, 뭐.'

작년 10월 3일 쓴 일기가 마지막이었다.

송선동의 일기는 거기에서 멈췄다. 송선동의 일기는 그해 10월 4일 '박씨'라는 사람을 만나기로 한 뒤 그를 기다리는 상황에서 끝났다.

일기에는 또 한 사람 '염씨'도 등장했다. 게다가 '염씨'라는 사람은 세상을 떠났다는 것 아닌가.

김명길 형사의 마음이 급해졌다. 직감적으로 끔찍한 일이 연쇄적으로 일어날 것같은 생각이 들었다.

송선동의 일기에 나오는 박씨와 염씨를 빨리 찾아봐야겠다고, 김명길 형사는 생각했다.

하지만, 송선동의 일기장에 등장하는 사람은 성뿐이었다. 이름이 없었다.

"이 정도야 뭐…. 사람 찾는 게 내 전공이잖아."

치명적인,
아주 치명적인

송선동의 일기장에 나와 있는 '박씨'의 신원은 '박수찬'으로 확인됐다. 박수찬의 집은 송선동의 집과 그렇게 멀지 않았다. 김명길 형사는 후배 강동섭 형사와 함께 박수찬의 집을 찾아갔다. 하지만, 박수찬은 거기에 없었다. 인근 주민들은 박수찬을 본지가 꽤 됐다고 했다.

'혹시, 박수찬도…. 일기장에 나오는 또 한 명의 인물 염씨도….'

김명길 형사는 왠지 불길한 느낌이 들었다. 마음이 조급해졌다. 하는 수 없이 박수찬의 집 자물쇠를 뜯고 집 안으로 들어갔다. 박수찬의 집 안에서는 김명길 형사가 걱정했던 일은 벌어져 있지 않았다.

박수찬의 집으로 들어가는 김명길 형사의 머릿속에는 송선동의 피살 현장이 떠올랐지만, 집 안에서 끔찍한 현장은 보이지 않았다.

"휴…."

김명길 형사는 일단은 안심이라는 표정을 지었다.

박수찬이 집을 비운 지가 꽤 오래됐다는 것이 느껴졌다. 그리고, 박수찬이 급히 짐을 싼 흔적도 있었다. 방안에는 옷이 흐트러져 있었고, 식탁 위에는 이런저런 생활용품이 놓여 있었다.

김명길 형사는 식탁 위에서 몇 권의 책과 노트를 발견했다. 뭔가 잔뜩 기재된 노트와 아무것도 기록돼 있지 않은 빈 노트도 있었다.

노트를 뒤져보니 박수찬이 쓴 것으로 보이는 일기장이 나왔다.

'이 사람들이 무슨 약속이라도 했나? 왜들 이렇게 일기를 남긴 거야?'

김명길 형사가 고개를 갸웃하면서, 일기장을 읽기 시작했다. 일기는 늘, 사건의 결정적인 단서를 제공한다는 것을 김명길 형사는 알고 있었다.

2024년 8월 9일

이런 통증은 처음이다. 우선 가슴이 답답하다. 뭔가 계속 막혀있

는 것 같다. 내 몸 안으로 들어온 공기조차 뭔가에 막혀 하나도 빠져나가지 못하는 것 같다.

음식을 먹으면 소화가 되지 않는다. 먹은 음식은 하루 종일 위에 머물러 있는 느낌이 들었다.

뒤늦게 음식물이 그 아래 창자로 내려가고 나면, 위에서 강한 산성 물질이 솟구쳐 오르고, 그 산성 물질은 내 가슴을 후려쳤다. 가슴 한가운데가 늘 아팠다. 통증은 좀처럼 사라지지 않았다. 하루 종일 통증이 이어졌다.

이런 증상이 나타난 지 꽤 됐다.

위가 뭔가로 가득 찬 느낌, 그 뒤에 이어지는 강한 가슴 통증.

'누군가 내 등을 두드려줬으면….'

'누군가 내 배를 만져줬으면….'

갑자기 돌아가신 어머니가 그리워졌다. 어머니는 내가 배 아프다고 하면 늘 배를 만져 줬는데….

그 어머니와 헤어진 지 얼마나 됐던가? 어머니의 얼굴도 가물가물하다.

통증은 옆으로 누우면 더 심해졌다. 상체를 위로 세웠을 때보다 상체가 하체와 수평이 됐을 때 강산성 물질의 공격이 더 심해지는 것 같았다.

잠을 잘 때는 베개 2개를 벽에 쌓고 거기에 기대어 눈을 감았다.

앉은 채로 잠을 자는 상태가 이어졌다.

이렇게 상체를 세우고 자면, 누워있을 때보다는 강산성 물질의 공격이 약해졌다. 아무래도 물질이 거꾸로 올라오기가 어렵기 때문일 것이라는 생각이 들었다.

나는 수많은 밤을 그렇게 벽에 기대어 잠을 잤다.

이런 생활이 벌써 몇 주째 이어지고 있다.

병원에서는, 위에서 만들어진 위산이 식도를 타고 거꾸로 흐르는 현상, 다시 말하면 위산의 역류 현상이 심하다고 했다. 그리고, 역류한 위산에 의해 식도가 상해있으며, 상한 식도를 위산이 자극하기 때문에 통증이 심한 것이라고 했다. 이른바 '역류성식도염'이 심하다는 진단이 나왔다.

의사는 내시경 검사를 하자고 했지만, 나는 싫다고 했다.

내가 매일 느끼는 증상과 의사의 설명을 비교해 보면 내시경 검사까지 할 필요가 없을 것 같았기 때문이다.

"그냥 역류성식도염 약 처방해 주세요."

나는 이렇게 요구했고, 의사는 약을 처방해 줬다.

2024년 8월 16일

약을 먹어도 통증은 좀처럼 가시지 않았다.

밥이나 라면, 빵을 먹고 나면 통증이 더 심했다. 이런저런 자료를 통해, 탄수화물을 처리하기 위해 위가 더 많은 위산을 발생시킨다는 것을 어렴풋이 알게 됐다.

처방받은 약 중에는 위산 억제제가 섞여 있었다. 식도로 역류하는 위산을 줄이기 위한 것이었다.

위산이 줄어들자, 이번에는 극심한 소화불량이 발생했다. 무엇을 먹으면 위에 그대로 남아있는 것 같았다. 이런 현상을 약을 먹기 전보다 더 심했다.

위가 무거우니, 몸이 무거웠고, 몸이 무거우니 마음도 무거웠다.

하루 종일 즐거운 적이 없었다.

식사 메뉴를 바꿔 봤다.

특히 아침 메뉴는 철저하게 간소하게 했다. 슈퍼에 가서 사 온 죽이 좋았다.

죽을 먹으면, 그래도 위로 들어간 부드러운 쌀이 그 아래 장 쪽으로 내려가는 느낌이 들었다. 위의 부담이 훨씬 줄었다. 하지만, 낮에는 배가 고팠다. 그래서 오이와 방울토마토 등 채소나 과일을 수시로 먹었다.

식생활을 조절한 뒤부터 가슴 부위의 통증이 조금은 사라졌다. 하지만, 늘 더부룩하고 거북한 느낌은 해소되지 않았다.

죽과 오이 등을 반복적으로 먹으면서 힘이 크게 떨어지는 것을 느꼈다. 늘 피곤하고 힘이 없었다.

특히 오후와 저녁 시간에는 체력이 한계에 이르렀다는 것을 자주 느꼈다.

식단을 바꾸고 나서 통증이 줄었다고는 하지만, 고통의 세월이 사라지지는 않았다.

힘든 나날이 흐르고 있다.

낮에도 힘이 들지만, 밤에는 더 힘이 든다.

잠을 잘 수가 없는 것, 그건 고통의 핵심 요인이다.

거울에 비친 내 얼굴은 내 얼굴이 아니다.

체중도 많이 줄어든 것 같다.

그런데, 언젠가부터 등이 욱신욱신해지는 느낌이 들었다. 처음에는 등을 타고 몸통 곳곳으로 통증이 번졌는데, 나중에는 등을 누가 주먹으로 직접 치는 것처럼 아프다.

지금까지 살면서 등이 아팠던 적은 없었던 것 같다.

무슨 일일까?

2024년 8월 19일

또 병원에 갔다. 의사에게 그동안 나타난 증상에 대해 상세하게 설명을 하자, 의사의 표정이 굳어졌다.

"일단 큰 병원으로 가보셔야겠습니다. 거기 가서 MRI를 찍어봐야 할 것 같아요."

"왜 그러시죠?"

"아니, 마음에 좀 걸리는 게 있어서 그래요. 일단 제가 소견서를 써줄 테니까, 그 병원에 제출하고 검사를 받아보세요."

"예, 알겠습니다."

알겠다고는 했지만, 실제로 내가 알 수 있는 것은 아무것도 없었다.

의사의 표정으로 봐서는 그냥 단순한 병이 아닌 것만은 분명했다.

2024년 8월 21일

대학병원으로 갔다.

대학병원 내과 의사에게 그동안의 경과를 설명하고, 지금까지 주치의처럼 의존해 온 의사가 써준 소견서를 줬다.

대학병원 의사는 생각보다 젊었다.

"일단 찍어봅시다."

MRI 촬영기를 봤을 때 받은 느낌은 우주선 같다는 것이었다. 직접 우주선에 타본 적은 없지만, TV 등을 통해 우주선의 내부를 몇 차례 본 적이 있다. 그때 본 이미지와 비슷했다.

때로는 내가 움직였고, 때로는 촬영기가 움직였는데, 마치 꿈을 꾸고 있는 것 같았다. 중력이 하나도 없는 우주선 안에서 유영하는 꿈을 꾸고 있는 것 같았다.

꿈을 꾸는 것 같은 느낌은, 잠시나마 통증을 잊게 했다.

MRI 촬영이 끝나고 났더니, 몇 가지 검사를 더 했다. 정확한 병명을 알기 위해서는 여러 가지 검사를 해야만 한다고, 간호사가 설명했다.

2024년 8월 23일

"박수찬님 들어오세요."

"예."

젊은 의사는 MRI 촬영 결과와 각종 검사 결과지를 앞에 두고 있었다.

"무겁습니다."

"예? 뭐가요?"

"이런 말씀을 드리는 제 마음이 무척 무겁습니다."

"심각한가요?"

"네 심각합니다. 하지만 설명하지 않을 수가 없겠네요. 췌장암 진단이 나왔습니다. 4기입니다."

"췌장암이라고요?"

"그렇습니다."

"4기라고요?"

"그렇습니다."

"췌장암 4기면 대부분 죽는다고 하던데…. 생존 가능성은 있을까요?"

"물론 있습니다."

"얼마나 되나요?"

"의학계의 보고자료에 의하면 5년 생존확률은 10%가 넘지 않습니다."

"제가 듣기로는 5% 정도라고도 하던데…."

"요즘은 생존율이 조금 높아졌습니다."

"고통이 심하셨을 텐데, 어떻게 견디셨어요? 가족은 있으신가요?"

"고통스러웠지만, 어쩔 수 없었습니다. 참는 수밖에 없었습니다. 그냥 참았습니다. 그리고, 가족은 없습니다. 아니, 없는 거나 마찬가지입니다. 혼자 산 지 오래됐습니다."

"치료하는 과정이 무척 고통스러우실 겁니다. 각오하셔야 할 겁니다."

"아, 그렇군요."

"그냥 놔두면 암세포가 급속하게 전이됩니다. 서둘러야 합니다."

"아 너무 갑작스러워서 어떻게 해야 할지 모르겠습니다. 시간을 좀 주실 수 있으신가요? 그런데 치료를 꼭 받아야 하나요?"

"편하실 대로 하시면 됩니다. 치료가 고통스러워서 치료를 강요하지는 않겠습니다. 어디까지나 환자 본인이 선택해야 합니다. 잘 생각해서 결정하시면 됩니다. 다만 치료를 원하신다면, 가능한 서두르는 것이 좋습니다.”

“잘 알겠습니다. 마음의 정리를 하고 나서 다시 상의드리겠습니다.”

2024년 8월 29일

“어떤 치료도 받지 않겠습니다.”

“치료를 받지 않겠다고요?”

“예, 그냥 이대로 살다가 가고 싶습니다.”

“치료를 받으시면 암을 극복할 수도 있습니다. 많은 환자가 치료를 선택하십니다.”

“아닙니다. 저는 이번 확진을 저에게 주어진 행운이라고 생각하고 있습니다.”

“행운이라고요?. 췌장암 4기 판정이 행운이라고요.”

“그렇습니다. 다만, 앞으로 제가 죽을 때까지 받게 되는 고통을 최소한으로 하는 처치만 부탁드립니다.”

“가족과 협의하셨나요?”

“아닙니다. 저 혼자서 결정한 겁니다. 따로 상의할 가족도 없지만요.”

“후회하시지 않을까요?”

“후회하지 않습니다. 자신 있습니다.”

요즘 들어 자서전 쓰듯, 일기를 자주 쓰게 된다.

'일기파에서 활동한 보람이 있어.'

2024년 9월 5일

"행운이야!"

요즘 나는 그걸 알았다.

의사로부터 췌장암 4기라는 판정을 받고 나서, 그 어떤 치료도 받지 않겠다고 결심하고 나서, 나는 그걸 알았다.

왠지 몸이 가볍고, 마음이 편안하다.

"이건 행운이야. 엄청난 행운이야."

지난번에 다섯 명의 멤버와 함께 행복한 죽음에 관해 이야기할 때, '예기치 못한 죽음'에 대해 깊은 끌림이 있었던 생각이 났다.

나는 사실 죽음에 대해 깊이 생각해 본 적이 없었다.

어떻게 죽는 것이 행복한 죽음일까에 대해, 주체적으로 생각해 본 적이 없었다.

그런데, 그날 멤버들과 나눈 대화에서 깊은 영감을 얻은 것이 바로 '예기치 못한 죽음'이었다.

예기치 못한 죽음의 가치를 접한 이후, 나도 그렇게 죽는 것이 좋을 것이라는 생각을 하곤 했다.

그런데, 예기치 못한 죽음이란 무엇인가?

말 그대로 예기치 못한 죽음이기 때문에 내가 주체적으로 그 방법이나 시기를 선택할 수는 없다.

길을 가다가 인도로 뛰어든 차량에 치여 죽는 것.

비 오는 날 우산 쓰고 가다가 벼락에 맞아 죽는 것.

술 한잔하고 가다가 돌부리에 걸려 넘어져 죽는 것.

가장 좋은 것은, 조용하게 잠자리에 들었다가 스르르 죽는 것.

이런저런 생각을 해도 내가 스스로 예기치 못한 죽음을 선택할 방법은 없었다.

그런데, 찾아온 것이다.

내가 전혀 예기치 못했던, 극한의 질병. 사망확률이 높은 질병.

이건 행운 중에서도 행운이다.

나는 췌장암 4기라는 질병을 선택한 적이 없다. 또 원한 적도 없다.

그런데, 갑자기 나에게 찾아왔다. 내 주변에, 내가 아는 사람 중에 췌장암 4기 판정을 받고 저세상으로 간 사람은 없다.

그런데 내가 선택됐다.

나에게 이 질병이 찾아온 것이다.

예기치 못하게 나에게로 달려온 것이다.

강력하게 죽음을 몰고 오는 질병.

아주 높은 확률로 나를 죽음에 이르게 하는 질병.

너무 오래 살아남지 않게 하는 질병, 그래서 나를 구질구질함에서 구해주는 질병.

이것이 나에게 온 것이다.

그러니 행운이다.

이건 분명한 행운이다.

물론, 내가 평소에 생각해 온 '예기치 못한 죽음'과는 결이 다소 다르다.

그동안 생각해 온 '예기치 못한 죽음'은 대부분 내가 고통을 느낄 틈도 없이, 죽음에 대한 공포를 느낄 시간도 없이 갑자기 죽는 것이었다.

하지만, 이번에 선고받은 '예기치 못한 죽음'은 조금 성격이 다르다.

정확하지는 않지만, 대략 나의 죽음이 이루어지는 시기를 알 수 있다.

그리고 아직 경험하지는 않았지만, 상당한 고통도 따른다. 그 고통은 내 목숨이 끊어질 때까지 겪고 감당해야만 한다.

생각해 보면 이것보다 더 행복한 죽음도 없는 것 같다.

만약에 내가 나도 모르게 치매에 걸린다고 생각해 보자.

얼마나 처참한 삶이 기다리고 있을까?

연고도 없고, 따로 돌봐줄 사람도 없는 나. 어딘가를 떠돌거나, 어딘가로 잡혀들어가 지질한 삶을 살다가 저세상으로 갈 게 뻔하지 않은가?

만약에 뇌혈관이 터져 팔과 다리를 제대로 쓰지 못한다고 치자.

팔다리를 제대로 쓰지 못하는 것은 물론이고, 말도 제대로 하지 못한다고 가정하자.

나는 어디에서 어떻게 숨을 거두게 될까?

어떤 악덕 업자가 운영하는 요양원에 들어가 사지가 묶인 채 목숨만 이어가게 될 수도 있다.

이건 아니다.

그러니, 나에게는 분명히 행운이 찾아온 것이다.

2024년 9월 6일

얼마 전 췌장암 선고를 받고 의사와 나눈 대화가 다시 떠올랐다.

"길게 잡아도 6개월입니다."

"그렇게 오래 살게 되나요?"

"어떤 경우에는 더 짧아질 수도 있고, 어떤 경우에는 더 길어질 수도 있습니다."

"모든 치료를 포기하게 된다면, 대략 그 정도는 살 수 있을 겁니다."

"잘 알겠습니다."

"제가 도와드릴 게 있으면 언제라도 말씀해 주세요. 부담 갖지 마시고.”

“감사합니다. 가능한 고통을 느끼지 않게만 해주시면 고맙겠습니다.”

“잘 알겠습니다. 말씀하신 대로 여생을 가능한 고통 없이 사실 수 있도록 최선을 다하겠습니다.”

2024년 9월 9일

앞으로 6개월이나 더 산다고?

남아있는 기간이 너무 길어. 나에게는.

더 빨리 갈 수는 없을까?

의사가 고통 없이 지낼 수 있게 해준다고 했는데, 진짜로 고통이 없을까?

아니야. 고통을 완전히 없앨 수는 없을 거야.

그리고 시간이 가면서 고통이 더 커지겠지?

지금 느끼고 있는 위산의 역류, 그에 따른 식도의 염증, 그 결과로 나타나는 가슴 쪽 식도의 통증.

그리고, 얼마 전 시작된 등 부위의 통증.

이런 통증은 별로 사라지지 않았다.

하지만, 내 마음이 느끼는 통증의 무게는 예전에 비해, 암 진단을 받기 전에 비해 훨씬 가벼워졌다.

‘사형선고.’

사형선고를 받았기 때문일까?

앞으로 통증을 완화하는 치료를 해준다니, 육체의 통증도 많이 줄어들겠지?

2024년 9월 13일

통증이 어느 정도 익숙해졌다. 췌장암에 의한 본격적인 통증이 아직 오기 전이어서 그렇다고 의사가 설명했다.

통증에 익숙해졌다는 얘기는, 그러니까 아직은 견딜 수 있다는 이야기 아닌가?

살만해.

그래, 살만해.

그래, 견딜만해.

같은 통증인데, 처지에 따라, 생각에 따라 이렇게 느껴지는 아픔의 정도가 달라질 줄은 몰랐다.

이런 걸 죽을 각오라고 하는 걸까?

갑자기 그런 생각이 들었다.

6개월 앞으로 죽음이 다가오니까, 고통을 덜 느끼게 되는 것일까?

나는 지금까지 죽을 각오로 살아온 적이 있는가?

나는 지금까지 죽을 각오로 견뎌낸 적이 있는가?

없는 것 같다.

군대 때 낙하 훈련을 할 때도 죽을 각오로 한 것 같지는 않다. 남들도 다 하니까 나도 그냥 따라 했다.

치열하게 살아본 적이 없다는 이야기인가?

그만큼 힘든 상황과 마주친 적이 없다는 이야기인가?

그렇다면, 지금부터 내가 하는 일은 모두 '죽을 각오'를 전제로 하는 게 되지 않을까?

생각과 생각, 이야기와 이야기가 이어지다 보니, 나는 죽을 각오를 하고 있다는 생각이 들었다.

6개월 후에 나는 이 세상과 작별을 한다.

'그 전에 하는 모든 일은 모두 죽음을 전제로 하게 되는 일이 되겠네.'

내일 점심에 좋아하는 짬뽕을 골라 먹는다면, 그것도 죽기 전에 맛있는 짬뽕을 먹어보고 싶기 때문이겠네.

이번 주말에 인천 앞바다를 다녀오고 싶은데, 그것도 죽기 전에 바다에 가보고 싶어서 하는 거겠네.

다음 주에는 조조할인 영화를 보기로 했는데, 그것도 내가 이 세상을 떠나기 전에 영화관에도 가고, 영화도 보고, 팝콘도 먹어보고 싶어서이겠네.

2024년 9월 19일

죽기 전에 하고 싶은 것들을 적어 놓는 것을 '버킷리스트'라고 하던가?

예전에는 버킷리스트라는 말을 들으면 늘 마음속 저 아래에서 저항감이 몰려오곤 했다.

'팔자들 좋군.'

생각해 보면, 나는 죽기 전에 무엇무엇을 꼭 하고 싶다는 생각을 해본 적이 없는 것 같다.

아니, 그런 생각을 할 여유조차 없었던 것 같다.

그런데, 요즘 들어 그 버킷리스트라는 말이 자주 생각난다.

몇 달 후에는 이 세상에 내가 없는데….

그 사이에 뭔가 해야 하는 거 아닌가?

자꾸만 그런 생각이 들었다.

가장 먼저 떠오르는 것은 어릴 적 꿈이었다. 어릴 적 꿈은 아무래도 내가 가장 하고 싶은 것이 아닐까?

어릴 적 나는 만화가가 되고 싶었다. 나는 몸을 움직이는 것보다는 어디에 앉아서 뭔가를 보거나 읽는 것, 그리는 것을 좋아했다.

체육 시간에 선생님이 축구나 농구 등 원하는 종목을 자유롭게 선택해서 뛰어놀라고 하면, 나는 늘 선생님의 눈에 들어오지 않는 테니스장 뒤편으로 갔다.

녹색 막으로 가려진 테니스장 뒤편은 볕이 따스했다. 그래서 나는 미리 준비해 간 만화책을 가지고 그곳으로 가 쪼그려 앉아서 읽고는 했다.

그렇게 빠져든 만화의 길은, 나를 만화가를 지망하는 철없는 어린이로 만들었다.

하지만, 만화가의 꿈이 이루어질 수 없다는 것은 중학교에 가서 바로 알 수 있었다.

같은 반에 그림을 아주 잘 그리는 친구가 있었는데, 그 친구는 수업 시간에 캐릭터나 만화 주인공을 멋지게 그린 뒤 수업이 끝난 뒤 친구들에게 공개하곤 했다.

'아니, 중학생이 저렇게 잘 그릴 수 있다니….'

나는 여러 차례 만화 그림에 도전했다. 하지만, 나의 그림 솜씨로는 단 한 컷의 만화도 제대로 그려내지 못했다.

그림을 그리는 것, 특히 만화를 그리는 것은 엄청난 재능의 영역이라는 사실을 알게 되었다.

그래서 중학교 때 만화가가 되겠다는 꿈은 접었다.

아마도, 내가 뭐가 되겠다는 꿈을 꾼 것은 그게 마지막인 것 같다.

이후 나는 꿈 같은 것은 잊고 살았다. 아니 꿈을 가질 수 있는 상황이 아니었다.

대학 전공은 성적에 맞춰 적당히 골랐다. 직장을 구할 때도 꿈이

나 비전 같은 것은 없었다.

주요 기준은 사회적 평판, 그리고 월급의 많고 적음, 그 정도였다.

내 삶 속에서 꿈다운 꿈은 없었다.

그런데, 요즘 들어 버킷리스트라는 단어가 자꾸만 머릿속을 빙빙 돈다.

죽을 때까지 6개월 동안 하고 싶은 것, 무엇이 있을까?

아무것도 안 하고, 죽음을 맞이하는 그 순간 후회하지는 않을까?

무엇을 해야 할까?

하고 싶은 일이 떠오르지는 않았는데, 뭔가를 해야 한다는 생각이 자꾸만 들었다.

요즘 들어 하루 종일 그 생각만 하다가 잠이 들곤 한다.

2024년 9월 20일

송씨는 정말로 착한 사람이다. 그의 선함은 늘 나를 감동하게 했다. 그는 항상 남을 배려했다. 남에게 폐가 되는 행동이나 이야기는 절대로 하지 않았다.

그는 무엇보다 나와 호흡이 잘 맞았다. 어떤 주제의 이야기를 하더라도 송씨와 나는 막힘이 없었다. 우선 우리 둘은 생각하는 방식이 같았다.

지난번에 우리 멤버 다섯 명이 모여 행복한 죽음에 관해 이야기할 때도 그와 나의 의견은 완전히 일치했다.

'예기치 못한 죽음'

그와 나는 이 '예기치 못한 죽음'을 최고의 행복한 죽음으로 여겼다.

그와 나눈 대화가 또렷하게 생각났다.

"나도 그런 죽음을 할 수 있다면….."

"어떤 죽음?"

"오늘 얘기한 그거. '예기치 못한 죽음'. 그거 말이야."

모두와 헤어져 둘이 따로 집으로 가는 길에, 우리는 다시 그 예기치 못한 죽음에 관해 이야기했다.

"예기치 못한 죽음을 이룰 수는 없을까? 죽음의 순간을 전혀 느끼지 못한 채 갑자기 죽는 죽음. 나는 그렇게 죽고 싶어. 지금 당장이라도. 진심이야."

"아이고, 나도 똑같은 생각인데, 그건 불가능해. 하늘이 도와주지 않는 이상."

"하늘이 도와주지 않는 이상, 불가능하다고? 그렇기는 해."

"우리가 이렇게 길을 가고 있는데 급발진 차량이 우리 둘을 덮쳐준다면, 우리는 우리가 그토록 원하는 예기치 못한 죽음을 이룰 수 있을지도 모르는데….."

"오늘 저녁에 집에 가서 잠을 자는 데, 옆집 도시가스가 폭발하면서 집이 폭삭 주저앉는다면 우리는 예기치 못한 죽음, 행복한 죽음을 맞이할 수 있겠지?”

“그런데, 집에서 조용히 지내다가, 아니면 맛있는 음식을 먹거나 술을 마시다가 죽음을 만날 가능성은 별로 없겠지?”

“그런 행복한 죽음을 맞이할 확률은 로또 복권에 당첨될 확률보다 낮을 거야.”

“비가 엄청 많이 내리고, 천둥과 벼락이 마구 치는 날 우리가 그렇게 원하는 예기치 못한 죽음을 위해, 일부러 거리로 나설 수 있겠어? 행복한 죽음의 확률을 높이기 위해.”

“그건 예기치 못한 죽음이 아니지. 죽으러 불로 뛰어드는 거나 마찬가지니까.”

“여하튼 나는 예기치 못한 죽음, 그걸 통해 행복한 죽음을 이루고 싶어.”

“어떻게?”

“방법은 모르겠어. 내가 그 방법을 안다면 당장이라도 시행하겠지.”

“그런 그 예기치 못한 죽음은 도대체 언제 맞이하고 싶다는 거야?”

“지금 당장이라도 좋아. 내 몸은 지금 완전히 정상이거든. 지금처럼 건강할 때, 힘이 있을 때, 술을 마실 수 있을 때. 맛있는 거를 먹을 수 있을 때.”

2024년 9월 21일

　병원에서 통증을 완화하는 처치를 받았다. 의사가 써준 처방전을 가지고 약국에 가서 약도 받았다.

　약을 건네는 약사의 표정이 굳어졌다.

　‘당신 곧 죽는 거네’라고 말을 하는 것 같았다.

　하지만 그는 아무 말도 없이 약을 건네줬다.

　처치를 받고, 약을 먹었지만, 통증은 좀처럼 가시지 않았다.

　‘사람의 몸을 어떻게 의사 마음대로 할 수 있겠어….’

　그런 생각을 하면서 밤잠을 청하지만 잠이 오지 않았다.

　새벽 4시.

　휴대전화를 열어보니, 아직도 해가 뜨려면 먼 시각이었다.

　그때 뇌리를 스치는 것이 하나 있었다.

　‘단 한 번만이라도 남을 위한 일을 해보는 것은 어떨까?’

　갑자기 그런 생각이 들었다.

　남을 위한 일?

　나는 태어나서 남을 위해 무엇인가를 한 적이 있는가?

　나에게 그런 질문을 던졌다.

　‘아니. 단 한 번도 없어. 남을 위해 무엇인가를 한 적은.’

적어도 나 스스로 판단해서, 나의 힘으로, 내가 주체가 되어 남을 위해 무엇인가 중요한 일을 한 적은 없다.

분명하다.

학교 다닐 때 불우이웃 돕기 성금을 내고, 수재민 돕기 성금을 낸 적은 있지만, 그건 어디까지나 타의에 의한 것이지 자발적인 것은 아니었어.

태어나서 남을 위해 좋은 일 한 번 해야 하는 것 아닌가?

그런 생각이 머리에서 떠나지 않았다.

그때였다.

바로 그때였다.

송씨가 떠올랐다.

'예기치 못한 죽음'을 진심으로 갈구하던 송씨의 얼굴이 떠올랐다.

그래, 바로 그거야.

내가 송씨를 위해 할 수 있는 일이 있을 것 같아.

송씨가 그렇게 바라는, 어쩌면 송씨의 마지막 버킷리스트가 될지 모르는 바로 그것, 그걸 내가 해주는 거야.

나는 운이 좋게, 너무나도 운이 좋게도, '조금 시간이 걸리지만, 예기치 못한 죽음', '죽음이 다가옴을 알지만, 예기치 못한 죽음', '완벽한 의미의 예기치 못한 죽음은 아니지만, 어쨌거나 예기치 못한 상황에서 마주치는 예기치 못한 죽음'을 맞이하게 되지 않았나?

그런데 송씨는 어떤가?

그렇게 원하는 것이 예기치 못한 죽음인데, 도대체 그에게 기회는 오지 않고 있다.

내가 그걸 이루어주면 어떨까?

바로 이거야.

이게 나의 버킷리스트야.

2024년 9월 22일

송씨를 위한 일이야.

모든 것은 송씨를 위한 것이야.

그리고, 모든 것은, 내 몸에서 힘이 떨어지기 전에 실행해야만 해.

마음이 급해진다.

송씨가 전혀 눈치채지 못한 상태에서 모든 일을 진행해야만 한다.

아니 눈치채지 못하게 하는 것만으로는 부족해.

송씨가 가장 행복할 때, 바로 그 순간을 노려야 해.

준비가 끝나는 대로 송씨에게 전화해서 약속을 잡아야 하겠네.

갑자기 송씨가 보고 싶어진다.

2024년 9월 23일

송씨가 전혀 생각하지 못하는 상황에서, 갑자기 죽음을 맞이하게 할 수 있는 방법으로 뭐가 있을까?

송씨가 전혀 고통을 느끼지 않는 상황에서 죽음의 심연으로 빠져들게 할 수 있는 방법은 무엇인가?

송씨가 가장 행복한 순간에, 삶의 바다에서 죽음의 바다로 건너가게 할 수 있는 방법은 무엇인가?

누가 그런 일을 대신 해줄 수 있을까?

죽음을 몇 개월 앞둔 나야.

나니까 가능해.

만약 내가 송씨를 죽음의 바다를 건너가게 한 범인으로 체포된다고 해도, 나는 곧 죽게 돼.

내가 적임자야.

'죽음을 앞에 두고, 아픈 몸을 가누면서 경찰 조사를 받게 되는 상황, 그리고 유치장에 가고 재판을 받게 되는 상황, 마지막으로 교도소 신세를 지는 상황. 그런 상황은 피하고 싶어.'

많은 생각이 머리를 맴돌았다.

하지만, 나는 해야 해. 아니 해내야만 해.

내가 이런 일을 하게 될 것이라고는 생각해 본 적도 없다.

살아오면서 누군가를 죽이고 싶다는, '살의'를 느껴본 적도 없다. 당연히.

누군가를 죽이는 방법에 대해서도 생각해 본 적이 없다.

하지만, 이번 일은 오로지 송씨를 위한 것이다.

나에게 주어진 마지막 운명이다.

그렇다면 어떻게 실행하지?

어떻게 하면 송씨가 그렇게 원하는 '가장 행복한 순간에 당하는 예기치 못한 죽음'을 실현해 주지?

생각에 생각이 꼬리를 물었다.

결론은, 가장 자연스럽게 진행하는 것이었다.

'그래 송씨나 나나 먹는 것을 좋아하잖아. 그리고 술 마시는 것을 즐기잖아.'

뭔가 먹고 있을 때, 그리고 술을 한잔하고 있을 때.

바로 그때,

예기치 못한 죽음이 이루어진다면, 송씨는 단 한 순간도 죽음의 공포를 느끼지 않고 삶과 죽음의 경계를 넘을 수 있겠지?

내 생각이 여기까지 미쳤다.

2024년 9월 30일

단번에 죽음에 이르게 하는 약, 그런 약이 가장 좋겠다고 생각했다.

하지만, 약을 구하는 것은 쉽지 않았다.

어렵게 SNS 구매 사이트를 알아냈다. 몇 번의 시행착오도 있었다. 돈을 사기당하기도 했다. 비록 큰돈은 아니었지만.

결국, 원하는 치사약을 샀다. 몇 개월의 여명이 약속된 나로서는 약을 구하는 데 꽤 긴 시간을 소비한 셈이 됐다.

이제 실행만 남았어.

그래 송씨, 기다려.

당신의 구세주, 이 박수찬이 달려갈 테니.

일기는 여기서 끝났다. 일기장은 이미 꽉 찬 상태였다.

박수찬이 송선동을 살해하겠다는 계획을 세웠음이 일기장을 통해 확인됐다. 정황 증거는 거의 확실하지만, 박수찬이 송선동을 죽였다는 결정적인 증거나 증언은 아직 나오지 않았다.

"박수찬을 만나야 해."

김명길 형사는 박수찬을 찾아 나섰다. 사건 해결의 모든 열쇠는 박수찬이 갖고 있는 게 틀림없다고, 김명길 형사는 생각했다.

하지만, 박수찬이 그의 집에 없었기에, 그의 소재를 확인하는 데는 시간이 꽤 걸렸다.

김명길 형사는 통신사에서 확보한 송선동과 박수찬의 통화 기록을 통해 박수찬의 소재지를 찾을 수 있겠다고 판단했다.

송선동이 집주인과 작성한 계약서에 적혀있는 휴대전화 번호로 전화를 걸었지만, 전원은 꺼져 있는 상태였다.

김명길 형사는 결국, 통신사를 통해 송선동의 통화 기록을 확인할 수 있었다.

송선동의 휴대전화 통화 기록은 아주 간단했다. 통화는 2~3일에 1차례밖에 하지 않은 것으로 확인됐다. 1주일 동안 통화를 단 한 차례도 안 한 경우도 있었다.

'외로운 삶을 살았군.'

김명길 형사는 혀를 찼다.

송선동이 마지막으로 통화를 한 것은 2024년 10월 초였다. 그렇다면, 송선동이 죽은 것도 그때쯤이라는 이야기였다. 국과수의 추정과도 거의 일치하는 것이었다.

김명길 형사는 송선동의 마지막 통화자가 박수찬일 가능성이 아주 높다고 생각했다.

하지만, 마지막 통화자는 박수찬이 아니었다. 다른 사람이었다. 이번 사건과 별 관련이 없는 사람이었다. 마지막 통화자는 박수찬의 단순한 지인이었다. 그 지인은 송선동과 단순한 안부 전화를 주고받은 뒤 끊은 것으로 확인됐다. 그 지인은 박수찬과의 통화에서 특별한 느낌을 받지 않았다고 했다.

송선동은 지인과 마지막 통화를 한 날 오전에 박수찬과 통화한 것으로 밝혀졌다.

새로 확보한 박수찬의 휴대전화 번호로 전화를 걸었더니, 간호사가 받았다.

박수찬은 병원에 입원해 있는 상태였다.

'박수찬이 입원해 있다고?'

김명길 형사는 다시 불길하다는 느낌을 받았다. 박수찬의 신병을 빨리 확보해야 한다는 생각도 들었다.

후배 강 형사와 병원에 도착해서, 담당 간호사로부터 설명을 들을 때 김명길 형사는 하마터면 비명을 지를 뻔했다.

"박수찬 환자는 작년 9월 췌장암 4기 진단을 받고 투병 중입니다."

"아."

"처음 진단이 내려질 때 예상 잔존 여명은 6개월 정도였는데, 지금 6개월이 지난 상황입니다."

"박수찬 씨는 항암치료는 안 받았나요?"

"예, 모든 병원 치료를 거부했습니다. 고통을 느끼지 않는 상태에서 조용히 지내고 싶다는 뜻을 나타냈고요. 그동안 강한 진통제 투여 이외의 다른 치료는 받지 않았습니다."

"지금 다른 사람과 대화를 나눌 수 있나요?"

"아닙니다. 거의 의식을 잃은 상태입니다. 가끔 정신이 돌아오면 이야기할 때도 있습니다."

"아, 이거 큰일인데…. 이렇게 되면 사건 처리가 안 되는데."

“어쩔 수 없습니다. 좀 기다려보시지요.”

“그동안 박수찬 씨는 어떤 방식으로 치료를 받아왔나요?”

“정기적으로 병원에 와서 암의 진행 상태를 확인했고요. 통증이 심할 때는 진통제를 주사했습니다.”

“지금처럼 상태가 악화한 것은 언제부터인가요?”

“한 달 전쯤 입원했어요. 그전에는 혼자서 통원 치료가 가능했는데, 갑자기 악화했거든요.”

“혹시 가족이나 문병을 오는 사람은 없었나요?”

“없었습니다. 단 한 명도 문병을 오지 않았어요. 혼자서 생활하고 있다고 하더라고요.”

“친구나 친척들도 온 적이 없고요?”

“제 기억으로는 전혀 없었던 것 같아요.”

“처음 병원에 입원했을 때 무슨 이야기를 한 거 없나요?”

“특별하게 기억나는 건 없었어요. 워낙 말수가 적은 분이셨어요.”

“그래도 혹시 기억나는 거 없을까요?”

“아, 하나 생각나요.”

“병실에서 만나서 좀 대화를 나눌 기회가 있었어요. 그런데 자신은 요즘 너무나 행복하다고 하시더라고요.”

“췌장암 말기 환자가 행복하다고 했다고요?”

"맞아요. 그래서 뭐가 그렇게 행복하냐고 물어봤었어요."

"뭐라고 했습니까?"

"자기가 소중하게 여기는 분을 위해 아주 좋은 일을 했다고 했어요."

"좋은 일을 했다고요?"

"맞아요. 그분을 위해 멋진 이벤트를 해줬다고 했어요. 그래서 자신도 행복하게 죽을 수 있게 됐다고도 했고요."

김명길 형사는 이번 사건이 어떻게 흘러왔는지, 대략 감이 왔다. 하지만 100% 확신이 서지는 않았다.

"혹시 박수찬 씨가 정신이 돌아와서 말할 수 있으면 연락해 주시겠어요?"

김명길 형사가 간호사에게 부탁했다.

"그렇게 할게요. 정신이 돌아와서 이야기하는 게 가능할지는 잘 모르지만요. 그런 상황이 되면 바로 연락드릴게요."

"그리고 혹시, 박수찬 씨의 다른 소지품을 좀 볼 수 있을까요?"

"예, 병상 옆 옷장 안에 이런저런 물건이 있을 겁니다."

"아, 있네요. 여기 노트도 있네요. 박수찬 씨가 노트에 뭔가를 쓰는 것을 본 적이 있나요?"

"예, 자주 봤어요. 몸의 통증이 좀 완화되면 앉아서 뭔가를 쓰고는 하더라고요."

　김명길 형사는 자신의 예상이 맞을 것이라는 생각을 하면서, 병실 옷장을 뒤졌다. 일기장이나 송선동의 휴대전화가 거기에 있을 수도 있다고 판단했기 때문이다. 하지만, 거기에도 송선동의 휴대전화는 없었다. 박수찬은 병원에 입원할 당시 휴대전화를 한 대만 갖고 왔다고, 간호사가 설명해 줬다.

　박수찬의 휴대전화는 본인 아니면 열 수가 없는 기종이었다. 비밀번호가 걸려 있는데, 그 번호를 알기 전에는 아무것도 확인할 수 없었다. 그리고, 송선동의 휴대전화는 사라져 버린 상황이 됐다.

　김명길 형사는 옷장 맨 아래에서 찾아낸 박수찬의 일기장을 주목했다. 병원에 입원하는 길에 가져온 새 노트에 쓴 것 같았다.

　박수찬은 자주 일기를 쓴 것으로 보였다. 일기장에는 9월 말까지의 일기가 남아있었다. 박수찬은 10월 들어서도 일기를 쓴 것으로 보였다.

　김명길 형사는 많은 일기 중에서 이번 사건의 모든 과정이 담긴 일기를 찾아냈다. 김명길 형사가 바짝 긴장하면서 일기를 읽기 시작했다. 몇 개의 일기 중, 10월 8일의 일기에는 이번 사건의 정황을 보여주는 결정적인 내용이 담겨 있었다.

2024년 10월 8일

오늘은 통증이 상당히 줄어 들었다. 모처럼 머리가 명료해졌다. 일기장을 꺼냈다. 일기장을 앞에 놓고 앉으니, 송씨와 있었던 지난 4일의 일이 또렷하게 기억났다.

송씨의 집은 낡았지만, 아담했다.

2층 다가구 주택의 낡은 현관문 옆에 붙어 있는 회색 초인종에는 누런 얼룩이 있었다. 꽤 오래된 집이라는 것을 알 수 있었다.

월별 가스 사용량을 써넣는 종이도 붙어 있었다. 가스 사용량이 가지런히 적혀있었다. 글씨가 아주 깔끔하고 정연했다.

송씨의 성격과 똑같다고 생각했다.

처음에 초인종에 손을 댔다가 다시 뗐다. 망설여졌다.

'정말 이래도 되는 것일까?'

'이제 와서 뭐를 망설이는 거야?'

'박수찬, 당신이 옳아?'

'진짜 이게 옳은 길일까?'

'그래 이 방법밖에 없어. 그리고 이런 방법으로 송씨를 행복한 죽음에 이르게 할 수 있는 사람은 나밖에 없어.'

나는 잠시 나와의 대화를 이어갔다.

'그래 나밖에 없어.'

결론을 냈다. 그리고 용기를 냈다.

"띵동."

초인종을 눌렀다. 집 안에서 문 쪽으로 누군가가 걸어오는 소리가 들렸다.

"예."

확실하면서도 예의 바른 대답이 들렸다. 분명, 송씨의 목소리였다.

문이 열렸다.

"아이고, 이게 누구야. 이렇게 귀한 손님이 우리 집을 다 방문해 주고."

"실례, 실례."

송씨 집 내부는 아늑했다.

현관에는 송씨의 것으로 보이는 운동화와 슬리퍼만 한 켤레씩 놓여 있었다.

"오늘 정말로 송씨와 한잔하고 싶어서 맘먹고 왔어."

"아이고 박씨 정말 고맙네, 고마워. 나도 요즘 가슴에 구멍이 뻥 뚫린 느낌이 들곤 했는데. 오늘은 뻥 뚫린 구멍을 꽉 채워보자고."

나는 준비해 간 갑오징어회와 멍게, 산낙지 등을 식탁에 풀어놨다.

식탁은 4인용이었다. 의자도 4개가 있어서, 얼핏 보면 4인 가족이 사는 집 같았다.

분명히 혼자 사는 것으로 알고 있는데.

"야, 이거 진수성찬이 따로 없는데. 내가 좋아하는 것만 다 골라 왔네."

초고추장과 와사비, 간장 등을 꺼내놓은 뒤, 나는 송씨의 얼굴을 바라봤다.

일순간이었다.

너무 행복해 보였다.

'이 정도면 됐어.'

그런 생각이 들었다.

다른 봉지에 담아온 사케 2병을 꺼내는 내 손은 사실 많이 떨렸다.

"송씨가 좋아하는 사케도 2병이나 준비했어. 됫병 하나, 중병 하나. 오늘 마음껏 마셔보자고."

나는 먼저 됫병을 꺼내 병뚜껑을 땄다. 얼마 전 백화점 술코너에 가서 사케 2병을 사 왔다. 됫병에 들어있는 것은 중급 사케였지만, 중병에 들어있는 것은 최고급 사케였다.

중병 사케는 내가 지금까지 사본 술 중에서 가장 비쌌다.

송씨가 주방 위 선반에서 술잔 2개를 꺼내왔다. 사케를 마시기에 적당해 보이는 유리잔이었다.

나는 유리잔 2개에 됫병의 사케를 똑같이 따랐다.

사케는 맑고 투명했다. 사케를 잔에 따를 때는 몰랐는데, 잔에 들어있는 사케를 코에 갖다 대자 특유의 풍취가 온몸으로 퍼졌다.

"자, 우리 건배부터 하고. 우리의 행복을 위하여!"

내가 건배를 청했다.

'행복을 위하여'라는 말은 진심이었다. 이 세상에서 가장 행복한 자리를 만들고 싶었다.

"그러자고. 정말로 고마워. 오늘 기분 좋게 취해 보자고."

"우리 둘의 건강을 위해!"

'건강을 위해'라는 구호를 외치던 송씨가 나를 바라봤다.

뭔가 좀 이상하다는 표정이었다.

나는 가슴이 찔렸다.

'혹시 송씨가 내 계획을 알고 있는 거 아냐?'

괜히 그런 걱정이 들었다.

"아니 박씨, 어디 아픈 거 아냐? 살이 많이 빠진 것 같은데. 혈색도 안 좋고."

나는 안심했다. 송씨가 나의 건강을 진심으로 걱정한 것이었다.

'아, 내 얼굴에서 벌써 표시가 나는구나.'

나는 들키면 안 된다고 생각했다.

'나는 건강한 거야. 아니 건강한 걸로 해야 해.'

나는 다시 한번 다짐했다.

“아이고, 뭔 얘기야. 요즘 운동을 좀 세게 했더니….”

“아니 몸무게가 상당히 줄었겠는데?”

“아, 한 5kg 줄었나. 매일 아침 뒷동산 1시간씩 돌고, 집에서는 실내 자전거 30~40분씩 타고.”

“아니 운동만으로 몸무게를 그렇게 뺐다고? 대단한데.”

“아, 운동만으로 빼는 건 아니고. 식사 조절도 좀 해. 일단 저녁 7시 이후에는 아무것도 안 먹어. 사실 식사 조절이 가장 중요한 것 같아. 살을 빼는 데는.”

“박씨 정말 대단한데. 와, 정말로 놀랐어.”

송씨의 칭찬은 내 가슴을 후벼 팠다. 그렇다고 거기서 내가 췌장암에 걸려서 살이 빠지고 있다고 이야기할 수는 없었다.

나는 건강한 것으로 해야 하고, 행복한 것으로 가장해야만 했다.

송씨의 ‘예기치 못한, 행복한 죽음’을 이루어야 하기 때문이다.

술병은 우리 두 사람 사이를 마구 오갔다. 마시면 따르고, 따르면 마셨다.

술병은 점점 가벼워졌다.

술을 많이 마시니까, 속이 쓰렸다. 하지만, 참았다. 역류성식도염 진단을 받은 이후로 이렇게 많은 술을 마신 것은 처음이었다. 예전에는 소주 두 병은 마시곤 했는데, 췌장암 진단이 나온 뒤에는 술을 입에 대지 않았다.

'오늘은 참아야 해.'

내 머리가 빙빙 돌기 시작했다.

오랜만에 마신 술은 전신으로 퍼졌다. 아마도 나의 목숨을 노리고 있는 췌장에도 알코올이 전달됐을 것이라고, 나는 막연히 생각했다.

하지만, 괜찮았다.

어차피 나는 '예상할 수 있는, 예기치 못한 죽음'의 선택을 당한 사람이다. 의사가 이야기한 6개월을 다 채울지, 아니면 그 이전에 저세상으로 갈지 알 수가 없다.

의사는 나에게 술과 담배에 관한 이야기를 따로 하지 않았다.

술을 마시면 안 된다거나, 담배를 피우면 좋지 않다거나 그런 이야기를 하지 않았다.

단지 처음에 진료할 때 술과 담배를 하느냐고만 물었다. 담배는 몇 년 전에 끊었지만, 술은 한다고 했다.

아마도, 모든 치료를 포기하고 고통 없는 죽음을 선택한 자신을 의사가 배려한 것이리라, 나는 생각했었다.

오랜만에 몸으로 들어온 술은 점차 나의 모든 세포와 나름대로 잘 어울려 놀았다.

나와 송씨는 이 얘기 저 얘기 시간 가는 줄 모르고 나눴다. 처음에 자서전 쓰기 교실에서 만났을 때의 그 서먹서먹함에 대해 이야기했다.

그 서먹서먹함에 대한 우리 두 사람은 의견은 일치했다.

"서먹서먹한데 어울리고 싶은 거 있잖아. 그냥 끌리더라고."

"맞아. 말을 걸고 싶은데 걸 수가 없었어. 그놈의 자존심이 뭔지."

"그러다가 우리가 웰다잉 교실에서 다시 만났잖아. 나는 그때 운명이라는 걸 느꼈어. 우리가 거기서 다시 만나게 될 줄은 꿈에도 생각하지 못했거든."

우리의 대화 소재는 어느덧 자서전 쓰기 교실과 웰다잉 교실에서 만나 어울리는 멤버에 대한 것으로 바뀌어 있었다.

나는 조금씩 취기가 오르는 것을 느꼈다. 하지만 정신을 바짝 차렸다.

'취하면 안 되는데. 이러다가 모든 계획이 거품이 되면 안 되는데.'

나는 수시로 나의 허벅지를 꼬집었다. 송씨를 행복하게 해주려고 왔는데, 왜 내가 이 시간을 즐기고 있는 거지?

"송씨, 사실 내가 송씨를 존경하고 있어."

내 입에서 갑자기 '존경'이라는 단어가 튀어나왔다. 말한 나도 그렇지만, 그 말을 들은 송씨도 어딘가 생경하다고 느끼는 것 같았다.

"이봐, 박씨 뭐라고? 나를 존경한다고? 왜? 나에게 남들이 존경할 부분이 있나? 갑작스럽게 존경이라니. 박씨 술 취했어?"

"그래, 좀 취했어. 그래서 내 마음 저 깊은 곳에 있던 말을 한 거야."

"나를 존경한다고?"

송씨도 갑자기 취기가 오르는지, 목소리가 높아졌다. 사케 됫병이 벌써 거의 다 비워진 상태였다. 술을 너무 많이 마신 상황이었다.

"맞아. 내가 송씨를 존경해. 진심으로."

"아니, 내가 평생을 살아오면서 나를 존경한다는 이야기는 처음 들어보네. 아니, 나의 뭐를 존경한다는 거야? 들어나 보자고. 그거 기분은 안 나쁘네."

"그 뭐랄까….."

"거 봐. 괜히 사람 기분 좋게 해주려고 지어낸 말이었지?"

"아니야. 그거 아니야. 정말 존경한다니까."

"아니 나의 뭐를 존경한다는 거냐고?"

송씨의 혀가 조금 꼬부라지기 시작했다.

"뭐를 존경하냐고? 그건 나도 몰라. 뭔지는 모르지만 존경해. "

"뭔지도 모르고 존경한다는 게 말이 돼?"

"말이 되지. 사랑할 때, 우리가 젊어서 사랑했을 때도 그랬잖아. 나도 몇몇 여자를 사랑했었어. 그런데, 그 여자 하나하나를 뜯어보면 내가 왜 사랑했는지 잘 모르겠더라고. 그냥 끌려서 사랑한 거야."

"아니, 그 사랑하는 거와 누군가를 존경하는 거랑은 다른 거 아냐? 사랑하는 마음은 아무런 이유가 없어도 생기지만, 존경하는 마음은 무슨 이유가 있어야 생기는 거 아냐?"

"아이고, 답답해. 존경도 똑같아. 나에게는 똑같아. 송씨를 보는 순간 존경하게 됐다고. 그냥 살아가는 방식, 서 있는 모습, 그런 게 모두 존경스러웠다고."

"이건 농담인데. 박씨 동성연애자는 아니지?"

"예끼 이 사람. 지금 그런 농담할 때가 아냐. 우리가 취했지만, 우리는 지금 진지하게 우리의 마음을 이야기하고 있는 거야."

"좋아. 박씨. 박씨가 나를 존경한다고 치자고. 그래서 뭐가 달라지는데."

송씨의 말투가 어긋나기 시작했다. 마치 싸움을 거는 것 같기도 했다.

"아이고 송씨, 좀 진정해. 이 세상에 몇십억 인간이 있잖아. 그중에서 딱 한 사람이라도 나를 존경하는 사람이 있는 건 나쁘지 않은 거 아냐?"

"그러니까, 이 세상 몇십억 인간 중에서 박씨가 나를 존경하니까 기분이 좋은 거다, 이런 얘기네."

"맞아, 그거야."

"이 세상에, 이 넓은 세상에 딱 혼자인 나. 아무도 나를 봐주지 않고, 아무도 나를 생각해 주지 않는데, 나를 존경해 주는 사람이 있다는 거네. 이 세상에 나를 존경해 주는 사람이, 딱 한 명이라도 있다는 거네. 그리고 그 사실을 지금 안 거네. 이 세상에서 나에게 존경심을 표시해 주는 사람이 한 명 있다는 걸 말이야.”

“그래.”

“생각해 보니 그거 좋은데. 뭔가 막 살아있는 느낌이 들어.”

나는 사케 뒷병을 위로 번쩍 들어 병 안을 들여다봤다. 딱 2~3잔 정도만 남아있었다.

송씨는 사케가 머리끝까지 올라간 것 같았다. 적당히 취해있었고, 적당히 기분이 좋은 상태였다. 내가 보기엔.

“송씨, 이거 진짜 좋은 사켄데. 이걸로 한잔 마시자고.”

내가 비장의 카드를 꺼냈다.

송씨의 살아있는 느낌이 든다는 얘기는 과연 무슨 뜻일까?

나는 그 말이 행복한 느낌이 든다는 이야기일 거라고 내 멋대로 생각했다.

내가 송씨에게 이야기한 것, 그러니까 처음부터 존경심이 들었다는 말은 모두 사실이다. 요즘 말로 팩트다.

송씨는 늘 남을 배려했다. 자신을 드러내려 하는 것을 본 적이 한 번도 없다.

우리 몇 사람이 모여 무슨 토의를 하게 되면, 그는 늘 맨 마지막에 겨우 몇 마디만 거들곤 했다. 어떤 때는 아무 말도 하지 않은 채 토의를 끝내기도 했다. 하지만, 자신이 꼭 하고 싶은 말이 있을 때는 확실하게 의사를 밝히는 단호함도 송씨에게는 있었다.

내가 본 송씨는 거의 완벽한 인격체였다. 송씨는 남을 위해 태어난 것 같은 행동을 자주 했다. 그는 늘 양보했고, 궂은일을 도맡아 했다.

그를 보고 있는 것만으로도 질서가 느껴졌고, 마음이 편해졌다.

그를 존경하지 않을 재간이 없었다.

그래서 나는 송씨와 단둘이 따로 만나 이야기하는 시간을 만들곤 했다. 다섯 명의 모임이 끝나고 나서 귀가할 때는 일부러 그의 집 쪽으로 돌아서 가곤 했다.

나는 송씨가 행복하기를 진심으로 바랐다.

나를 포함한 우리, 그러니까 자서전 쓰기 교실에서 만나 웰다잉 교실에서 친해진 우리는 모두, 적어도 외견상으로는 행복해 보이지 않는다.

모두가 혼자 산다. 서로가 가족에 관해 이야기하지 않아서 자세한 것은 파악할 수 없지만, 대략의 느낌상 이런저런 이유로 가족과 헤어져 살아가고 있다는 것 정도는 알고 있다.

나는 혼자 산다는 것이 불행한 것과 직결되는 것은 아니라고 생각하지만, 불행의 중요한 요소가 될 수 있다는 것 역시 알고 있다.

나는 송씨가 '예기치 못한 죽음'을 강하게 원한다는 것을 알고 나서, 그가 혼자 생활하는 중에도 상당한 정도의 행복감을 느끼고 있을 걸로 생각했다.

예기치 못한 죽음이 무엇인가?

죽음의 고통을 느끼지 않는 것은 물론이고, 지금의 질서를 파괴하지 않는 것 아닌가?

지금의 질서란 무엇인가?

그게 바로 행복이다.

송씨는 지금 행복하기에, 그 행복을 영원히 간직하고 싶기에 예기치 못한 죽음을 갈구하고 있다고 나는 생각해 왔다.

지금 살아가고 있는 평온, 지금 질서 있게 돌아가는 자신과 자신의 주변, 지금 자신에게 온전한 시간, 지금 자신이 누리고 있는 '갈등 없음', 그런 것들이 모두 모인 것이 그에게 있어서의 행복이 아닐까?

송씨의 행복은 따지고 보면 송씨 스스로가 만들어 왔을 것이라고 나는 생각했다.

송씨의 삶은 그 자체가 질서고, 행복이라는 것.

무엇보다 그는 나에게 많은 행복을 가져다줬다. 그를 만나 존경할 수 있는 것만으로도 나는 행복했다.

내 생각은 거기에 머물렀다.

그런 생각을 하는 동안 실행에 옮길 시간이 됐다.

중병에 들어있는 최고급 사케.

금박이 동동 떠 있었다.

"자 이걸로 한잔 마시자고."

"좋지."

나는 나의 존경한다는 말 때문에 송씨가 더 행복해졌을 것이라고는 생각하지 않았다.

하지만, 나는 송씨에게 그 말만은 꼭 해주고 싶었다. 왜냐하면 그게 그의 진심이었기 때문이다. 그리고 결국 그 말을 했다.

하고 싶은 것은 다 했다.

송씨가 큼직한 갑오징어 조각에 빨간 초고추장을 듬뿍 찍어 입으로 가져갔다.

"오늘 최고네. 나에게 이런 날이 올 줄은 몰랐어. 갑오징어 최고, 사케 최고."

'이제 인사를 나누자고.'

'송씨가 그렇게 원하는 것, 내가 이루어줄게.'

'나를 원망하지 않겠지?'

나는 치사약이 들어있는 고급 사케를 송씨의 술잔에 따르면서 생각했다.

손이 떨렸다. 술병 안에 있던 금박 가루 몇 개가 잔으로 흘러나왔지만, 치사약은 술에 녹아서인지 보이지 않았다. 사케 자체는 투명했다.

나는 고급 사케 대신 됫병에 남아있던 사케를 내 술잔에 부었다.

됫병의 술을 한 잔 따랐는데도, 두 잔 정도 더 남아있는 것 같았다.

"송씨, 뭐 할 말 없어?"

"할 말. 그거 많지. 우선 이런 행복한 시간을 만들어줘서 고맙다는 말, 그 말을 하고 싶고."

"나도 한마디 할 게. 송씨, 송씨 덕분에 즐거웠어. 행복했다고."

"자, 건배!"

"건배!"

두 개의 술잔이 내는 청량한 소리가 송씨 집 거실에 울려 퍼졌다.

나와 송씨는 술잔을 입에 대고 그 안에 들어있던 사케를 목으로 쭉 넘겼다.

"억!"

송씨가 배를 움켜잡으며 앞으로 쓰러졌다. 건배하고 나서 바로 벌어진 일이었다.

나는 가만히 앉아 있었다. 됫병에 남아있던 사케를 내 잔에 연이어 따라 마셨다.

송씨가 피를 토했다. 쓰러지고 나서 얼마나 흘렀는지, 지금은 잘 기억나지 않았다.

모든 것이 예상했던 대로 진행됐다.

쓰러진 송씨가 얼굴을 들어 나를 봤다.

나는 송씨의 눈을 외면하지 않았다.

"고마워."

송씨의 목소리는 작았다.

"고마워. 나에게 존경한다고 해줘서 고마워."

송씨의 목소리가 조금 더 커졌다.

송씨가 지금 자신은 술에 취해서 쓰러지는 것으로 생각하고 있는 것 같았다. 그건 내가 노린 것이기도 했다. 송씨가 고통을 느끼지 말아야 한다고 나는 생각했다.

송씨의 몸이 그대로 푹 꺼졌다. 송씨의 몸은 결국 의자 아래로 나뒹굴었다.

나는 여전히 가만히 앉아 있었다.

'내가 할 수 있는 것은, 겨우 이거뿐이네. 송씨의 마지막을 행복하게 해주고 싶었어.'

나는 막막한 숨을 내쉬었다.

방안은 적막했다. 갑자기 심한 속쓰림이 몰려왔다.

나는 먹다 남은 안주와 술병을 가져온 쇼핑백에 챙겨 넣었다. 그리고, 술잔, 접시, 숟가락, 젓가락을 물로 닦은 뒤 제 자리에 갖다 놨다.

송씨의 입에서 흘러나온 피가 식탁 옆 거실 바닥을 흥건하게 적시고 있었다. 하지만, 나는 송씨의 시신에 손을 대지 않았다.

나는 송씨의 시신과 그가 흘린 피를 그냥 물끄러미 바라봤다.

이 이상은 할 것이 없다고 생각했다.

'이렇게 조용히 사라지는 거야. 그리고 이제 나야. 내 차례야. 이제 나는 내 방식대로 송씨가 간 그곳으로 가는 거야.'

나는 이런 생각을 하면서 거실에 있던 송씨의 휴대전화를 주머니에 찔러 넣었다. 특별한 이유는 없었다.

'이제 끝났군. 나의 버킷리스트.'

현관문을 닫고 발걸음을 떼려고 하는데, '띠리링' 번호 키가 잠기는 소리가 들렸다.

송씨의 집 밖은 내가 처음 도착했을 때와 변한 것이 하나도 없었다.

낡은 초인종과 정연한 글씨로 정리된 가스 사용량 기록지도 내가 들어올 때와 똑같았다.

오랜만에 긴 일기를 썼더니, 숨이 차다. 이제 자야겠다.

"역시 그랬군. 예상이 맞았어. 제기랄."

김명길 형사가 혀를 찼다. 두 사람이 남긴 일기를 조합하면 결론은 분명했다.

췌장암 4기라는 사실상의 사망선고를 받은 박수찬이, 예기치 못한 죽음을 원해오던 송선동을 살해한 것이 확실했다.

"죽음을 앞둔 사람이 어떻게 다른 사람을 죽이겠다고 생각할 수 있을까?"

김명길 형사가 중얼거렸다.

*

간호사에게 부탁한 전화는 며칠 지나서 왔다. 박수찬의 정신이 돌아와 주변 사람과의 대화가 가능하다는 연락이었다. 김명길 형사는 서둘러 병원으로 갔다.

박수찬은 간호사와 간신히 대화하는 정도였다.

김명길 형사는 자신을 소개한 뒤 단도직입 방식으로 물었다. 사건을 마무리하기 위해 꼭 필요한 진술을 받아내야만 했다.

"송선동 씨 아시죠?"

"예."

박수찬의 목소리는 아주 작았다.

"박수찬 씨가 송선동 씨를 살해하셨나요?"

"예, 제가 죽였습니다."

대답하는 박수찬의 눈에서 눈물이 흘렀다. 하지만, 박수찬은 이후 말을 이어가지 못했다. 박수찬은 다시 깊은 혼수상태에 빠졌다.

'염씨'라는 사람에 대해서도 물어볼 생각이었지만, 더 이상 물어볼 수가 없는 상황이었다.

"역시 그랬군."

병원을 나서면서 김명길 형사가 중얼거렸다.

송선동 살해 사건과 관련한 결정적인 진술을 얻어낸 김명길 형사의 마음이 다시 급해졌다.

송선동의 일기에 적혀있는 또 다른 사람, '염씨'의 행방을 빨리 찾아야 한다는 생각이 들었기 때문이다.

김명길은 작은 것 하나라도 결코 허투루 보는 형사가 아니다.

'염씨라는 사람에게도 무슨 일이 있어.'

김명길 형사는 이런 생각을 하면서 염씨의 신원과 소재를 확인하는 작업에 들어갔다.

송선동의 통화기록을 받아 일일이 확인한 결과, 염씨는 '염석길'로 밝혀졌다. 송선동의 통화기록에 나오는 전화번호의 소지자 중 염씨 성을 가진 사람은 염석길 뿐이었다.

김명길 형사는 염석길의 전화번호로 전화를 걸었다.

"혹시 염석길 씨 전화인가요?"

"염석길 씨 전화인 것은 맞는 데, 저는 염석길 씨가 아닙니다."

"여기 경찰인데요, 염석길 씨는 어디 계시지요?"

"저도 알 수가 없습니다."

"알 수가 없다고요?"

"그렇습니다. 저도 염석길 씨를 찾고 있으니까요."

"그럼, 염석길 씨와의 관계는?"

"예, 거래처 사람이라고 해야 하나…."

"거래처 분이시라고요? 예, 알겠습니다. 제가 찾아가서 뵙도록 하겠습니다."

염석길의 행방을 알아낼 수 있는 단서를 확보한 김명길 형사는, 우선 박수찬이 쓴 일기 중 나머지 부분까지 모두 읽어보기로 했다.

김명길 형사가 읽기 시작한 박수찬 일기에는 '일기파'라는 단어가 또 나왔다. 김명길 형사는 순간, '무슨 조폭인가'라는 생각이 들었지만, 이내 고개를 가로저었다.

'그릴리가 없잖아.'

2024년 10월 15일

버킷리스트는 완성했다. 몸은 여전히 아프지만, 마음이 편하다.

마음이 편하니 그리운 사람들의 얼굴이 떠올랐다. 일기파 멤버들의 얼굴도 한명 한명 떠올랐다. 그리고 그중 누군가가 했던 말도 생각났다.

"뭐, 우리 같은 사람이 자서전씩이나 써요? 그냥 노트나 일기장에 이런저런 이야기, 생각나는 이야기를 써놓으면 그게 자서전이지. 그냥 그날그날 있었던 일을 그대로 적어 놓는 거예요. 한 가지 비결을 알려드릴게요. 녹음이나 촬영한 것을 그대로 풀어놓는 것처럼. 생각나는 걸 그대로 적는 겁니다. 내가 이야기한 것도 좋고, 상대방이 이야기한 것도 좋고, 있는 그대로 적는 겁니다. 일부러 꾸미려고 할 필요 없어요. 그냥 대화체로 쓰면 더 좋아요. 나중에 보면 기억도 잘 나고 좋습니다. 그렇게 하면 일기를 쓸 때 고민하지 않아도 돼요. 그날 가장 인상적이었던 장면, 그냥 맨 먼저 떠오르는 대화 같은 것을 쭉 적어나가면 그걸로 끝나는 겁니다. 우리 자신을 위한 자서전이니까, 그게 더 좋을 거예요. 어차피 저희처럼 혼자 사는 사람들이 쓰는 일기, 다른 사람이 볼 가능성도 없잖아요."

멤버 중 누군가가 했던, 이 말. 죽음을 앞두고 일기를 쓰는 상황에서 가장 가슴에 와닿는다.

오늘 있었던 이야기, 오래전에 있었던 이야기를 그냥 생각나는 대로 적어 가니, 일기 쓰기가 무척 편하다. 나 박수찬의 지난날을 함께한 나의 소중한 사람들. 그 사람들의 이야기를 정리해 보고 싶다.

사실 혼자 살게 되면서 내 마음은 늘 추웠다. 마음 저 속에는 늘 바람살이 있었다.

이 병원으로 오기 전까지, 내가 살던 방 안의 공기는 늘 차갑게 엉겨 붙어 있는 것 같았다. 내 몸뚱어리로, 나의 체온으로 차가운 공기를 덥힌 다음에 엉겨 붙은 공기 조각조각을 하나씩 따로 떼어놓고 싶어지곤 했다. 하지만 공기는 더 단결했다. 차갑게 뭉쳐진 공기가 내 몸을 향해 달려들었다. 나는 찬 공기의 공격을 피해 이불 속으로 파고들었다.

'혼자라서일 거야.'

이런 생각을 자주 했다.

그 옛날, 내가 가족들과 함께 살던 집 역시 무척 추웠다. 겨울철뿐 아니라 봄이나 가을에도 차가운 공기의 공격을 자주 받았다. 하지만, 그때는 그 추위와 싸워서 이겨낼 수 있었다.

그때는 우리 가족 세 명의 힘이 있었다. 우리 세 명이 만들어낸 온기는 차가운 공기의 공격을 잘도 물리쳤다.

우리가 차가운 공기 덩어리의 공격을 물리치는 데 결정적인 역할을 한 것은, 사실 물리적인 체온만이 아니었다.

거기에는 우리의 '꿈'이 있었다.

우리 세 명은 늘 꿈을 꿨다. 꿈을 꾼 곳은 그렇게 크지 않은 지방 도시였다. 거기에서 우리는 행복한 삶에 대한 꿈을 꿨고, 그걸 이루기 위해 애를 썼다.

그때의 꿈이 아련하다.

2024년 10월 16일

한때 나의 가장 큰 원군이었던 아내가 생각난다.

나는 군대 제대 후 복학해서 아내를 만났다. 나는 수학을 전공했고, 아내는 언어학을 공부했다. 정말 공들여 공부했다. 우리는 각자가 좋아하는 전공을 만났고, 그래서 청춘을 쏟아부을 수 있었다.

석사과정 때까지 나와 아내에게 큰 어려움은 없었다. 나와 아내는 자주 만나 술을 마시며 이야기를 나눴다. 여행은 나와 아내가 모두 좋아하는 취미였다. 나와 아내는 시간이 날 때마다 국내는 물론 해외까지 돌아다녔다.

나와 아내는 박사과정에 들어가고 나서야 결혼을 할 수 있었다. 나는 수학 전공을 살려 입시학원에서 아르바이트 자리를 얻을 수 있었고, 아내는 미리 따놓은 한국어 교사 자격증을 이용해 외국인들에게 한국어를 가르치는 일을 했다.

비록 넉넉하지는 않았지만, 살만했다. 그래서 우리는 결심했다. 하나로 뭉치기로 했다. 그리고 뭉쳤다. 살림을 차린 것이다.

결혼하기 전까지 살았던 원룸은 겨울만 되면 늘 추웠다. 칼바람이 매서웠다. 아내와 결혼하고 나서 마련한 보금자리 역시 추웠다. 원룸이 작은 투룸으로 바뀌었지만, 겨울철 실내 온도는 비슷했다.

하지만, 우리는 사랑으로 실내 온도를 따듯하게 만들 수 있었다.

아이가 생기기 전, 우리 둘은 겨울도 잘 버텼다. 공기가 한기를 머금고 공격해 오면 우리는 둘의 사랑으로 그 찬 공기 덩어리와 맞섰다. 우리는 늘 하나가 되었다. 잠에 들기 전에는 서로의 손을 꼭 잡고 잤다.

우리 두 사람은 우리들 사이에 공기 한 점도 들어가기 어려울 정도로 밀착했다.

차가운 공기 덩어리에 대응하는 데는 1보다 2가 나았다. 우리는 물리적 추위를 나와 아내의 사랑으로, 마음으로 이겨냈다.

첫 아이가 생긴 것은, 우리가 박사과정 2년 차 되던 해였다. 나와 아내의 기쁨은 무엇보다 컸다. 겨울철 차가운 공기 덩어리와의 싸움은 1대 3으로 전개됐다. 싸움은 갈수록 유리하게 펼쳐졌다. 더 따스한 가정을 꾸릴 수 있었다. 내 가족 세 명의 사랑은 그만큼 강하고, 탄탄했다.

그래서 우리 집에서는, 그리고 우리가 사는 방에서는 늘 따스함을 느낄 수 있었다. 물리적으로는 추웠지만, 정신적으로는 늘 따스함 속에서 살 수 있었다. 우리 부부는 꽃잠을 잘 수 있었고, 아이는 나비잠을 잘 수 있었다. 아이가 소록소록 잠을 자는 모습은 너무나 예뻤다.

우리는 학위를 따서 직장을 잡고, 아이를 안정적으로 키우면서 행복하게 살아가는 꿈을 키웠다. 우리는 아이가 나래를 활짝 펴고 성장하는 모습을 꿈꾸며 하루하루를 열심히 살았다.

나는 박사과정을 마쳤다. 하지만 그 과정에서 참으로 많은 고비를 넘겼다. 교수의 갑질은 무섭고 집요했다. 물론 나중에 나는 나에게 가해졌던 갑질은 갑질도 아니라는 것을 알았다.

2024년 10월 17일

아내가 경험한 교수의 갑질은 껍데기가 단단했다. 논문은 계획대로 진행되지 않았다. 학위 논문을 제출하기 위해 꼭 써야만 하는 학회지 논문은 교수의 온갖 훼방 속에 진척을 보지 못했다.

교수는 어느 날 아내에게 해외 출장 이야기를 했다. 일본의 한 도시를 다녀오고 싶다고 얘기했다.

아내는 이런저런 자료를 찾고, 지인들의 조언을 얻어 여행 계획을 짜서 교수에게 제시했다. 출장 날짜까지 알아보고 항공권 좌석 상태까지 확인해서 알려줬다.

하지만, 교수는 짜증을 부렸다. 특별한 이유가 없었다. 학술지에 게재하기 위해 가져간 원고를 읽다 말고 사소한 꼬투리를 잡아

잔소리를 해댔다.

아내는 먼저 박사학위를 딴 선배를 만나 하소연을 했다고 했다.

아내의 전언을 생각나는 대로 적으면 대체로 이렇다.

"야, 너는 대학을 그렇게 오래 다니고도 눈치가 없니? 그건 너에게 여행비를 대라는 얘기야. 너 놀라지 마라. 왜 3년 전에 박사학위 받은 조선족 유학생 있잖아. 중국 대학에서 석사만 받고 교수하다가 휴직하고 박사 받으러 온 그 선배 말이야. 그 선배에게 직접 들은 얘기인데 K교수 있잖아. 그거 사람도 아니더라. 그 조선족 유학생 선배에게 중국 여행비를 다 내게 했다고 하더라. 두 사람 연봉을 비교하면 K교수 연봉이 아마 10배는 많았을 거다. 그런 조선족의 등골을 빼먹는 교수가 바로 K교수야."

K교수의 악행은 끊이지 않았다. K교수는 대학 인근 목욕탕으로 수시로 목욕하러 갔다. 교수는 그때마다 아내에게 따스한 바나나 우유를 준비해 대기할 걸 요구했다.

아내는 정이 떨어진다고 했다. 아니 이후에는 K교수를 만나기가 싫다고 했다.

"이렇게 학위를 따서 뭐 해?"

아내는 박사학위를 포기하겠다고 말했다. 아내의 그 말은 참으로 무거웠다. 그리고 내 마음도 무거워졌다.

아내가 학위를 포기하는 것은 인생을 포기하는 것이라고, 나는 생각했다. 무슨 수를 써서라도 학위를 따야 한다고 아내를 설득했다.

나의 설득에 아내는 마음을 조금씩 돌려먹기 시작했다.

다시 한번 해보겠다, 다시 도전해 보겠다며 나름의 의지를 보였다.

그런데, 아내가 결심한 것은 한국에서 학위를 따는 것이 아니었다. 해외로 나가겠다는 것이 아니었다. 아내는 영어를 잘했다. 외국에 나가서도 수업을 충분히 들을 수 있는 상황이었다.

2024년 10월 18일

아내는 해외 유학 계획을 구체화했다. 아내는 아이를 데리고 미국에 가서 박사학위를 받아오겠다고 했다. 아이를 키우면서 공부한다는 것이 쉽지 않은 일이었지만, 아내는 아이와 떨어질 수는 없다고 했다.

그래서 아내는 떠났다. 아내는 아이를 데리고 미국으로 갔다. 나는 아내와 아이의 생활비와 학비를 마련하기 위해 정말로 열심히 일을 해야만 했다. 그래서 입시학원 아르바이트에서 벗어나 입시학원 정식 강사로 취직했다.

시간강사로 이 대학 저 대학 돌면서 교수 자리를 노릴 형편이 안 됐다. 교수가 되겠다는 꿈은 점차 멀어져갔다.

학원의 홈페이지나 광고지 등에는 내 얼굴 사진과 학력 등이 커다랗게 게시되곤 했다.

학원 강사는 수입이 괜찮았다. 유명 '일타강사'는 아니었지만, 나름대로 따르는 학생이 있는, 그럭저럭 괜찮은 강사였다.

나는 아내와 수시로 화상전화를 하면서 '기러기아빠'의 외로움을 달랬다. 우리는 '주말 부부'도 아니고, '월말 부부'도 아니었다. 기껏해야 1년에 한 번 만날까 말까 한 '연말 부부' 정도 됐다.

아내가 한국으로 오기는 쉽지 않은 상황이었다. 아이까지 있기 때문에 항공료 부담도 만만치 않았다. 그래서 내가 미국을 다녀오곤 했다.

하지만, 학원 강사가 긴 기간의 해외여행을 하기란 쉽지 않았다. 1년에 한 번 만나는 것도 벅찼다.

우리는 우리가 할 수 있는 한도 안에서 열심히 사랑하며 살았다.

아이에게 아빠의 사랑을 느낄 수 있도록 선물도 보내고, 매일 화상전화도 했다.

생활비도 열심히 보냈다.

그런데.

이후의 이야기는 머리가 아프다. 이런 얘기를 내 일기에 꼭 써야 하나?

2024년 10월 19일

가장 가슴 아픈 일이다.

아내가 미국으로 간 지 2년여가 되던 어느 날부터 변화의 조짐
이 느껴졌다.

일단 통화가 잘 이루어지지 않았다.

아내는 화상통화를 한사코 거부했다.

그 이전에는 연구실이나, 집에서 통화를 할 때는 언제나 화상으
로 했다.

특히 아이가 있는 경우에는 100% 화상으로 전화를 주고받았다.

그런데 어느 날부터 아내는 음성통화만 하자고 했다.

그리고, 집을 비우는 경우가 많았다. 아내의 얼굴과 아이의 뛰어
노는 모습을 보고 싶었지만, 잘 이루어지지 않았다.

"여기 인터넷망이 좀 이상해. 화상전화가 잘 안돼."

아내는 변명을 늘어놓기 시작했다. 화상전화를 걸면 자신이 받지
않아놓고 통화가 안 된다고 우겼다.

전화 통화를 하다가 싸우는 경우가 생겼다. 옆에서 아이가 우
는 소리도 들렸다.

아내와 나의 관계는 점점 소원해졌다. 아내가 먼저 전화를 걸어
오는 경우는 거의 없었다. 내가 거는 경우가 대부분이었는데, 상당
수 전화는 아내가 받지 않았다.

아내는 논문이 잘 써지지 않는다고 했다. 미국 대학에서 영어로
박사논문을 쓰는 것은 쉽지 않다고도 했다.

하지만, 나는 그게 다 변명이라고 생각했다. 아내는 한국에 있을 때도 영어로 논문을 잘 썼다. 자신의 논문이 국제학술지에도 게재되곤 했다.

아내에게 결정적인 변화가 생겼다는 사실을 알게 된 것은 그 후로 몇 달쯤 지난 어느 겨울이었다.

수능시험이 끝나고 나서, 휴가를 내 미국으로 날아가겠다고 아내에게 말하자, 아내는 당황스러워했다.

바쁜 때이니 다음에 오라고 했다. 이런 반응을 보인 것은 처음이었다.

하지만, 나에게 휴가를 낼 수 있는 기간은 그때뿐이었기에 단념하지 않았다. 무조건 가겠다고 했다. 고생하는 아내를 위로해 주겠다는 생각도 했다.

2024년 10월 20일

나는 비행기를 탔다. 카톡으로 도착일을 알려줬다. 아내는 몇 시에 도착하는지 물었고 나는 공항 도착 예정 시간과 집 도착 예정 시간을 알려줬다.

내 마음은 날아가는데, 비행기는 기어가는 기분이었다.

빨리 가서 아내와 아이를 만나고 싶었다.

나의 간절한 마음이 통했나?

비행기가 예정 시간보다 30분이나 일찍 도착했다. 게다가 공항에서의 입국 수속도 예상보다 빨리 끝났다. 공항에서 서둘러 택시를 타고 아내의 집으로 향했다.

결국 나는 아내에게 이야기한 도착 예정 시간보다 대략 1시간 30분 정도 일찍 도착했다.

초인종을 눌렀지만, 반응이 없었다. 집 주변을 서성이며 아내와 아이를 기다렸다. 시간이 너무 많이 남아있는 것 같아 건너편 공원에 가서 벤치에 앉아 있었다.

대략 1시간쯤 지났을까? 차가 한 대 아내의 집 앞에 멈춰 섰다. 아내가 먼저 내리고 아이가 뒤따라 내렸다. 그런데 아내가 운전석이 아니라 조수석에서 내렸다.

잠시 후 운전석에서 미국인 남성이 내렸다.

남성은 두 사람에게 인사를 건네면서 다시 차에 탔다. 아내와 아이도 그 남성에게 크게 손을 흔들면서 인사를 했다.

남성이 떠나고 나서 아내에게로 다가갔다.

"여보!"

내가 부르자 아내가 크게 당황한 표정이었다.

그때 아이가 "아빠"하면서 나에게 달려왔다.

나는 아이를 번쩍 안고 집으로 들어가자고 했다.

아내의 당황한 표정은 여전히 사라지지 않았다.

아내는 집으로 들어가서도 이렇다저렇다 말이 없었다.

논문 작업은 여전히 어렵냐고 물었지만, 별다른 대답을 하지 않았다.

아내는 간단한 인사만 나눈 뒤 식사를 준비했다. 그사이 나는 아이와 놀았다.

하지만, 내 마음은 편하지 않았다. 아내의 표정도 그래 보였다.

식사를 마치고 나니 아이가 잠들었다.

"얘기를 좀 해."

아내가 먼저 말했다. 나는 당황스러웠지만, 표시 내지 않기 위해 애를 썼다.

"그래. 무슨 얘기."

"우리 헤어져야 하겠어요."

"뭐, 우리가 헤어져야 한다고?"

"그래요. 솔직하게 이야기할게요. 여기 와서 정말로 고생이 많았어요. 아이를 키우면서 공부하는 것은 정말로 힘 드는 일이에요. 당신도 한국에서 생활비 보내주느라 고생 많았던 거 알아요."

"뭐, 그거야 내 가족을 위한 거니까….."

"내가 어렵게 살아갈 때 나를 지탱해 준 사람이 아까 그 사람이에요."

"아까 그 미국인?"

“맞아요. 여기 생활은 정말로 힘들었어요. 논문을 완성하는 것
도 힘들고, 애를 키우는 것도 힘들고. 그리고, 학교에서의 사람 관
계도 힘들고.”

“….”

“그런 나를 구해준 사람이 그 사람이에요. 제가 어려울 때마다
제 곁을 지켜줬어요. 지금은 사랑하는 관계가 됐어요. 당신에게는
정말로 미안해요. 죽을죄를 지었다고 생각해요. 하지만, 이제는 어
쩔 수 없어요. 돌이킬 수 없는 관계가 됐어요. 우리 아이도 그 사람
과 꽤 친해졌어요. 아이는 제가 키울게요.”

2024년 10월 21일

그게 끝이었다.

기러기아빠 생활을 하다가 홀로 죽는 사람, 아내에게 버림받는
사람의 이야기를 들은 적이 있지만, 그런 일이 나에게 벌어질 줄
은 몰랐다.

한번 돌아선 아내는 되돌아올 기색이 없었다.

모든 것이 물거품이 됐다.

아내도, 아이도 내 곁을 떠나게 됐다.

아이에게는 아무 말도 하지 않았다.

한국으로 돌아오는 비행기 안에서 많이도 울었다. 울다가 정신

이 들면, 다시 미국으로 돌아가 아내를 끌고 오고 싶다고 생각하곤 했다.

귀국을 한 뒤에는 일이 손에 잡히지 않았다. 학원에 개설된 내 강좌의 등록생 수가 점점 줄었다.

그럭저럭 잘 나가는 수학 강사는 사라지고, 기력 없고 활기 없는 수학 강사만 시계추처럼 집과 학원을 오갔다.

가족을 잃고 나니, 부모님을 만날 용기도 나지 않았고 형제들을 만날 생각도 나지 않았다.

친구들을 만나는 것도 물론 싫었다. 미국에 간 아내와 아이의 소식을 묻는 친구들에게 거짓말을 하는 것도 하루 이틀이었다.

점차 사람들과의 연락을 끊었다.

그렇게 난 혼자가 됐다.

"이렇게들 혼자가 되고, 또 혼자서 살아가다가, 혼자서 가게 되는 거군."

박수찬의 일기를 읽은 김명길 형사의 가슴이 답답해졌다. 박수찬, 굴곡진 그의 인생을 생각하니 마음이 짠했다.

순간, 김명길 형사는 이런 사사로운 감정에 얽매일 때가 아니라고 생각했다.

"빨리 염석길을 찾아야 해."

살아있을 때,
'안녕'이라고 이야기해

"예? 염석길 씨가 장례식을 치렀다고요?"

"그렇습니다."

"언제요?"

"그게, 2023년 봄인가 그럴걸요. 잠깐만요, 제가 장부를 찾아보겠습니다."

"부탁드립니다."

"예, 맞습니다. 2023년 5월이네요."

김명길 형사는 불길한 느낌이 들었다.

"누구 장례식을 치렀다는 겁니까?"

"저도 모르겠어요. 그냥 자기 집에 간단한 장례식용 제단을 꾸며달라고 해서 거실에다가 국화꽃으로 아담한 장례식장을 꾸며

드렸습니다. 국화꽃이 꽤 많이 들어갔어요."

"아. 염석길 씨의 장례식이 아니라. 염석길 씨가 장례식을 치렀다는 거군요?"

"그렇습니다. 향도 필요하다고 해서 갖다줬고요."

김명길 형사의 머리가 복잡해졌다. 그렇다면, 염석길은 살아있다는 것 아닌가?

"염석길 씨는 누구의 장례식이라고 설명을 안 했나요?"

"저도 궁금해서 물어봤어요. 요즘 집에서 장례식 치르는 사람 거의 없잖아요."

"그렇지요. 요즘은 시골에서도 대부분 장례식장에서 장례를 치르니까요."

"그건 알 필요 없다고 하더라고요."

"장례식이 끝나고 정산해 준다고 해서, 계약금만 받고 준비해 줬어요. 그분이 나쁜 사람이거나, 누구를 속일 사람으로 보이지는 않았거든요."

"염석길 씨를 다시 본 게 언제입니까."

"사실 3일쯤 후에는 와서 정산을 해줄 것으로 생각했어요. 그런데 한 열흘쯤 지나서 왔더라고요. 와서 정산을 깔끔하게 끝냈어요. 덕분에 장례식 잘 치렀다고 몇 번이나 인사를 하더라고요. 장례식이 생각보다 길어졌다고도 했고요. '장례식이 길어졌다'

라는 얘기가 좀 이상하기는 했는데 물어보지는 않았어요. 무슨 사정이 있겠거니 했거든요."

"그런데 왜 염석길 씨의 휴대전화를 갖고 있으신지…. 꽤 시간이 지났는데."

"아, 예. 장례식 비용 결제를 끝내고 1주일쯤 지났나…. 염석길 씨가 다시 찾아왔더라고요. 부탁이 있다면서요."

"부탁이 있다고요?"

"예, 자신이 사정이 있어서 외국으로 떠날 예정이라고 하더라고요. 그런데, 외국에서는 전화를 받을 수 없을 것 같다면서 휴대전화를 맡기고 싶다고도 했어요."

"휴대전화를 맡긴다고요?"

"저도 이상했어요. 그걸 왜 저에게 맡기냐고 했더니, 딱히 부탁할 사람이 없다고 하더라고요. 헤어진 부인과 아들이 있어서 연락했는데, 연락이 닿지 않았다고 하더라고요. 그러면서, 저에게 휴대전화와 충전기를 맡겼어요. 아들이 언젠가는 연락을 해 올 거라면서요. 그리고, 아들에게 연락이 오면 주라면서 편지 같은 걸 한 장 저에게 맡겼고요."

"그래서요?"

"처음에는 당혹스러웠어요. 내가 왜 그런 일을 해야 하나, 남의 휴대전화를 가지고 있으면서 누군가를 기다려야 하나, 여러 가지 생각이 들더라고요. 사실 다른 사람의 휴대전화를 충전해 가면서 누군가를 기다린다는 게 무척 번거로운 일이잖아요. 처음에는 그건 좀 어렵겠다고 했어요. 그랬더니, 비용을 주겠다고 하더라고요. 꽤 많은 돈을 현금으로 내놨어요. 휴대전화 요금은 자동으로 이체되니까 걱정하지 말라고 했고요.”

“아들에게 전화는 왔나요?”

“아니요. 제가 다른 사람의 휴대전화를 갖고 다닐 수가 없어서 그냥 사무실에 놔두고 다녔는데, 아들에게서는 전화가 안 왔어요.”

“그럼 다른 곳에서는 전화가 왔나요?”

“아니요. 거의 안 왔어요. 이따금 전화가 와서 받아보면 여론조사나 휴대전화 판매를 위한 전화였어요.”

“그럼, 염석길 씨에게 받은 편지는 어디 있지요?”

“예, 저기 캐비닛에 넣어놨습니다.”

“한번 보여주시겠어요?”

“아들 이외에는 그 누구에게도 주지 말라고 신신당부했는데….”

“아, 제가 경찰이라고 말씀드렸지요. 수사 때문에 필요한 겁니다. 살인사건과 관련이 있어요.”

기대야!

이 편지를 내 아들 기대가 꼭 읽게 될 것이라고 믿었는데, 정말로 우리 기대가 읽게 된다면 내 마음이 편하겠구나.

기대야.

우리 기대야.

너를 본 지도 무척 오래된 것 같구나. 네가 아주 어릴 때, 그러니까 초등학교에 다닐 때 본 것이 마지막이니까.

무슨 말을 먼저 해야 할까?

우선 미안하다는 말부터 해야겠구나.

너에게는 정말로 못된 아빠였다, 나는.

나도 젊은 시절에는 꿈이 있었단다.

많은 사람이 갖고 있는 평범한 꿈. 그런 꿈 말이다.

하나의 가정을 이루고, 아이를 낳고, 그 아이를 멋지게 키우고.

그렇게 살다가 늙고, 네 엄마와 노후를 행복하게 보내고 싶었단다.

언제부터 이렇게 됐을까?

네 엄마에게서 이야기를 들었을 테지만, 아빠는 아빠 나름대로 열심히 살았다.

아니 열심히 살기 위해 많이 노력했다.

아빠가 대학을 졸업할 때는 금융기관이 아주 인기 있는 직장이었어.

아빠의 인생은 탄탄대로처럼 보였다.

대학을 졸업할 때는 이름 있는 금융기관 몇 개를 놓고 골라야 하는 상황이었으니까.

아빠가 선택한 곳은 증권사였어. 당시 증권사는 성장 가능성이 높은, 그래서 능력 있는 사람들이 가는 그런 직장이었어.

주변에서 모두 부러워했다.

아빠도 직장에 아주 만족했단다.

하지만, 그게 독이 될 줄은 꿈에도 몰랐다.

아빠는 성실하게 일을 했다. 고객의 이익을 위해, 그리고 회사의 발전을 위해 뼈를 갈아서 일을 했어.

그런데, 그런데 기대야.

사람이 정말로 간사하더라.

그렇게 성실하게 일하던 내가 어느 날부터 변하기 시작하더구나.

주식 투자를 해서 돈을 번 고객들을 보면, 아니 그 고객이 벌어들인 돈을 보면 눈이 돌더라.

매일 열심히 일해서 월말에 받는 내 월급은 고객이 단 며칠 만에 번 돈의 단 몇 %도 안 됐거든.

눈이 돌았어.

그렇게 해서는 안 됐는데,

증권사 직원이라는, 아니 주식 투자의 전문가라는 자부심이 어느 날부터 나를 자극하기 시작하더라.

나도 모르게 직접 투자를 하기 시작했다.

물론 처음에는 잃는 것보다 따는 게 많았어. 안정적인 투자를 이어갔거든.

내 투자가 점차 이익을 내니까 재미가 생기더구나.

매월 받는 월급은 돈처럼 보이지도 않았어.

그래서 부모님은 물론 처가, 그러니까 너의 외가에까지 가서 돈을 투자하라고 했어.

친한 친구와 선배들에게도 돈을 대라고 했지.

그때까지만 해도 능력 있는 '증권맨'인 아빠에 대한 사람들의 신뢰는 대단했어.

정말로 많은 돈이 내 통장으로 들어오더라.

신이 났었지.

정말로 신이 났었어.

그런데, 그런데 말이다.

기대야.

이게 순식간에 무너지더라.

원인이 무엇인지는 나도 알아. 나의 무리한 투자가 빚은 대참사였다.

거기에 금융위기라는 외부 요인이 닥치니까, 방법이 없더라.

정말로 많은 사람에게 죄인이 되어 있더구나.

소송이 들어오고, 월급 압류가 들어오고.

그런 상황에서 회사는 구조조정에 들어가더라.

월급을 압류당할 정도로 신용도가 떨어진 아빠는, 당연히 구조조정 1순위가 되었고.

그때의 아우성이 지금도 들리는 것 같구나.

돈을 돌려달라는 사람들의 아우성에 좀처럼 잠도 잘 수 없었어.

회사에서는 밀려났고.

어렵게 마련한 집을 정리해 급한 순서대로 빚을 갚고 나니 아무것도 남은 게 없더라.

네 엄마에게 헤어지자고 한 것은 나였다.

네 엄마가 너에게 어떻게 말했는지 모르지만.

매달 일정액의 양육비도 내가 보내주기로 했었어.

하지만, 지금까지 양육비를 네 엄마에게 보낸 것은 몇 번 안 된다.

우선 나 혼자 살아가는 것이 급하더라.

아빠는 정말로 아무것도 없이 거리로 나섰단다.

집을 판 돈은 빚 갚는 데 다 썼어. 내 명의로 돼 있던 몇 푼 통장도 다 털었단다.

네 엄마에게는 정말로 미안했다.

네 엄마가 나와 헤어진 뒤 너와 같이 살겠다고 떠날 때 갖고 간 돈이 대략 2500만원 정도 되는 걸로 기억한다.

네 엄마 명의로 돼 있는 통장은 내가 건드리지 않았다.

물론 내 친가나 처가에서 당겨쓴 돈은 단 한 푼도 갚지 못했어.

친가나 처가에서는 내가 죄인이 된 거지.

그렇게 헤어진 거야.

그 이후의 내 삶은 따로 이야기하지 않겠다.

너와 네 엄마 소식은 늘 궁금했다.

우리 기대가 명문대에 합격했다는 소식은 건너 건너 들었다.

아주 흐뭇했었다. 지금도 흐뭇하고.

네 엄마도 열심히 살고 있다는 소식을 전해 들었고.

네 엄마가 너를 키우기 위해 얼마나 많은 고생을 했을지는 짐작하고도 남는다.

너 또한 엄마와 함께 이 험한 세상을 헤쳐 나가기 위해 큰 고생을 했겠지.

면목이 없구나.

아빠가 너에게 몇 번 연락했는데, 통화가 되지 않더구나. 네 휴대전화 번호는 지인의 지인 등을 통해 늘 갖고 있었다. 네 엄마 휴대전화 번호도 마찬가지고.

아빠는 이제 떠나려고 한다.

아, 이렇게 이야기하면 아빠가 저세상으로 간다는 것처럼 들리겠구나.

그게 아니라, 이 나라를 떠난다는 얘기다.

다시 이 나라로 돌아오는 날은 없을 거다.

그동안 가고 싶었던 곳,

딱 정해놓은 곳은 없다.

여러 곳을 돌아다닐 예정이다.

그러다가, 나에게 가장 잘 맞는 곳.

나를 가장 포근하게 감싸는 그곳에서 나의 삶은 정리하려고 한다.

기대야.

정말로 미안하다.

그동안 아빠는 아빠가 아니었다.

어쩌면 네 마음속에서 이미 아빠는 지워져 버렸는지도 모르겠구나.

나는 그동안 너에게 아무것도 준 것이 없구나.

아무것도 해준 것이 없구나.

정말로 미안하다.

내 휴대전화를 열어보면, ○○은행 앱이 있을 거다. 거기에 들어가면 아빠가 그동안 틈틈이 모은 돈이 얼마 정도 들어있을 거다.

몇 군데 작은 회사에 다니면서 조금씩 모았다.

아빠가 마지막으로 너에게 줄 수 있는 건 이것뿐이구나.

그리고 아빠가 그동안 받아온 국민연금이 통장으로 입금될 것이다. 비록 얼마 안 되지만, 생활에 보태쓰도록 해라.

아빠가 사망한 것으로 확인되지 않는 한 계속 나오는 것으로 알고 있으니, 아빠에 대한 실종신고나 사망신고 같은 것은 하지 말기 바란다.

○○은행 0000 0000 0000 00

앱비밀번호 000000

휴대전화 비밀번호 0000

이 돈은 엄마와 상의해서 같이 써도 좋고, 너 혼자 써도 좋다.

그동안 보내지 못한 양육비라고 생각해도 좋고, 너와 네 엄마에 대한 속죄의 마음이라고 생각해도 좋다.

아빠가 해외에 나가 지내는 동안 쓸 돈은 따로 마련했으니까, 걱정하지 말고.

기대야.

아빠는 욕심을 부리다 모든 것을 잃었단다. 너와 네 엄마까지도 말이다.

늘 차분하고, 욕심부리지 않고, 겸손하고, 이성적인 네 엄마.

네 엄마처럼만 살아주면 좋겠구나.

그리고 엄마에게도 안부 전해 주면 고맙겠다.

아빠 염석길

염석길이 아들 염기대에게 보낸 편지를 다 읽은 김명길 형사의 표정이 묘하게 일그러졌다.

'야, 이건 또 뭐야. 염석길은 도대체 어디에 가서 뭘 하겠다는 거지?'

"형사님, 그리고 그분이 남긴 게 하나 더 있어요. 휴대전화와 편지를 맡기러 왔다가 떨어뜨린 거 같아요. 작은 휴대용 여행 가방인데요. 그분이 가고 보니까 떨어져 있더라고요. 휴대전화를 맡기고 가서 연락할 수도 없어서 그냥 지금까지 가지고 있습니다."

"아 그래요? 그것 좀 보여주시겠어요. 혹시 무슨 단서라도 있을까 해서요."

"여기 있습니다."

휴대용 여행 가방은 뭔가 두둑하게 들어있었다. 안을 열어보니, 휴지, 물휴지, 핸드크림, 책, 노트와 같은 것들이 보였다. 여행사의 영수증은 있었지만, 여권이나 지갑 등 귀중품은 없었다. 염석길이 귀중품은 따로 소지했을 것이라고, 김명길 형사는 생각했다.

김명길 형사는 그 중 노트에 주목했다. 노트는 어느 공공기관의 다이어리였다. 날짜별로 뭔가를 적을 수 있는 공간이 있는, 꽤 두꺼운 다이어리였다.

김명길 형사는 염석길의 휴대전화와 편지, 그리고 다이어리를 받아 경찰서로 돌아왔다.

다이어리를 열어봤다.

예상했던 대로, 일기가 적혀있었다. 일기는 2023년 5월에서 6월 사이에 쓴 것이었다.

2023년 5일 5일

나 같은 사람에게 장례식이 필요하기는 할까?

나는 왜 장례식을 열려고 하는 걸까?

나도 내 마음을 알 수가 없다.

'생전장례식(生前葬)'.

이 말에 꽂힌 지는 꽤 오래됐다. 죽기 전에 본인이 직접 본인의 장례식을 치르는 것을 말한다.

생전장례식은 그러니까, 죽은 사람이 없는 상황에서 열리는 장례식이라고 할 수 있다.

'마지막으로 보고 싶은 사람이 몇 명이나 있어?'

'보고 싶은 사람을 보기 위해 멀쩡한 사람이 장례식을 연다고?'

'이런 정신 나간 놈. 보고 싶은 사람이 있으면 그냥 불러서 보면 되잖아.'

내가 나에게 질문하고, 내가 나에게 대답하는 이 자문자답이 이어졌다.

'보고 싶은 사람을 보기 위해서가 아니야. 빌고 싶은 사람을 만나서 빌고 싶어서 그래. 고마웠던 사람을 만나 고마웠다고 말하고 싶어서 그래.'

'너에게 그렇게 빌고 싶은 사람, 고맙다고 말해야 할 사람이 있기는 있는 거야?'

'그래, 있어.'

'그게 누군데?'

'누구긴 누구야!'

2023년 5월 7일

장의업체를 찾아가서 집 거실에 작은 장례식장, 아니 장례식용 제단을 만들어줄 수 있느냐고 물어봤다.

가능하다고 했다.

장례식장은 너무 클 필요도 없다. 그렇다고, 너무 초라하게 만들어서도 안 된다.

그래서 아담한 크기의 장례식용 제단을 주문하고 왔다.

나보다는 나를 보러 와주는 손님들이 향기를 제대로 느낄 수 있도록 최고급 향도 주문했다.

하얀 국화꽃으로 둥근 제단을 만들고, 그 한 가운데에 내 사진을 놓으면 되겠지?

내 사진은 언제 찍은 것이 좋을까?

아니, 가장 최근의 모습을 새로 찍는 것이 좋을까?

하루 종일 가랑비가 내렸다.

2023년 5월 8일

오늘은 생전장례식에 관해 공부했다.

이왕에 하려면 제대로 하고 싶었다.

초고령사회에 가장 빨리 진입한 일본에서는 인생의 마지막을 맞이하기 위한 준비 활동, 그러니까 '종활'(終活, 슈카쓰)이 유행이라는 걸 알았다.

그중 하나가 내가 계획하고 있는 생전장례식이라는 것도 배웠다.

이런저런 자료를 찾아보니, 일본의 한 회사 사장은 도쿄 시내의 한 호텔에서 생전장례식을 열었다.

이 생전장례식의 주제는 '감사'였다. 이 업체 사장은 신문에 생전장례식을 열겠다는 것을 알리기 위한 광고까지 내고 지인들을 초대했다.

이 업체 사장이 가장 공을 들인 것은, 찾아오는 손님 한 명 한 명과 대화를 나누면서 마지막으로는 감사의 인사를 전하는 것이었다.

일본의 자료를 찾아보니, 생전장례식은 장소나 형식에 구애받지 않는다는 점에서 인기가 높아지고 있는 것을 알 수 있었다. 본인이 원하는 방식으로, 아는 사람들과 만나 마지막 인사를 나누면 된다는 점이 인기의 원인이라는 사실도 알았다.

그래서 어떤 사람은 '장례식'이라는 의미가 들어가 있는 '생전장'이라는 말 대신 '이별 파티'로 부르기도 한다.

생전장례식을 연 사람들은 "아직은 건강할 때, 내가 살아가는 동안에 힘이 되어주고 정신적 동반자가 되어준 분들에게 감사를 표하고 싶어서 이별 파티를 열었다"라고 말하곤 했다.

나는 이런 장례에 대해 '생전장례식'이라고 해도 좋고, '이별 파티'라고 해도 좋다고 생각했다.

내가 생전장례식에 대해 공감하게 된 것은 거기에 자유로움이 있다는 것이다.

자기가 살아있을 때, 자기의 장례식을 자기 스스로 기획하고 연출할 수 있다는 점. 그 어떤 장례 방법보다도 매력적인 부분이다.

또 생전장례식의 장점 중 하나로 남아있는 사람, 그러니까 유족이 떠안게 될 경제적, 정신적 부담을 줄일 수 있다는 것이 꼽혔다.

하지만, 이 부분은 나에게 큰 메리트가 되지 않는다.

나에게는 유족이 없기 때문이다.

아니다. 사실은 유족은 있지만, 실제 경제적·정신적으로 부담을 주게 되는 유족은 없다.

'여생을 새로운 기분으로 재출발할 수 있는 것.'

이것도 생전장례식의 장점 중 하나로 꼽혔다.

맞다.

재출발. 새출발.

나는 생전장례식을 통해 사람들과 인사를 나누고 난다면, 용기를 내어 새로운 출발을 할 수가 있을 것 같았다.

나의 마지막 꿈을 향해 달려갈 수 있을 것 같았다.

생전장례식.

이건 그렇다면, 좋은 점만 있단 말인가. 그게 아닌 것 같았다.

자료를 찾아보니, 우선 생전장례식이라는 것이 워낙 생소해서 다른 사람들로부터 생전장례식에 대한 이해를 얻기가 무척 어렵다는 것이 단점으로 꼽혔다.

이 때문에 생전장례식을 준비하는 사람에게 많은 시간과 노력이 필요하다고 했다.

또 문상객 등 참석하는 사람에게 사전에 충분한 설명을 해서 이해를 구할 필요가 있다고 했다.

아, 모두 필요 없어.

내 방식대로 내가 하고 싶은 대로 간단하게 할 거야. 나의 생전장례식은.

마지막으로 보고 싶은 사람.

마지막으로 사죄하고 싶은 사람.

누가 있을까?

2023년 5월 9일

'나의 생전장례식'

여기에 누구를 부를까?

많은 사람이 떠오른다.

가장 먼저 떠오른 사람이 있지만 그들의 이름을 적을 수가 없다.

그 두 사람에게 또다시 슬픔을 줄 수는 없지 않은가?

그들에게 다시 이별을 경험하게 할 수는 없지 않은가?

다음에는 고등학교 친구 영규가 떠올랐다.

고교 때 영규와 나는, 말 그대로 단짝이었다. 시골에서 대도시로 와서 하숙하던 나는 방학 때 고향에 가면 영규와 편지를 주고받곤 했다.

그럴 정도로 친했다.

연애하는 것도 아닌데.

영규는 늘 내 곁에 있었다.

그와 나는 살아가는 지점이 달랐다.

영규에게는 영규 방식의 삶이 있었고, 나에게는 내 나름의 삶의 길이 있었다.

영규는 자신의 삶에 닥쳐오는 고통을 피하지 않았다. 정면으로 싸웠다.

그는 하나밖에 없는 누나를 위해 독신을 고집했다.

누나는 몸이 불편했다. 영규는 누나에게 아주 헌신적이었다.

그는 자신과 누나가 태어난 집을 필사적으로 지켰다.

"우리 누나가 가장 편안하게 생각하는 곳이 여기거든."

영규의 뚝심은 그가 살던 동네에서 추진되던 재개발 움직임 때 드러났다.

자본이 끼어든 재개발의 힘은 막강했다.

재개발은 영규와 누나의 삶의 공간을 송두리째 빼앗아 가려고 했다.

하지만, 영규는 거칠게 저항했다.

재개발은 끝내 이루어지지 않았다. 재개발이 이루어지지 않은 것이 영규의 저항 때문만은 아니었지만, 적어도 그 속도를 늦춘 것만은 분명했다.

그러는 사이에 부동산 경기가 죽었고, 자연스럽게 재개발 이야기는 속으로 숨었다.

영규가 이긴 셈이다.

영규가 친한 친구라고는 하지만, 자주 만나는 사이는 아니다.

그와 나는 가는 길이 다르기 때문이다.

영규는 독실한 불교 신자다. 그는 술도 안 마시고, 담배도 안 피운다. 그는 하루하루 성실하게 일해 누나와 함께 먹고 산다.

그것만으로도 그는 만족한다.

하지만, 나는 다르다. 나는 일찍 돈맛을 알았다. 그래서 무너졌다.

내가 아내와 아이와 헤어져 혼자 생활하니까, 어떤 때는 영규와 비슷한 처지라는 생각을 하곤 한다.

하지만, 나와 영규는 다르다.

영규가 삶의 어른이고 승자라고 한다면, 나는 삶의 패자이고, 싸움에서 져서 홀로 살아가는 지질한 삶의 영위자다.

가끔 영규를 만났다. 1년에 한 번이나 두 번 정도 만난 것 같다.

고등학교 때 방학이 되면 서로의 안부를 묻는 편지를 나누듯이 우리는 적당한 때를 골라 전화해서 만나곤 했다.

나는 술을 마셨지만, 영규는 술을 마시지 않았다.

나는 술을 마시면 신세 한탄을 했지만, 영규는 한 번도 신세 한탄을 하지 않았다.

영규는 내 말을 조용히 들어줄 뿐이었다.

“사람이 사는 게 다 그런 거지.”

“곧 나아질 거야.”

영규는 버릇처럼 나에게 말했다.

그 영규는 반드시 만나고 싶다. 나의 생전장례식에서.

영규 이외에도 몇 사람의 얼굴이 떠올랐다.

모두 내가 삶을 살아가면서 신세를 진 사람이다.

대략 10여 명의 명단이 추려졌다.

자서전 쓰기 교실에서 만난 다섯 명의 멤버도 그 안에 들어가 있는 것은 물론이다.

그런데, 가슴이 아려왔다.

처음부터 내 머릿속을 가득 채워온 두 사람. 그 두 사람의 이름이 명단에 빠져있기 때문이다.

아들.

이름도 부르기가 미안하다.

아들의 얼굴을 본지가 얼마나 됐나.

기억도 가물가물하다.

그 아들을 보고 싶다.

마지막으로 아들을 보고 싶다.

아내.

처음부터 끝까지 100% 미안한 사람이다.

내가 해준 것은 단 하나도 없다. 나는 그녀의 인생을 망쳤다.

그녀가 아들과 함께 성실하게 살아가고 있다는 이야기는 알음알음으로 전해서 들어 알고 있다.

나 때문에 발생한 부채로 인해 아내는 물론 아내의 가족까지 여전히 어려운 생활을 하고 있다고 들었다.

당장이라도 찾아가서 엎드려 사죄하고 싶은 사람이다.

나의 단 하나뿐인 혈육인 아들도 잘 키워냈다는데….

나는 지금까지 무엇을 한 것인가.

하지만, 나에게는 그녀를 만날 수 있는 낯짝이 없다.

2023년 5월 10일

<생전장례식 규칙>

사람들에게 알릴 내용

1. 서로가 눈물짓지 않기

2. 엄숙한 얘기 금지

3. 부의금 안 내기-사전 안내

4. 조화 안 보내기-사전 안내

5. 기록 남기지 않기-사진 찍지 않기

상주(본인)가 명심할 사항

1. 항상 겸손한 태도로 임하기

2. 과장되거나 우스꽝스러운 몸짓으로 생전장례식의 의미를 퇴
색시키지 않기

3. 나를 어필하지 않기-내 만족을 위한 이야기 금지. 지금까지
살아온 이야기 금지

4. 감사의 인사 꼭 전하기- 감사하다는 이야기를 구체적인 사례를 통해 이야기하기

5. 문상객들에게 가능한 밝은 표정으로 명랑하게 대하기

2023년 5월 11일

생전장례식의 좋은 점은 무엇일까?

죽기 전에 자신의 주도로 사회적 활동에 마침표를 찍을 수 있고, 평소 고마웠던 가까운 사람들에게 감사하다는 뜻을 전할 수 있는 것이 아닐까?

생전장례식은 자신의 장례식에 자신이 직접 참석할 수 있는 유일한 장례다.

장례 방식이나 초청 인사를 자신이 직접 선택할 수 있는 것도 장점이다.

나의 생전장례식 방식을 어떻게 할까?

일본에서는 웃음과 감동이 흐르는 파티 형식으로 진행되는 경우가 많다고 하는데, 나도 그런 방식으로 할까?

내가 살아온 이야기를 영상으로 만들어 모두가 함께 보는 시간을 만들어 보면 어떨까?

아니야, 그렇게 되면 장례식장이 눈물바다가 될 수 있어. 나도 우는 것은 싫어.

그건 아니야.

그러면 나의 장례식에 관을 준비해 볼까?

오시는 손님과 헤어지면서 관으로 들어가는 장면을 연출해 볼까?

관 속에서, 가시는 문상객에게 손을 흔들어주면 어떨까?

아니야.

내가 관에 들어가 있다가 문상객이 오면 관에서 나와 인사를 나누면서 대화를 나누는 게 좋을까?

아니야, 이것도 아니야.

일반 장례식처럼 누군가가 읽어주는 조사도 준비해야 할까?

아니야 그런 것은 하나도 필요 없어.

나는 조용히, 보고 싶은 몇 사람과 대화를 나누고 싶을 뿐이야.

2023년 5월 12일

생전장례식 날짜를 대략 5월 하순으로 잡았다.

6월에는 떠나야 하기에 시간이 많지 않다.

대략 정하기는 했는데, 한 가지 숙제 같은 것이 생겼다.

대략 추려진 11명의 문상객.

아니 내가 초청해야 할 사람.

그들이 모두 같은 날 찾아온다면, 얼마나 서먹서먹할까?

서로 대화는 나눌 수가 있을까?

'아니야.'

'이건 아니야.'

따로따로 부르는 거야.

어차피 우리 집 거실에 차려진 장례식장이니, 좀 길어져도 괜찮겠다는 생각이 들었다.

장식한 국화가 시들 것이라는 걱정도 들었지만, 그 정도야 감수할 수밖에 없다고 판단했다.

그래, 따로따로 부르는 거야.

첫날에는 내가 가장 좋아하고 의지해온 영규를 불러 그동안 못다 한 이야기를 나눠야지.

그리고 고마웠다고, 정말로 고마웠다고 이야기해야지.

생전장례식에 부를 사람 다섯 명의 순번이 결정됐다.

그리고 나서는 자서전 쓰기 교실과 웰다잉 교실에서 만난 멤버 네 명을 한꺼번에 부르기로 했다.

어차피 그들과는 우리가 추구해 온 행복한 죽음에 대해 많은 이야기를 나눴으니까.

그들이 오면 장례식장이 모처럼 시끌시끌하겠는데?

그들이 가면, 집이 썰렁해지겠지.

하지만, 그들이 가도 걱정은 없어.

왜냐하면, 내가 보고 싶은, 진짜로 보고 싶은 사람이 그 뒤에 오게 되니까.

우리 아들과 아내.

마지막으로 그들을 볼 거야.

그리고 나는 떠날 거야.

2023년 5월 13일

나의 생전장례식은 7일장으로 진행하기로 했다.

가능한 하루에 한 사람을 부르는 게 좋겠다고 생각했다.

첫날은 영규와 만날 것이다.

가능한 하루 종일 시간을 내달라고 할 것이다.

영규와 그 옛날 우리가 다니던 학교에도 가보고 싶다.

영규네 집에도 가보고 싶다.

영규 누나도 가서 한번 안아드리고 싶다.

그리고, 내가 왜 생전장례식을 열게 되었고, 생전장례식이 끝나면 어떻게 할 것인지에 관해 이야기할 것이다.

2일째, 3일째, 4일재, 5일째 날도 하루에 한 사람만 초청하고 싶다.

그들과 차도 마시고, 이야기도 하고, 마을 산책도 하고….

생전장례식의 취지와 이후 계획도 이야기하고.

6일째 날에는 자서전 쓰기와 웰다잉 교실에서 만난 멤버 네 명을 한꺼번에 부를 것이다. 그날은 술도 준비해야지. 술꾼도 있으니까.

그들에게는 나의 생전장례식에 대한 취지와 계획을 상세하게 이야기할 수 있겠지?

그들만은 나의 이 계획을 듣고 멋지다면서 박수를 보내줄 수 있겠지?

7일째 되는 날은 아들과 아내를 부를 거야.

아들과 아내가 오기 전에 국화와 내 영정사진은 모두 철거할 거야.

두 사람에게는 생전장례식에 관해서는 이야기하지 않을 거야.

오랜만에 만난 아내와 아들에게 내가 나의 장례식을 보여줄 수는 없어.

거실과 방안을 깨끗하게 정리하고.

아내와 아들이 좋아하는 음식을 준비해야겠는데. 아내와 아들은 무슨 음식을 좋아하지?

도통 생각이 나지 않네.

아내와 아들에게는 고맙다고 이야기하지 말아야지.

대신에 미안했다고 이야기해야지.

정말로 미안했다고 계속 이야기해야지.

아내의 손을 다시 잡을 수는 없겠지?

하지만 아들의 손은 잡을 수 있겠지?

아내의 손은 거칠어졌겠지?

아들의 손은 이제 어른 손으로 변해버렸겠지?

다 큰 어른의 손을 내가 덥석 만져도 될까?

아니면, 아니면 아들이 먼저 내 손을 잡아줄까?

2023년 5월 14일

나의 생전장례식을 사람들에게 어떻게 알리지?

자서전 쓰기 교실 멤버 다섯 명에게는 생전장례식이라는 사실을 분명하게 이야기하면 되겠는데, 나머지 사람들에게는 어떻게 전하지?

내가 나의 장례식을 연다고 하면 사람들이 과연 믿어줄까?

미친 사람이라고 생각하지 않을까?

첫째 날 부를 영규부터 5일째 되는 날까지 부를 사람들은 모두 '이게 도대체 뭐야'라면서 뜨악한 표정을 짓겠지?

그리고 바로 나에게 전화하겠지?

그러면 내가 취지를 설명해야겠지.

그들은 모두 나의 취지를 이해해 줄 거야.

6일째 되는 날에 오게 되는 자서전 쓰기 교실 멤버들은 생전장례식이라는 소식만 접하고도, 별다른 설명이 없어도 올 거야.

우리가 이미 대화를 나눈 내용이니까.

생전장례식이 무엇인지 대략 아니까.

내가 어떤 죽음을 준비하는지, 척하면 알 테니까.

그런데, 아들과 아내에게는 어떻게 알리지?

생전장례식을 연다는 소식을 접하면 두 사람은 어떤 기분일까?

'이 사람이 끝까지 미쳤군.'

그렇게 반응하겠지.

멀쩡하게 살아있으면서 부고를 하는 것은 자신들을 완전히 놀리는 것으로 생각하겠지?

그래, 그냥 집으로 와달라는 초대장만 보내고, 만나서 솔직하게 이야기하는 거야.

곧 외국으로 떠나서 돌아오지 않게 될 것 같다고.

그래서 마지막으로 보고 싶다고.

2023년 5월 15일

'생전장례식 초대장' 초안을 만들어 본다.

<저의 장례식에 초대합니다.>

많이 놀라셨지요?

본인의 장례식에 초대한다는 이야기를 들어보신 적은 있나요?

장례식 초대장을 받아보신 적이 있나요?

아마 없으실 겁니다.

자신이 죽기 전에 평소 친하게 지냈거나, 감사의 말을 전하고 싶은 사람을 불러 지내는 장례식을 '생전장례식'이라고 한답니다.

우리나라에서는 생전장례식이 낯설지만, 이웃 나라 일본에서는 몇몇 유명인 등이 열어서 화제가 된 적이 있습니다.

솔직하게 말씀드리면 저도 그 사람들의 생전장례식을 보고 이번 장례식을 준비했습니다.

저의 생전장례식에 초대합니다.

저는 아직 건강합니다. 잠도 잘 자고, 잘 먹고, 잘 움직입니다.

저는 오래전부터 이런 상황에서 저의 지인들과 마지막 인사를 나누고 싶었습니다.

여러분들의 뇌리에 건강한 저, 잘 먹고 잘 자는 저를 기억시키고 싶었습니다.

그래서 이번 장례식을 준비했습니다.

이번 저의 장례식은 7일 동안 진행됩니다.

하루에 한 명 또는 한 팀씩 모시고 저와 함께 할 예정입니다.

저의 집 거실에 제단을 마련할 겁니다.

거기에는 저의 사진도 올려놓을 예정입니다.

여기에 오시면, 우선 저와 대화를 나누고 싶습니다.

그동안 살아온 이야기를 나누고, 그리고 무엇보다도 그동안 감사했다는 이야기를 전하고 싶습니다.

함께 식사도 나눌 겁니다.

따로 음식을 마련하지는 않을 겁니다.

저와 함께 상의해서 먹고 싶은 것을 골라 배달을 시켜도 좋고, 직접 음식점에 가서 먹고 와도 좋습니다.

저와 뜻이 맞으면 집 주변도 좋고 가까운 산책로도 좋고 어딘가를 찾아가 함께 걸어보고 싶습니다. 그래서 아직은 살아있다는 것을 확인하고 싶습니다.

마지막에는 저의 집으로 돌아와 제 사진을 보고 저와 함께 절을 두 번 하면 어떨까, 생각해 봤습니다.

우리가 보통 장례식에서 문상할 때 영정사진 앞에서 절을 두 번 하듯이 말입니다.

제가 저에게 절을 하는 것은 지금의 저와 이별하겠다는 뜻이기도 합니다.

그리고, 지금까지 나름 치열하게 살아온 저에게 고생했다는 말을 전하고도 싶습니다.

향은 손님이 피워주시면 좋겠습니다.

저에게 주시는 마지막 선물로요.

부탁 말씀이 있습니다.

아무것도 가져오지 마세요.

부의금이나 꽃다발, 선물 등을 절대로 가져오지 말기 바랍니다.

제가 앞으로 어떻게 할 것인지, 제 삶을 어떻게 마무리할 것인지에 대해서는 만나 뵙고 말씀드리겠습니다.

한 가지 확실한 것은 이번이 저와의 마지막 만남이 된다는 겁니다.

염석길 올림

2023년 5월 16일

아내에게 보낼 초대장의 초안을 써본다.

<김민정 씨에게>

김민정 씨.

참으로 오랜만에 이 이름을 불러봅니다.

낯이 익기도 하고, 낯설기도 합니다.

오랜만에 편지를 쓰게 되니, 저절로 존댓말이 나오네요.

아니 존댓말을 해야만 할 것 같은 생각이 드네요.

그동안 고생 많았지요?

지금까지 어떻게 지냈는지는 지인과 지인의 지인 등을 통해 대략 듣고 있었습니다.

정말 고생 많았습니다.

모든 것은, 나와의 만남에서 비롯됐습니다.

한 가정의 가장이 된다는 것,

한 여인의 남편이 된다는 것,

한 아이의 아버지가 된다는 것.

모두 무거운 것입니다. 무거운 책임이 따릅니다.

그때 나는 그걸 몰랐습니다.

그 책임을 몰랐습니다.

가장의 책임,

남편의 책임,

아버지의 책임,

심지어는 부모님의 아들이라는 책임,

장인 장모님의 사위라는 책임.

그 모든 것을 몰랐습니다.

그때는 돈에 미쳐있었습니다.

왜 그렇게 미쳤는지는, 나도 정확하게 모릅니다.

나는 때로 나에게 변명합니다.

내가 돈에 미칠 수밖에 없는 환경에 빠져있었다고.

하지만 그건 변명입니다.

증권회사에 다닌다고 모두 돈에 미치지 않습니다.

어릴 적 경제적 상황이 어려웠다고 해서 모든 사람이 돈에 미치지 않습니다.

내가 돈에 미친 결과는 참혹했습니다.

우선 김민정 씨는 평온한 일상을 모두 빼앗겼습니다.

우리 아들 기대는 부모의 사랑을 온전히 받고 자랄 기회를 잃었습니다.

내가 지금까지 겪은 것에 대해서는 아무것도 이야기하지 않겠습니다.

모두 내가 자초한 것이니까요.

만나면 또 이야기하겠지만,

고마웠습니다.

우리 기대를 이렇게 키워줘서 너무나 고맙습니다.

기대가 지금 따로 살고 있는 것으로 알고 있습니다.

나름 확인해 보니, 잘 지내고 있다고 하더군요.

모두 김민정 씨 덕분입니다.

제가 중요한 삶의 계획을 새로 세웠습니다.

우리가 다시 만나서 이야기를 할 수 있는 기회는 이게 마지막일

것 같습니다.

그동안 미안했다는 이야기.

그동안 감사했다는 이야기.

그런 이야기를 꼭 전하고 싶습니다.

5월 31일 아래 주소로 와주세요. 내가 살고 있는 곳입니다.

기대에게도 따로 편지를 보낼 생각입니다.

모처럼 우리 셋이 모여서 이야기를 나눴으면 좋겠습니다.

그럼, 그날 뵙겠습니다.

 주소 : ○○ 시 ○ ○ 구 ○ ○ 로 48

2023년 5월 17일

오늘은 나의 소중한 아들, 기대에 보낼 초대장을 써본다.

내 아들, 기대야.

너와 같은 성을 쓰는, 너의 아버지 염석길이다.

잘 지내고 있지?

너와 네 엄마 소식은 이런저런 지인들을 통해 들어 대략 알고 있다.

어려운 환경 속에서도 좋은 대학 나와 좋은 직장 들어갔더구나.

자랑스럽고 대견하다.

그리고 고맙다.

고맙다고 이야기하기 전에 먼저, 미안하다는 뜻을 전하고 싶구나.

변명은 하지 않겠다.

모든 것은 이 아빠의 욕심과 오판에서 비롯된 것이란다.

어느 순간 뒤를 보니 되돌릴 수가 없는 상황이 되어 있더구나.

다만, 너와 네 엄마를 무책임하게 버린 것은 아니었다는 것만은 다시 한번 이야기하고 싶구나.

당시, 그런 판단을 하지 않았다면, 네 엄마와 너는 더욱 어려운 상황에 빠져들 수밖에 없는 상황이었단다.

그래서 헤어졌다.

그래서 결단을 내린 거란다.

기대야.

내가 사랑하는 사람과,

그리고 그 사람과 나의 사이에서 낳은 아이와 이별한다는 것이 얼마나 아픈 것인지, 너는 아직 모를 거다.

그렇다고 네 엄마와 너를 위해서만 헤어졌다고 하는 것은 아니다.

모두가 살기 위해서는 그 방법밖에 없었다는 것만은 분명했어.

우리가 만나면 또 이야기하겠지만,

정말로 고맙다.

그 어려운 상황에서 멋지게 살아준 것이 정말로 고맙다.

모든 것은 네 엄마 덕분이고, 네 덕분이다.

아빠가 새로운 계획을 하나 세웠단다.

어쩌면 이런 계획을 마음 놓고 세운 것도 모두 너와 네 엄마 덕분이 아닌가 싶구나.

우리가 다시 만나서 이야기를 할 수 있는 기회는 이게 마지막일 것 같다.

만나면 앞으로 내 삶의 계획을 자세하게 이야기해 주마.

그리고, 그동안 미안했다는 이야기.

정말로 고마웠다는 이야기.

이 이야기를 꼭 전하고 싶구나.

5월 31일 아래에 적혀있는 곳으로 꼭 와주면 좋겠다.

네 엄마에게도 같은 날 같은 장소로 와 달라고 메시지를 보낼 예정이다.

모처럼 우리 셋이 모여서 이야기를 나눌 수 있겠구나.

그럼, 그때 보자.

이만 줄인다.

아빠 염석길

주소 : ○○ 시 ○ ○ 구 ○ ○ 로 48

2023년 5월 30일

25일부터 30일까지, 나의 장례를 잘 치렀다.

나는 나를 보냈다.

나는 나를 아주 잘 보냈다.

비록 많은 사람을 만나지는 않았지만, 꼭 만나고 싶은 사람은 만났다. 적어도 그들은 나의 마을을 알아줄 것 같은 생각이 들었다.

영규를 만나 영규네 집에 다녀온 것은 정말로 잘한 것 같다.

"누나도 너를 보면 참 좋아하실 거야."

영규에게 집에 가보고 싶다고 했을 때 그는 흔쾌히 응해줬다. 누나의 모습은 예전 그대로였다.

순진무구, 천진난만 그 자체의 얼굴과 눈동자.

누나를 보살피는 영규의 눈은 언제나처럼 맑았다.

영규와 나는 누나를 만나고 와서 술을 한 잔 마셨다. 아니, 나는 마셨고, 영규는 내 잔에 술을 따랐다.

"이번에 가면 진짜로 안 오는 거냐?"

영규가 몇 번씩이나 물었다.

"그럼, 이게 마지막이야. 그러니까 장례식까지 치르지."

하지만 영규는 나의 앞날에 관해 추궁하지 않았다. 단지, 외국에 가서 살다가 거기서 삶을 정리하겠다는 내 이야기를 듣고 고개를 끄덕일 뿐이었다.

"네가 있어서 외롭지 않았다."

"나도 네가 있어서 외롭지 않았어. 지금도 외롭지 않고, 앞으로도 외롭지 않을 거야. 나는 지금도 네 힘 믿고 떠나는 거야."

다른 사람들로부터도 많은 말을 들었다.

"네가 워낙 엉뚱한 데가 있어서, 뭔가 꿍꿍이속이 있을 줄은 알았지만, 이런 이벤트를 준비할 줄은 몰랐어. 잘 가거라. 내가 따라갈 수는 없지만, 내 마음은 네 곁에 있다고 생각해 줘."

"아이구 염씨, 정말로 염씨답네요. 우리 중에서 몸이 가장 건강한데, 그래서 모두 부러워했는데. 이제 정말 떠나는 거예요? 말이 씨가 됐나 봐요. 누가 생전장례식 얘기를 처음 꺼냈었지요? 염씨는 아닌 것 같은데…. 사실 나도 그 얘기 듣고 귀가 솔깃했어요. 우선 재미있잖아요. 살아서 장례를 지낸다는 것 자체가. 만나고 싶은 사람 마음대로 만나고. 그래도, 염씨가 가장 행복해 보여요. 자기 스스로 행복한 죽음을 선택했으니까요. 그런데, 어디 가서 어떻게 삶을 마무리하려고 하는 겁니까?"

이런저런 이야기를 듣다 보니 6일이 후딱 지나갔다. 이야기 중에는 앞으로 어떻게 할 예정이냐는 질문이 많았지만, 나는 자세한 대답은 하지 않았다.

그냥 외국에 나가서 즐겁게 지내다가 거기서 삶을 마감하겠다는 얘기만 반복했다.

그러고 저러고 내일, 아내와 아들은 올까?

꼭 와야 하는데….

어쩌면 이번 이벤트는 아내와 아들을 만나기 위해 마련한 것인지도 모르는데.

내일을 위해 거실에 마련한 제단과 사진 등을 모두 치웠다.

2023년 5월 31일

아무도 안 왔다.

아내 김민정 씨도 안 왔고, 아들 기대도 안 왔다.

지금 생각하면, 안 오는 것이 너무나 당연한데도, 오늘 아침까지만 해도 나는 두 사람이 와줄 것이라고 믿고 있었다.

그래서 밤 11시까지 집을 잠시도 떠나지 않고 기다렸다.

밤 11시부터는 집 앞 현관 앞에까지 나가서 기다렸다.

하지만, 아무도 모습을 드러내지 않았다.

보고 싶었는데.

보고 싶었는데.

정말로 보고 싶었는데.

꼭 만나고 나서 떠나고 싶었는데.

정말로 미안했다고,

정말로 고마웠다고,

말하고 싶었는데.

우리 셋이 맛있는 거 먹으면서 지난 이야기라도 나누고 싶었는데.

용서를 받지는 못하더라도, 사죄는 하고 싶었는데.

혹시 초대장을 보낸 휴대전화 번호가 잘못됐나….

이런 생각이 들어서 전화번호 목록을 다시 한번 확인했지만, 내가 메시지를 보낸 전화번호는 내가 알고 있는 기대와 아내의 번호가 확실했다.

지인을 통해 아내와 아들의 전화번호를 확인하고 초대장을 메시지 형식으로 보냈었다.

결국, 아내와 기대는 오고 싶지 않았겠다는 생각이 들었다.

아내는 전 남편인 나의 얼굴을 다시 보고 싶지 않았겠지….

그럼, 기대는?

기대도 아버지의 얼굴을 두 번 다시 보고 싶지 않았던 것일까?

아니면, 아내와 기대가 갑작스러운 편지를 받은 뒤 서로 연락해 초대에 응하지 않기로 의견을 모은 것일까?

아니면, 내가 알고 있는 기대와 아내의 휴대전화 번호가 잘못된 것이었을까?

오랜 기간 혼자 살았다.

새로운 가정을 꾸리겠다는 생각은 단 한 번도 해본 적이 없다. 여자를 사귀고 싶다는 생각도 해본 적이 없고, 실제로 사귀어 본 적도 없다.

가끔 아내, 기대와 함께 예전의 가족으로 돌아가는 꿈을 꾼 적은 있다.

그래서 아내의 집을 찾아 나설까 생각한 적도 있다.

하지만 끝내 용기를 내지 못했다.

무슨 염치로….

그리고, 지금 갑자기 내가 나타나면 두 사람의 삶은 더 망가질 수 있다는 생각이 들었다.

이루어질 수 없는 가정.

하지만, 내 마음속은 그 이루어질 수 없는 가정을 다시 이루고 싶다는 생각으로 가득 찼었는지도 모른다.

오늘,

아니다.

벌써 어제가 되었다. 저녁 12시가 넘었으니까.

어제까지, 내가 꾼 그 꿈은 진짜로 접었다.

나는 어쩌면,

'외국에는 절대로 보낼 수 없다'라면서, 또는 '이제는 절대로 헤어져 지낼 수 없다'라면서, 아내와 기대가 나를 붙잡는 상황을 바랐는지도 모른다.

그게 진짜 꿈이었는지도 모른다.

하지만 그게 나의 진짜 꿈이었다면, 그 꿈은 여지없이 깨졌다.

이제 현실의 꿈에 충실할 때다.

이제 떠나야 한다.

그게 현실이고, 그게 현실의 꿈이다.

2023년 6월 1일

'우리 중에 염씨가 가장 건강하다'라는, 자서전 쓰기 교실 멤버 누군가의 말이 떠올랐다.

지난번 생전장례식 때 들은 말이다.

겉으로 보면 그렇다. 나는 건강하다. 건강해 보인다.

하지만, 나의 몸에서는 지금 무서운 일이 진행되고 있다. 의사의 진단을 받고 나서 나는 하마터면 쓰러질뻔했다.

"치매가 빠르게 진행되고 있습니다. 여기 이 뇌 사진을 보세요. 지난번 사진과 확연하게 다르지 않습니까?"

의사의 입에서 '치매'라는 말이 나왔을 때, 나는 내 머리가 텅 비어 있는 느낌이 들었다.

'내가 치매라고?'

나에게는 호소할 사람도, 상담할 사람도, 의지할 사람도 없다.

처음에 신경과를 찾은 것은 휴대전화를 2개나 분실하고 난 뒤였다.

언제부턴가, 어느 순간의 기억이 완전히 사라지곤 했다. 비록 그런 증상이 간간이 나타나기는 했지만, 겁이 났다.

기억력이 급격하게 떨어진 것 같은 느낌이었다. 그래서 병원을 찾았고, 뇌 사진을 찍었다. 여러 가지 검사도 진행했다.

2번째 정밀검사에서, 내가 단순한 건망증 증세를 보이는 것이 아니라, 알츠하이머성 치매를 앓고 있다는 것을 알게 됐다.

혼자 살아가야 하는 내가 치매에 걸린 상황은 상상조차 하기 싫었는데, 이 나이에 나에게 이런 형벌이 내려질 줄은 몰랐다.

물론 아직은 생활에 큰 지장을 주는 정도는 아니다. 하지만, 언젠가는 구체적인 치매 증상이 나타날 수 있다.

그래서, 미리 이별을 준비한 것이다. 내가 건강할 때, 아직은 사람들과 대화할 수 있는 상태일 때, 친한 사람들과 만나서 이야기를 나누고 이별을 고하고 싶었다.

하지만, 이 얘기는 그 누구에게도 하지 못했다.

평생 나만 알고 갈, 나의 짐이다.

2023년 6월 5일

이제 실행해야 한다. 나의 이 계획은 실행이 가능한 계획이다. 아니 실행을 위한 계획이다.

계획을 진짜 실행하는 거야.

비행기표를 사고.

비행기표는 반드시 편도로 사고.

현지 돈을 바꾸고.

집과 짐을 모두 정리하고.

기대에게 휴대전화와 통장에 남은 돈을 넘겨주고.

내 국민연금을 기대가 받을 수 있도록 하고.

그리고, 나서 떠나는 거야.

비행기표를 사고, 은행에 가서 환전도 해야겠네.

그런데, 이 휴대전화는 누구에게 맡기지?

일기파 멤버?

아니야, 그 사람들에게는 어떤 부탁을 할 수 없어. 우리는 서로
에게 부탁하거나, 폐를 끼치지 않는 것이 우리의 보이지 않는 규
칙이었잖아.

아.

장의업체 사장.

그라면 믿을 수 있겠어.

내가 집 안에 장례식장을 꾸민다고 했을 때도 그는 조용히 내 말
을 들어줬어.

왜 그랬을까?

그와 나 사이에는 처음 만났을 때부터 믿음이 생긴 것일까?

인연이 맺어진 것일까?

그 사람에게 부탁해야지. 어느 정도의 비용도 물론 드려야겠지.

그 사람에게 부탁하기 전에는 우리 기대에게 문자를 남겨야겠지.

아빠를 보는 것은 원하지 않더라도, 이 휴대전화는 꼭 찾아가야 한다고.

거기에 얼마간의 돈이 들어있으니, 유용하게 사용해달라고.

그리고 나의 마음을 담은 편지도 한 장 남겨야겠지.

그러면 기대가, 우리 기대가 언젠가는 전화를 걸어 휴대전화를 찾아가겠지?

2023년 6월 6일

직항은 없었다.

우리나라에서 직접 가는 비행기는 없다고 했다. 할 수 없이 두바이를 경유하기로 했다.

두바이를 경유하지만, 비행기표의 가격은 만만치 않았다.

"기내식을 몇 번은 더 드실 수 있을 거예요. 비행기를 탈 때부터가 여행이라고 해요. 즐거운 여행 되시길 기원해요."

표를 건네주는 여행사 직원의 표정이 아주 밝았다.

기분이 아주 좋았다.

요즘은 만나는 모든 사람의 표정이나 말투에까지 신경이 쓰인다. 사소한 친절에도 감동하는 경우가 많다. 이 땅에서 살아갈 날이 얼마 안 남아서 그런가?

내가 가기로 한 곳은 사람이 정말로 살기에 좋다고 한다. 고산지대여서 연중 춥지도 덥지도 않은 곳.

그래서 온갖 동물이 다 모여 사는 곳.

"사람이 살기 좋은 곳은 동물도 살기 좋은 곳이지요. 사람이나 동물이 살기에 딱 좋은 환경이지만, 위험한 곳도 아주 많아요. 높은 산도 있고, 무서운 맹수는 너무나 많고, 깊은 바다와 호수도 있고…."

"위험한 곳요? 저는 위험한 곳이 좋아요."

"아, 그리고 그 나라의 수도에는 엄청난 규모의 빈민촌이 있다고 해요. 빈민촌에 사는 사람만 수십만 명이 넘는다고 하지요, 아마"

"그런 곳이 있군요?"

"그 빈민촌은 주소도 번지도 없는 곳이 있다고 해요. 거기서 사는 사람들은 출생신고를 하지 않는 경우가 많고요. 사람 한두 명이 죽어 나가도 알 수 없다고 해요. 그 도시 한 가운데에 고속도로 같은 길이 뻗어있는데요, 그 길을 무단횡단하다가 죽는 사람이 부지기수라고 해요. 왜 우리나라 고속도로나 도로에서 차에 치여 개, 고양이 등이 죽는 경우가 있잖아요? 그 도시에서는 사람이 그렇게 죽는다고 해요. 사람이 죽으면 누군가가 시체를 길가에 치워놓는다고 하더라고요. 그런 곳도 있으니까 조심하세요.”

여행사 직원이 이야기한 것은 모두 사실과 가까웠다. 내가 그 나라를 내 마지막 삶의 장소로 정한 것도 그런 곳이 필요했기 때문이다.

안전요원도 없는 상태에서 수많은 사람이 매달려 타는 기차를 타고 가다가 어느 경치 좋은 지점에서 그냥 뚝 떨어질까?

기차에서 떨어져 뚝 떨어지면 죽기는 할까?

해발 2000m, 3000m가 넘은 산을 오르다, 오르고 또 오르다가, 가져간 물도 다 마시고, 가져간 음식도 다 먹은 그 시점에서, 아주 멋진 낭떠러지를 골라 그곳에서 뚝 떨어질까?

주소도 번지도 없는 빈민촌으로 들어가 살다가, 그 동네에서 유행하는 전염병에 걸려 시름시름 앓다가, 저세상으로 갈까?

커다란 호수에서 작은 보트를 타고 하마가 무리 지어있는 곳으로 다가가, 하마에게 돌을 하나 집어 던질까? 하마를 놀라게 한 뒤에 화난 하마가 달려들어 보트가 뒤집히는 순간, 물에 빠져 죽을까?

모르겠다.

모르겠다.

아무것도 모르겠다.

얼마간의 돈, 이 돈을 다 쓰는 시점이면 돼.

죽는 방법은 그 시점에 정하면 돼.

단 한 가지, 조건이 있어.

아무도 모르게 죽어야 한다는 것.

'내가 죽어가는 모습을 누군가가 보고, 신고를 하고, 사람들이 구조를 하러 오고, 나의 신원이 확인되고, 한국 대사관 사람이 오고, 한국의 언론에 보도되고, 내 아내와 아들이 어쩔 수 없이 나의 시신을 인수하기 위해 이곳까지 와야 하고…. 이런 일이 벌어지면 절대로 안 돼. 절대로.'

더구나 나의 사망이 확인되는 순간, 나의 국민연금이 끊기게 돼.

이런 상황이 연출되는 것은 절대로 안 돼. 꼭 막아야만 해.

내가 죽는 장면을 아무도 보지 못하게 할 것.

혹시 나의 사체가 발견돼도 내가 누구라는 것이 절대로 밝혀지지 않도록 할 것.

내가 나의 마지막 삶을 결정한 순간, 그 순간에는 나의 여권을 비롯한 모든 신분증은 불에 태워버릴 것.

일기장도 완전히 태워버릴 것

완벽하게 처리할 것.

꼭 불에 태워버릴 것.

"빌어먹을, 이렇게까지 해서 죽으러 가야만 하는 거야? 미친 놈 아니야?"

염석길이 노트에 써놓은 일기와 편지를 읽은 김명길 형사의 입에서 욕이 터져 나왔다.

"그런데 염석길은 도대체 언제, 어디로 간 거야?"

김명길 형사는 염석길의 일기에 나온 구절이 떠올랐다.

'연중 춥지도 덥지도 않은 고산지대 나라. 그런 국가가 어디지? 4계절이 뚜렷한 대한민국에서는 상상도 할 수 없는 곳인데. 두바이를 경유하는 나라라면, 유럽이나 중동 또는 아프리카인데. 유럽 국가는 대부분 4계절이 뚜렷하고, 중동 국가는 사막 지대에 여름 기온이 40도, 50도가 올라가고. 아프리카에 그런 나라가 있나? 적도 인근에 있는 나라는 연중 무더운 곳이고, 대륙의 남쪽과 북쪽은 유럽이나 아시아와 유사하고. 염석길은 도대체 어디로 간 거야?'

김명길 형사의 머리가 복잡해졌다. 염석길의 일기장에 나와 있는 나라와 도시가 어딘지 추정조차 하기 어려웠다.

치매 판정을 받은 염석길이 자신의 생전장례식을 연 뒤에 해외로 나가 스스로 목숨을 끊기로 한 사실을, 일기장을 통해 확인한 김명길 형사의 마음이 급해졌다. 새로운 사실을 확인하면, 마음이 급해지는 건 김명길 형사의 기질이다. 그는 원래 그랬다.

'염석길의 소재지를 빨리 확인해야 해. 아니 생존 여부부터.'

김명길 형사는 염석길의 휴대용 여행가방 안에서 찾아낸 여행사 영수증을 통해 염석길의 행방에 대한 추적에 들어갔다. 영수증에는 여행사가 지불한 비용의 총액만 적혀있을 뿐, 항공사나 행선지 등은 기재돼 있지 않았다.

영수증에 적혀있는 여행사의 전화번호로 전화를 걸었더니, 다행히 직원이 받았다.

염석길이라는 사람이 2023년 6월 6일 이후 어디로 갔는지 확인하고 싶다고 물었다.

김명길 형사가 가장 궁금한 것은 염석길이 실제로 출국했는지를 확인하는 것이었다.

여행사 직원은 자료를 찾아보고 연락해 주겠다고 했다.

여행사 직원으로부터 전화가 왔다.

"염석길 씨가 2023년 6월 21일 출국한 걸로 확인됐습니다. 현지에서 직접 연락을 해와 몇 가지 물어본 기록이 있는 걸 보면 출국한 게 확실한 것 같습니다."

"아, 감사합니다."

"그럼, 염석길 씨가 간 나라와 도시는 어디 인가요?"

"○○의 ○○○○입니다."

"아…. ○○의 ○○○○요."

"그런데 그 도시가 그렇게 살기 좋은 곳인가요? 연중 춥지도 덥지도 않아서 사람 살기에 아주 좋다고 하던데."

"그렇다고 해요. 저도 가보지는 않은 곳인데요, 그 나라가 높은 고산지대에 있어서 정말로 1년 내내 춥지도 덥지도 않다고 해요. 그래서 동물이 아주 많고요. 동물의 왕국이라는 TV프로그램 있잖아요. 거기에도 자주 나오는 나라라고 해요."

김명길 형사는 외교부를 통해 염석길이 2023년 6월 21일 출국했으며, 이튿날 ○○로 입국했고, 그 나라의 수도인 ○○○○로 간 사실을 확인했다.

하지만, 염석길의 이후 행방은 알 수가 없었다.

주○○한국대사관을 통해서도 염석길의 행적을 찾아봤지만, 허사였다.

○○○○에 있는 공항에 내린 이후의 행적은 알 수가 없다고 했다.

'제기랄.'

대사관으로부터 최종 통보를 받은 날 김명길 형사는 막창집에 가서 소주를 들이켰다. 염석길의 행방은 물론 생존 여부도 확인하지 못한 게 못내 아쉬웠다.

염석길은 도대체 어디로 간 것일까?

그는 자신의 계획대로 아무도 모르게, 이 세상 사람 그 누구도 알지 못하게 저세상으로 간 것일까? 아니면, 아직도 그 계획을 실행하기 위해 어딘가를 어슬렁거리고 있는 것일까?

김명길 형사는 염석길이 아들에게 남긴 편지 내용을 바탕으로 알아낸 휴대전화 비밀번호로 염석길의 휴대전화를 열 수 있었다.

휴대전화의 비밀번호는 아들 기대의 생일을 바탕으로 만들어져 있었다. 그의 휴대전화 일정표에는 아들과 아내의 생일이 매년 빠짐없이 표시돼 있었다.

염석길이 항상 아들과 아내를 그리워했을 거라고, 김명길 형사는 생각했다.

죽음의 연착륙 :
행복한 죽음을 위한 대화

김명길 형사는 염석길의 휴대전화에서 몇 개의 녹음 파일을 찾아냈다. 파일을 중간 중간 들어보니 이 녹음 파일에는 일기 못지않게 중요한 단서가 가득 들어 있었다.

송선동의 죽음, 박수찬의 송선동 살해, 염석길의 생전장례식 이후 행방불명과 같은 일련의 사건이, 어떤 계기에서 어떤 방식으로 진행됐는지를 짐작할 수 있게 하는 대화가 녹음 파일을 통해 나왔다.

염석길 등 다섯 명의 대화가 담겨 있는 2개의 녹음 파일은 이번 사건의 진상을 확인할 수 있게 하는 하나의 블랙박스라고, 김명길 형사는 생각했다.

2개의 녹음 파일은 녹음된 날짜가 달랐다. 파일에는 멤버들이 자유롭게 이야기한 내용이 그대로 담겨 있었다. 가끔 책상을 끄는 소리, 의자를 미는 소리가 섞이기는 했지만, 대체적인 내용은 알 수 있었다.

김명길 형사는 수첩을 들고, 두 녹음 파일을 자세히 풀어보기로 했다. 하나는 다섯 명의 멤버가 웰다잉 교실에 다니기 시작할 때인 약 2019년 가을에 녹음된 것이었고, 다른 하나는 같은 해 초겨울에 녹음된 것이었다.

녹음파일#1(2019년 9월 30일(월) 오후 4시 10분)

"지자체가 이런 공간까지 제공해 주니까, 정말 좋네요."

"세상 정말 좋아졌어요. 죽음에 대해 토의할 수 있는 시간과 공간을 다 마련해주고."

"모처럼 우리끼리 진지한 이야기를 할 수 있게 됐네요. 오늘은 마음껏 이야기해 보자고요. 죽음에 대해."

"저는 '행복한 죽음은 무엇인가?', '편안한 죽음은 무엇인가?'라는 이야기를 나누고 싶어요."

"저는 사람다움을 마지막까지 유지하고 죽는 것, 그 사람이 원하는 것을 마지막까지 이루고 죽는 것, 이런 것이 '행복한 죽음'이라고 생각해요."

"저는 '행복한 죽음'은 어디까지나 이상에 불과하다고 생각해요. 많은 사람이 마지막까지 자기답게 살다가, 자기답게 죽고자 생각하지만, 실제의 죽음은 이런 기대를 배반하고야 마는 것 같아요. 많은 사람이 비참하게 죽잖아요. 특히 경제적 사회적 기반이 확고히 다져지지 않은 상태에서 수명만 늘어나는 요즘에는."

"저는 얼마 전 어떤 방송 프로그램에서 '죽음의 소프트 랜딩'이라는 말을 들은 적이 있는데, 참 공감이 가더라고요. 죽음이라는 말에 '소프트 랜딩'이라는 단어를 붙인 게 어딘가 부자연스러운 느낌이 들면서도, 좋은 표현이라고 생각했어요. '죽음의 연착륙'이라. 어렵지 않게, 고통스럽지 않게 죽는 것, 그것이 바로 '죽음의 연착륙'일 것이라는 생각을 했어요. 그리고 그 연착륙이 바로 '행복한 죽음'일 거라고도 생각했고요."

"'죽음의 연착륙'이라, 그거 새로운 느낌을 주는데요."

"이 사람들, 죽기 위해 태어난 거 아냐?"

김명길 형사가 중얼거렸다. 김명길 형사는 이 사람들이 '죽음', 특히 '행복한 죽음'에 대해 관심이 깊다는 것을 느꼈다.

김명길 형사는 수첩에 '죽음의 연착륙'이라는 말을 적었다. 수사에 필요해서라기보다는, 어딘가 앞으로의 삶에 필요할 것 같다고, 김명길 형사는 생각했다.

‘죽음의 소프트 랜딩’, 이런 표현은 김명길 형사도 처음 보는 것이었다.

김명길 형사는 이 사람들의 대화에 점차 빠져드는 것을 스스로 느꼈다.

“우리 인간은 죽기 전까지 마음이 계속 성장한다고 생각해요. 사람의 몸은 어느 시점부터 계속 쇠약해지지만, 인간의 마음은 계속 성장한다고 생각해요. 이런 흐름이 계속된다면, 사람은 죽는 순간에 심적으로 가장 성장한 상태가 될 수 있다는 생각에 이르게 돼요. 그래서 저는 죽음이 가까워졌을 때 가장 원숙한 판단을 할 수 있다고 믿어요. ‘나이가 들어 죽음에 가까워진 사람이 원하는 죽음’, 그 죽음이 가장 행복한 죽음이 아닐까, 생각해 봤어요. 다시 말하면, 어느 정도 나이가 든 사람이 스스로 판단한 ‘죽음의 방식’, 그 방식대로 죽는 것, 그게 바로 ‘행복한 죽음’이 아닐까, 생각해요.”

김명길 형사는 사람이 자신이 원하는 방식대로 죽을 수 있을지, 잠시 생각해 봤다. 하지만 그것은 불가능할 것이라는 생각이 들었다.

“내가 원하는 대로 죽을 수 있다면, 무슨 걱정이 있겠어?”

김명길 형사가 혼자서 중얼거렸다.

"많은 사람이 암이나 심장질환, 뇌 질환 등 이런저런 질병으로 숨지는 것 같지만, 사실은 상당수가 실제로는 '노쇠'가 원인이 돼 숨진다는 말을 들은 적이 있어요. 어떤 측면에서 보면 노쇠에 의한 사망이 '행복한 죽음'이 아닐까, 생각되기도 하더라고요. 그냥 열심히 살다가 보니, 나이가 들었고, 힘이 떨어져 간신히 목숨을 이어가고 있는데, 어느 날 힘이 떨어져 죽는, 이 '노쇠에 의한 죽음'이야말로 가장 행복한 죽음이 아닐까, 그런 생각을 해봤어요. '노쇠에 의한 죽음'이야말로 사실상 '자연사'에 가깝겠다는 생각도 들고요."

"저도 노쇠로 인해, 스르르 죽은 것이 '가장 자연스럽게 죽는 것'이라는 생각에는 동의해요. 하지만, 그런 죽음이 많지는 않은 것 같아요. 늙은 뒤 병을 얻고 나서 본인은 물론 가족 등 주변 사람까지 온갖 고생을 시키다가 죽는 사람이 훨씬 많은 게 현실이잖아요."

김명길 형사는 그동안 여러 사건을 수사하는 과정에서 '자연사'에 가깝게 죽은 사람도 더러 봤다. 고령으로 몸이 쇠약해져서 자연사에 가깝게 죽은 사람의 경우, 본인은 물론 가족 등 주변 사람들이 느끼는 아픔이 상대적으로 적지 않을까, 하는 생각도 했다.

김명길 형사는 그러면서 '나는 어떻게 죽어야 하지?'라는 생각이 들기도 했다.

“죽음, 이건 나에게도 숙제네. 당장 우리 어머니 문제부터 풀어야 하지만, 말이야.”

김명길 형사가 또 들릴 듯 말 듯 중얼거리면서, 파일을 계속 들었다.

“이야기가 좀 바뀌는데요. 꽤 오래전부터 연명치료 논쟁이 뜨거웠잖아요. 사람들은 대부분 죽을 때가 다가오면, 연명치료는 하지 않고 편안하게 고통스럽지 않게 마지막을 맞이하고 싶다는 희망을 품는다고 해요. 사실 저도 연명치료를 하지 않겠다는 증명서를 꽤 오래 전에 발급받아서 지금도 갖고 다니거든요.”

“저도 연명치료는 필요 없다고 생각해요. 사실 저는 중증 치매에 걸린 사람을 보거나, 생각하면 가장 마음이 아파요. 살아있지만, 살아있는 게 아니잖아요. 그런데, 타인이 그 사람의 삶과 죽음을 어떻게 결정할 수는 없잖아요. 저는 저도 모르게 중증 치매에 걸려 아무것도 인식하지 못할 때는 누군가가 저를 죽여줬으면 좋겠다고 생각하고는 해요.”

김명길 형사는, 요양원에서 생활하는 자신의 어머니가 생각났다. 중증 치매를 앓기 시작한 지가 벌써 5년이 넘었다. 어머니의 삶을 생각하면 가슴이 먹먹해진다. 하지만, 어떻게 할 수 있는 방법이 없다.

'이 세상에 이 문제를 해결할 수 있는 열쇠를 가진 사람이 있을까?'

김명길 형사가 먼 산을 바라보다가 다시 녹음 파일을 듣기 시작했다.

"이야기의 주제가 좀 바뀌는데, 사람이 쇠약해지면 긴 시간을 누워서 지내는 경우가 많잖아요. 그렇게 누워서 지내게 되면, 어느 시점에서부터는 식사의 양이 줄어든다고 해요. 그래서 최소한의 수분과 영양을 링거 주사를 통해 보충하곤 하는데, 사람에 따라서는 '더 이상 링거를 맞지 않겠다'라고 고집하는 사례도 있다고 해요. 링거를 맞을 때 통증이나 불쾌감을 느끼기도 하는 것 같은데, 이런 경우 가족이나 의료진이 어떻게 해야만 할까, 저는 판단이 서지 않아요. 링거를 통한 수분과 영양의 공급이 끊기면 결국 죽게 되는 상황에서요."

"저는 본인의 뜻에 따라 링거를 놓을지 안 놓을지를 결정하면 된다고 생각해요. 식사도 하지 못하는 상태에서 본인이 링거도 거부한다면, 당연히 링거를 끊어야 한다고 봐요."

"사람의 마지막 상황, 그 사람이 느끼는 고통과 부담을 생각할 필요가 있다고 생각해요. 수분과 영양을 줄이는 것, 다시 말하면 링거를 끊는 것도 필요하다고 저는 생각해요. 이런 것을 '돌봄의 뺄셈'이라고 표현하기도 하더라고요."

"죽음과 가까워진 사람이 수분과 영양의 공급을 끊어달라고 요청한다면, 그것을 끊는 것은 당연하다고 생각해요."

"노쇠한 사람의 경우 몸이 수분과 영양분을 점차 받아들이지 못하게 되는 경우가 있다고 들었어요. 이런 시기가 되면 '돌봄의 뺄셈'이 필요하지 않을까 생각해요?"

김명길 형사는 수첩에 '돌봄의 뺄셈'이라는 말도 썼다. 이 말역시 처음 들어보는 것이다. 이 역시 수사에 필요해서라고 하기보다는, 앞으로 살아가면서 곱씹어볼 필요가 있을 거 같다는 생각이 들어서 적어봤다.

김명길 형사는 "수사하다가 공부하게 되는 때도 있는데, 이번 수사가 그런 수사네"라고 중얼거리면서 파일을 계속 들었다.

"스님 등이 곡물을 먹지 않고 수행하는 경우가 있다고 하더라고요. 단식을 통해 건강을 회복하는 사람도 있고요. 저는 곡기를 끊는 것, 그러니까 자신의 의지로 아무것도 먹지 않는 것을 통해 스스로 목숨을 끊는 것도, '행복한 죽음', '죽음의 소프트랜딩'을 가능하게 하지 않을까 생각해 봤어요."

“그게 가능할까요?”

“먹지 않는 것은 큰 고통을 안겨줄 텐데요, 저는 저의 의지로 곡기를 끊어서 목숨을 끊는 것은 하지 못할 것 같아요.”

“그렇군요. 저는 생각이 좀 달라요. 저의 경우는 지금까지 들은 행복한 죽음의 방법 중에서 ‘곡기 끊기’가 가장 마음에 와닿아요.”

“실제로 곡기를 일부러 끊는 방법으로 스스로 숨을 거둔 사람 이야기를 들은 적이 있어요. 동서양의 역사에서도 그런 사례가 나온다고 하고요.”

‘사람이 아무것도 먹지 않는 방법으로 죽는다고? 그게 가능한 이야기인가?’

김명길 형사는 고개를 흔들었다.

“또 주제가 바뀌는데, 우리는 죽을 때 무슨 준비를 해야 할까요? 자신이 어떻게 어떻게 죽었으면 한다는 의사를 분명히 밝히고, 또 그런 내용을 문장으로 써놓는 게 좋다고 하던데요. 이건 가족이 있는 경우에나 필요하겠지요?”

“아닙니다. 저는 우리처럼 혼자 사는 사람들도 준비를 해놔야 한다고 봐요. 우선 죽고 나서 시신을 어떻게 처리해 줄 것인지에 대한 뜻도 분명히 밝혀야 한다고 생각해요. 가능하면 서류에 써서 잘 보이는 곳에 놔두는 게 좋겠지요. 우리처럼 일기를 쓰는 사람의 경우는 일기장 맨 앞장쯤에 써서 붙여놓는 것도 좋겠다고 생각해요.”

“저는 거기에 덧붙여서, 저의 죽음으로 인해 피해를 보는 사람은 없어야 한다고 생각해요. 우리가 혼자서 죽는 경우 소방서 사람, 지자체 공무원, 경찰관 등 많은 사람이 고생하게 돼요. 뒤처리에 꼭 필요한 비용과 각종 서류 정도는 남겨두는 것도 예의라고 생각해요. 왜 떠난 자리가 아름다워야 한다고 하잖아요.”

“그거 좋은 생각입니다. 저는 저의 죽음으로 인해 그 누구도 피해를 보지 않았으면 좋겠어요. 자살한다고 해도, 아무도 모르게, 아무도 없는 곳에 가서 조용히 사라지는 게 좋다고 봐요. 절대로 찾지 못하는 곳에서 말입니다. 혹시 실종신고라도 들어가게 되면 얼마나 많은 사람이 생고생하겠어요. 수색하느라고.”

김명길 형사는 이 사람들이 별의별 생각을 다 한다는 느낌이 들었지만, 그렇게 나쁘게 보이지는 않았다. 죽으면서 경찰관 걱정까지 하는 사람들. 어떤 측면에서는 고맙다는 생각도 들었다.

‘그런데 실제로 이런 사람이 있을까?’

김명길 형사가 고개를 갸웃했다.

“어디선가 들은 이야기인데 ‘늙어간다’라는 것을 느끼고, 인지

하는 것은 모든 동물 중에서 사람뿐일 수 있다고 하더라고요. 그러니까, 사람은 사람이니까 죽음을 준비할 수 있는 건데요. 이왕이면 완벽하게 준비하는 것이 좋겠어요. 우리같이 혼자 사는 사람들도.”

김명길 형사는 갑자기 고양이도 자기 죽을 때를 알고 살던 집을 갑자기 나가서 혼자 죽는 경우가 있다는 이야기가 생각났다.

그런 면에서는 단순히 늙어간다는 것만을 느끼는 사람보다는 죽음을 예지하고 사라지는 고양이가 더 현명하게 죽음을 맞이하는 것은 아닐까, 라고 김명길 형사는 생각했다.

“어이, 강 형사, 잠깐만 이리 와봐. 같이 좀 들어보자고.”

혼자 파일을 듣던 김명길 형사는 때마침 사무실에 들어온 후배 강동섭 형사를 불러 같이 듣기 시작했다.

“들어두면 좋은 얘기도 꽤 있어. 중요한 수사 단서가 나올지도 모르고.”

강동섭 형사가 김명길 형사 옆으로 의자를 끌어다 놓고 앉았다.

“그런데 사람이 죽을 때는 괴로울까요, 아니면 그렇지 않을까요?”

“‘죽음을 경험해 본, 살아있는 사람’이 없으니까, 아무도 모르죠.

그런데 한 방송 프로그램을 보니까, 죽는 순간에 행복을 느낄 수도 있다고도 하더라고요.”

“진짜요?”

“저도 잘 모르는데요, TV 프로그램에서 본 게 생각나요. 사람은 죽기 직전에 이른바 ‘하악호흡’을 하는 경우가 많다고 해요. 죽기 전에 턱의 아래 쪽 부분인 하악을 자꾸 움직여 필사적으로 기도를 넓힌다고 하는데요, 그 이유가 좀 더 많은 공기를 몸속으로 들어 마시려고 하는 것이 아닐까 추정된다고 하더라고요. 이것을 ‘하악호흡’이라고 하고요. 이 ‘하악호흡’의 목소리를 녹음해서 들어보면, 하악호흡을 하는 과정이 결코 고통스럽게 느껴지지 않는다는 분석도 나와 있다고 해요.”

“아 그런 게 있었군요. 저는 전혀 몰랐어요.”

“그리고, 이 하악호흡을 할 때 이른바 ‘행복 물질’로 알려진 엔돌핀이 분비되는 것으로 알려져 있다는 설도 있어요. 엔돌핀은 다들 아시다시피 뇌에서 자연적으로 생성되면서 통증을 완화해 주는 효과를 지닌 물질이잖아요. 이 엔돌핀이 여러 곳에 작용하면 고통을 완화할 수 있으니까, 죽는 순간에 고통스럽지 않을 수 있다는 거죠. 엔돌핀은 혈액 속의 산소가 부족할 때도 많이 분비돼서, 죽을 때 편안한 기분에 이르게 될 수 있다는 추측도 가능하다고 하더라고요. 정확한 의학지식은 아니지만요.”

“요약하면, 사람이 죽기 전에 산소가 부족해 하악호흡을 하게 되는 데, 이때 엔돌핀이 분비된다는 거군요.”

“맞습니다. 그런데, 이 하악호흡을 하면서 숨지는 사람이 전체 숨지는 사람 중 절반 정도에 이른다는 데이터도 있다고 해요. 상당수 사람이 죽을 때 고통스럽지 않을 수 있다는 얘긴데, 흥미롭지 않으세요?”

“아 거의 전문가 수준의 설명인데요.”

“아이고, 아닙니다. TV 프로그램에서 들은 이야기인데요. 또 하나 재미있는 얘기가 있어요. 하악호흡을 하다가 죽을 때는 대부분이 ‘흡’하고 공기를 빨아들인다고 해요. 그래서 사람이 죽는 것을 ‘숨을 거둔다’라고 말하는 거래요.”

“그거 말 되네요. ‘숨을 거둔다’라는 말에 그런 의학적 사실이 숨어있었군요. 하악호흡을 하다가 죽는 사람은 결국 마지막 순간을 어느 정도의 행복감을 느낄 수도 있겠네요.”

“앞으로 사람이 죽을 때 제가 그 곁에 있게 된다면, ‘안녕히 가세요.’, ‘편안하게 가세요’라고 인사를 할 수 있을 것 같아요. 오늘 많이 배우네요.”

“이봐 강 형사, 이 사람들 얘기 들어보면, 죽을 때 고통스럽지 않을 수도 있다는 거네. 그럼 겁먹지 말고 죽어볼 수도 있는 거 아냐?”

“에이, 김 형사님 우리 나이가 몇 살인데요. 그리고 김 형사님, 요양원에 계시는 어머님은 어떻게 하시려고요?”

“아 그건 그래. 나는 더 살아야 해. 내가 살지 않으면 당장 죽을 사람이 생길 수도 있으니까.”

“강 형사 그런데 죽는 순간에 엔돌핀이 나온다고 하네.”

“저도 처음 듣는 얘기예요. 근데, 이 사람들 얘기 믿을 수 있을까요? 죽을 준비를 하는 사람들인데, 무조건 죽는 게 좋다는 쪽의 정보만 모으고 있는 거 아닐까요?”

“글쎄, 뭔가 일리가 있는 거 같기도 하고. 죽음에 진심인 사람들이라서 괜히 하는 말 같지는 않기도 하고.”

김명길 형사는 계속 파일을 풀었다.

“그런데 암은 우리가 죽을 때 많이 걸리는 병이잖아요. 암은 참 고통스러운 병이죠. 결국 죽음을 부르기도 하고요. 암에 걸리면 어떻게 대처해야 할지 잘 모르겠어요. 저는 사실 적정한 시기에 췌장암이나 간암, 폐암처럼 치명적인 암에 걸렸으면 좋겠다고 생각하곤 하거든요.”

“아, 암에 대해서는 제가 공부를 좀 했는데요. 사람은 말기 암과 같은 치명적인 질병을 만나게 되면, 처음에는 엄청난 충격을 받게 되는데, 종국에는 많은 사람이 정신적으로 성장한다고 하더라고요. 죽음과 마주하는 것, 그것 자체가 마음을 성장시킨다는 건데요. 말기 암 환자의 경우 처음에 암 선고를 받으면 무척 괴로워하게 되는데, 이후에 점차 긍정적인 것을 찾아가게 된다고 해요.”

“암에 걸리면 성장을 하고, 긍정적인 것을 찾아간다. 아.”

“암 환자는 자신에게 처음에 암이 선고되면, 죽음에 대한 극도의 공포에 시달리게 된다고 해요. 그런데, 많은 암 환자는 이런 고통을 겪는 과정에서 새로운 인생관을 갖게 된다고 하더라고요. 암 진단을 받은 사람에게 나타나는 인생관의 변화는 여러 가지인데요. 그중 하나가 ‘인생에 대한 감사’를 알게 되는 것이라고 해요. 암 환자는 하루하루를 더 소중하게 여기며 살아가게 되고, 살아있는 것에 대해 감사하게 된다고 하더라고요. 다른 사람과의 관계에서도 변화가 생기고요. 자신이 지금까지 주변의 도움 속에 살아왔다는 것을 인식하게 되면서, 이에 대한 감사도 느끼게 된다고 해요. 그리고 인간으로서의 강인함도 생긴다고 합니다. ‘인생의 종착역’에 왔다는 사실을 받아들이고, 자기 자신에 솔직해진다고도 하고요. 암을 선고받은 사람은 때로는 초월적인 힘을 느끼게 되기도 하고, 감성이 풍부해지는 변화를 보이기도 한다고 해요.”

“맞아요. 암과 같은 큰 병에 걸리게 되면 자신에게 남아있는 시간이 짧으니까, 시간을 소중하게 여기게 된다고 해요. 가족과 소중한 시간을 보내고 싶어진다거나. 저희처럼 혼자 사는 사람들은 우리 멤버를 더욱 소중하게 생각하게 되는 거겠죠. 그리고 가능한 시간을 소중하게 쓰고 싶어 하고, 실제로 그렇게 한다고 해요.”

“암에 걸리고 나서 다른 사람과의 관계, 다른 사람에 관한 생각이 모두 변했다는 말도 많이 들었어요. 어떤 암 환자는 암을 선고받기 전까지는 다른 사람에 대해 생각한 적이 별로 없었는데 암을 앓게 되고 나서는 달라졌다고 하더라고요. 죽으면 아무것도 하지 못하게 된다는 것을 알게 되고 나서는 자기가 아는 사람은 물론 모르는 사람을 위해서 뭔가라도 해야겠다는 생각이 들었다고 해요. 결국은 죽음을 목전에 두니까 할 수 있는 것이 더 늘어나는 느낌이 들었다고 하더라고요.”

“어쨌거나, 죽음과 진심으로 마주하면 마음이 성장하는 것은 분명한 것 같아요. 제 주변에서도 그런 사례가 있어요. 암 선고를 받으면 처음에는 분노를 느끼지만, 점차 하루하루를 소중히 여기는 사람으로 변해가는 것이 일반적이라고 해요. 처음에는 ‘왜 내가 암에 걸리지 않으면 안 되느냐’라면서 분노를 표출하는 경우, 자신이 하고 싶은 것을 하지 못한 것에 대한 슬픔을 표시하는 경우가 많은데요. 시간이 지나면 마음이 변하면서 아직 인생의 모든 것을 잃은 것은 아니라는 사실을 알게 되고, 인생은 소중한 것이며, 그 소중한 하루하루가 눈앞에 남아있다는 것을 느끼게 된다고 해요.”

김명길 형사는 녹음 파일 재생을 멈추고, 꽤 오래전 저세상으로 가신 아버지를 떠올렸다. 폐암으로 고생하다가 가신 아버지. 돌아가시기 전에 찾아온 엄청난 고통 속에서도 자식들에게 이런저런 배려를 하거나, 아픈 것을 숨기려고 노력하는 모습을 보면서 울기도 많이 울었던, 그 기억.

죽음을 앞둔 사람은 마음이 성장한다는 말, 여기에 상당 부분 공감이 갔다. 그리고, 췌장암 4기 판정을 받고 시한부 삶을 살던 박수찬이 송선동을 살해하기로 결심하고, 그 결심을 실행에 옮긴 이유를 어렴풋이나마 알 수 있겠다고, 김명길 형사는 생각했다.

김명길 형사는 복잡한 생각 속에 파일을 계속 돌렸다.

"좀 철학적으로 이야기해 볼까요? 인류가 공통으로 갖는 생각이 하나 있는데 뭔지 아시겠어요? 그것은 '우리는 모두 죽는다는 것을 인식하는 것'이라고 합니다. 그리고, 우리는 모두 죽는다는 진리를 인식하는 것을 뛰어넘어, 죽음을 즐겁게 받아들이는 사람도 꽤 많다고 해요. 암 말기 판정을 받은 뒤 병원 치료를 단념하고 집에서 통증을 완화하면서 즐겁게 열심히 살아가는 사람도 꽤 있다고 해요. 이런 사람은 대개 죽을 때까지 열심히 살아가려고 노력한다고 해요. 죽기 1개월 전까지 좋아하는 운동을 즐긴 암 환자도 있다고 하는데요. 이 사람은 통증을 완화하기 위한 의료용 마약을 처방받은 뒤 평소 좋아하던 운동을 즐겼다고 해요. 그도 죽을 때까지 열심히, 그리고 즐겁게 산 사람이라고 할 수 있겠더라고요.”

“나도 나중에 늙어서 큰 병이 들면 그대로 받아들여야지. 그리고, 최대한 즐겁게 살아야겠어.”

김명길 형사가 갑자기 결심하는 표정을 지으며 혼잣말을 중얼거렸다.

“저도 그래야겠다고 생각했어요.”

강동섭 형사가 말을 받았다.

두 사람은 파일을 계속 돌렸다.

“저는 행복한 죽음이 무엇이냐는 처음의 질문으로 돌아가서 생각해 볼게요. 저는 ‘본인이 정한 방법으로 죽는 것’, 이것이 ‘행복한 죽음’이라고 생각해요. ‘내 삶을 어떻게 정리할 것인가’라는 질문에 대한 답은, ‘내가 정한 방법으로 정리하는 것’이라고 할 수 있죠. 이는 결국 ‘내가 정한 방법으로 죽는 것이, 가장 행복하게 죽는 것’인 거죠.”

“많은 사람은 암이 가져오는 통증으로 고통을 받잖아요. 그래서 마약성 진통제를 사용할 수밖에 없고요. 이런 암 환자가 행복하게 죽기 위해서는 죽는 방법을 자신이 선택하는 것이 아주 중요하다고 봐요. 마약성 진통제 등을 통해 통증을 해소하면서 조용히 죽음을 맞이할 것인지, 아니면 스스로 삶을 마감할 것인지, 암 환자가 죽는 방법을 스스로 선택하면 마음이 밝아지지 않을까 생각해 봤어요."

"저는 '행복한 죽음이란 무엇인가'라는 걸 생각할 때마다, 죽을 때, '아, 나는 좋은 인생을 살았구나'라고 느끼는 것이 아닐까, 생각하고는 했어요. 죽는 과정은 병사일 수도 있고, 사고사일 수도 있겠지만요. '아 나는 좋은 인생을 살았구나'라고 생각하면서 죽는 죽음은 그 사람의 삶을 지탱해 준 사람들도 받아들이기 좋을 것 같다고 생각해요. 그런 죽음이 행복한 죽음일 것이고, 행복한 죽음을 한 사람의 삶 역시 행복한 삶이었을 것이라고, 저는 생각해요. 물론 저 스스로는 좋은 인생을 살았다고 생각하지는 않지만요."

김명길 형사는 파일 재생을 잠시 멈춘 뒤 생각했다.
'나는 과연 좋은 인생을 살고 있는 것일까?'
'죽을 때 나는 좋은 삶을 살았다고 말할 수 있을까?'
자신이 없었다.
그런 모습을 본 강동섭 형사 역시 이심전심으로 공감이 간다는 표정을 지었다.

"그러면, 죽을 때 어떤 이야기를 남기고 싶으세요? 저는 '정말 감사했습니다'라고 말하고 싶어요. 어차피 저 혼자 세상을 떠나게 되기에 듣는 사람은 없겠지만, 제가 감사해할 수 있는 대상은 그래도 꽤 있어요. 여기 계신 여러분들도 그렇고요."

"글쎄요. 누구 들어줄 사람도 없는데, 무슨 말을 남기겠어요. 저는 그냥 조용하게."

"저도 별다른 말을 남기고 싶지 않아요. 듣는 사람도 없는 말을 남겨서 뭐 하겠어요?"

파일은 여기서 끝났다. 두 형사는 멍한 표정을 거두지 않았다.

"생각 같아서는 이 파일에 나오는 사람들을 모두 만나 대화를 나눠보고 싶기도 해. 이미 죽은 사람도 있고 사라진 사람도 있어서 불가능하겠지만."

"이 사람들을 만나면, 저도 죽음에 대해서만 생각하게 될 것 같아요. 안 만나시는 게 나을 거 같습니다. 김 형사님."

김명길 형사는 이 파일이 녹음된 뒤 꽤 지난 시점에 만들어진 또 하나의 중요한 녹음 파일에도 주목했다.

염석길이 중요한 내용을 잊지 않기 위해 녹음했을 것이라고, 김명길 형사는 생각했다.

두 형사는 향후 수사에 필요한 내용이 나올 수도 있다는 생각에 다음 파일을 열고 스피커에 귀를 기울였다.

녹음파일#2(2019년 12월 2일(월) 오후 5시 5분)

"우리 다섯 명이 이렇게 모이게 된 건 어떻게 보면 기적과 같은 일이에요. 우리가 어떻게 이런 방식으로 모이게 될 수 있었을까요. 처지도 비슷하고, 생각도 비슷한 우리가."

"그러고 보니 우리가 맨 처음 만난 지도 꽤 됐네요."

"지자체의 평생교육원이 연 자서전 쓰기 교실에서 처음 만났잖아요."

"그러고 보면 왜 다들 혼자 사는 주제에 어떻게 '자서전을 쓰겠다'라는 생각을 했는지, 참 의문이에요. 자서전은 써서 뭐 하려고요."

"저 같은 경우는 뭔가 정리를 하고 싶었어요. 제 삶이라고 할까, 제 생활이라고 할까."

"저도 마찬가지예요. 학교 다닐 때 글 좀 쓴다고 했는데, 살아가면서 글과는 담을 쌓았거든요. 뭔가 다시 글을 쓰고 싶었던 거 같아요. 그래서 등록했었어요."

"그런데, 여기 계신 분들 모두 좀 이상했어요. 죄송합니다만, 제가 보기에는 다들 바보 같기도 했고요. 글쓰기를 하는 사람들은 보통 수업이 끝나면 삼삼오오 모여서 이야기도 하고, 술도 한잔 마시고 하는데 여기 있는 분들은 달랐어요. 어딘가 빙빙 도는 느낌이랄까. 왜 강사가 전날 쓴 것을 읽어보라고 하거나, 무엇을 쓸 것인지 이야기해 보라고 하거나 해도 우리 중에는 누구 하나 일어나는 사람이 없었던 것 같아요"

"그랬어요. 우리는 서로의 주변을 빙빙 돌았던 것 같아요. 다른 사람들은 삼삼오오 모여서 술 한잔 마시러 가거나 하다못해 커피숍으로라도 갔는데 우리 다섯 명은 그런 무리에 끼지 못했던 것 같아요."

"어떻게 생각하면, 여기에 있는 우리는 서로가 서로에게 비슷한 감정을 느낀 것 같아요. 나와 비슷하다는. 또는 나처럼 좀 멍청하다는, 또는 나처럼 사회성이 떨어진다는."

"저는 여기에 있는 여러분들을 처음 보면서 다 외로운 사람이라고 생각했어요. 외로움에 익숙하면서도 그 외로움과 싸우는 사람들이구나, 하는. 외로움을 해결할 줄 몰라서 이런 곳에 왔는데도 끝내 사람과 어울리는 방법, 그러니까 외로움에서 벗어나는 방법을 찾지 못한 사람들이라는 생각이 들었어요. 제가 바로 그랬거든요."

"그러다가 결정적으로 우리를 연결해 준 일이 생겼지요. 지금 생각해 보니까, '웰다잉 교실', 아마 그랬지요?. 처음에 우리나라는 왜 이렇게 영어를 좋아하나, 하는 생각을 하기도 했어요. '행복한 죽음', '행복하게 죽기', '제대로 죽기' 같은 우리말도 많은데, '웰다잉'이라니. 어쨌든 그 교실에서 우리가 또 만났잖아요. 이건 기적이에요. 아무리 생각해도."

"아마 그것도 같은 지자체의 평생교육원이 마련한 프로그램이었던 걸로 기억해요. 요즘에는 죽는 사람을 위한 교육 프로그램도 있구나, 하는 생각을 하면서 등록했던 기억이 나요."

"나는 웰다잉 교실에서 아는 사람을 만날 줄은 꿈에도 몰랐어요. 처음에는 몰래 다닐 생각이었거든요."

"맞아요. 저도 그랬어요. 어차피 혼자 살고 있는 마당에, 죽는 공부를 한다는 게 좀 그랬어요. 그래서 아는 사람을 만나는 건 싫었어요."

"먼저 자서전 쓰기 교실에서는 그렇게 서먹서먹하던 우리가 이 모임에서는 친밀감이 갑자기 생겨난 게 신통해요."

"저도 그래요. 아마 낯가림이 심한 우리들이 이미 낯이 익은 사람을 만나니까 안심감을 느끼게 된 것 같아요. 제가 그랬으니까요."

"두 개의 교실에서 자기소개를 한 번씩 하니까, 서로에 대해 잘 알겠더라고요."

"우리가 두 번째 만나서는 얻은 것도 참 많다는 생각이 들어요. 우리들 마음 사이에 있던 보이지 않는 장벽이 하나씩 사라지니까,

사람이 보이더라고요. 나는 우리가 모두 혼자 살고 있다는 사실도 너무나 놀라웠어요."

김명길 형사와 강동섭 형사는 여기까지 듣고 서로의 얼굴을 바라봤다. '이들의 관계에 대해 이제야 다 알겠다'라는 표정이었다. 그리고 서로 피식 웃었다. 이 대화를 통해 피해자(피살자), 피의자, 행방불명자 등의 인간관계를 일목요연하게 유추할 수 있었기 때문이다.

"성과가 있어. 성과가."

"요즘 수사에서 중요한 증거는 모두 휴대전화에서 나온다고 하잖아요."

두 사람은 파일을 계속 틀었다.

"나는 '각자 사연이 참 많겠다'라는 생각을 했어요. 저도 지금까지의 사연을 모두 풀어놓으면 한도 끝도 없을 건데요. 여기 계신 분들 모두 그럴 테지만, 우리는 모두 같이 비슷한 걸 느낀 것 같아요. 나도 그렇고, 너도 그렇고, 그 옆의 너도 그렇고. 모두 비슷한 삶을 살아왔을 테니까, 서로에 대해 시시콜콜 물어볼 필요는 없겠구나, 하는 것을요."

"맞아요. 우리가 이렇게 나름 친해져서 이야기를 나눈 지가 꽤 됐는데, 서로가 사생활에 대해서는 하나도 묻지 않았잖아요. 내가 여기에 계신 분들에 대해 알고 있는 건, 그런 거예요. 혼자 산다는 것, 그리고 나처럼 글을 쓰고 싶어 한다는 것, 그리고 나처럼 조용하면서도 행복하게 삶을 마무리하고 싶어 한다는 것, 모든 게 '나처럼'이었어요."

"우리 모두 구구절절한 사연 몇 개쯤 왜 없겠어요. 그런데 누구도 묻지 않더라고요. 그리고 누구도 자신에 대해 이야기도 하지 않더라고요. '다 쓰면 소설 한 편은 나온다'라는 식의 삶을 하나씩 끌어안은 채 살아온 인생들일 텐데요."

"처음에 자서전 쓰기 교실에서 만났을 때, 박씨가 먼저 나에게 말을 걸었던 거 생각나요. 옆에 있던 저에게 '진짜 자서전 쓰려고요?'라고 묻더라고요. 그래서 제가 그랬죠. '뭐 쓸 거나 있나요?'라고."

"사실 저는 하루하루 일기나 좀 써볼 작정으로 등록했었어요. 매일 벌어지는 일들을 기록하면 그게 자서전이라고 생각했거든요."

"저도 가볍게 시작했어요."

"자서전 대신 자전적 일기 쓰기, 누군가 그렇게 제안하면서 우리가 함께 어울렸잖아요."

"그랬지요. 강사가 정식 자서전이 아니면 일기를 써도 된다고 하면서, 자서전을 다 써서 책으로 묶고 싶은 사람과 그냥 일기를 쓰고 싶은 사람을 분류한 적이 있었잖아요. 그때 여기에 있는 분들이 모두 '일기파'에 몰렸었지요. 사람 수로는 '자서전파'가 압도적으로 많았던 걸로 기억해요. 당연한 결과죠. 자서전 쓰기 교실이었으니까요."

"일기파와 자서전파라. 그런데 지금 뒤돌아보면 일기나 자서전이나 그게 그거 아닌가 생각되기도 해요. 자기가 자기의 매일매일을 기록하면 그게 자서전이지, 다른 게 자서전인가요?"

"그런데 우리는 좀 이상한 사람들인 것 같아요. 그 교실의 소수파, 그러니까 일기파가 몇 명 안 되니까, 우리끼리라도 잘 어울려야 했는데, 우리는 실제로 그렇게 저주 어울리지도 않았어요."

"그러게 말입니다. 웰다잉 교실에서 다시 만나지 않았다면, 우리는 영영 다시 보지 못했을 거예요."

"웰다잉 교실에서 다시 만났을 때 무슨 느낌이 들었는지 아세요. 죽음의 문턱에서 친구를 또 만난 것 같은 느낌, 그런 거였어요."

"그러고 보니까, 우리의 인연은 자서전 쓰기 교실에서 시작돼 웰다잉 교실에서 결실을 보게 된 거네요."

"죽음이 살아있는 사람을 맺어준 셈이네요. 일본에서는 자신과 함께 묻힐 묘지 친구를 사귀고 그 사람과 함께 자신들이 묻힐 묘지를 찾아가 보는 여행프로그램도 있다고 하던데요."

"우리가 두 개의 교실에서 만날 가능성은 충분히 있었다고 봐요. 생각해 보면 두 교실은 사실 그게 그거거든요. 두 교실 모두 죽음을 염두에 둔 것이잖아요. 그러니까 우리가 만난 것은 우연이 아니라 필연인 것 같아요. 비슷한 지역에 살기도 하고."

"맞아요. 우리는 만나서 서로를 들여다볼 필요가 없었어요. 왜냐하면 상대방 안에 내가 있었거든요. 내 안에 상대방이 있었고요. 나와 똑같은 사람들이니까, 서로를 들여다볼 필요가 없었고, 아무것도 묻지 않아도 됐던 것 같아요."

"웰다잉 교실에서 다시 만난 이후로는 술자리도 가끔 가졌죠. 하하. 그러면서 우리가 죽음, 그중에서도 '행복한 죽음'에 대한 깊은 관심이 있다는 것을 알게 되었지요."

"그런데, 술자리에서는 우리가 진짜로 나누고 싶은 이야기를 하지 못하겠더라고요. 옆에 다른 손님들도 있고 해서. 그래서 이야기가 늘 빙빙 돈 것 같아요."

"그런데, 이 사람들 정말로 묘한 인연으로 맺어졌네요. 결국, '죽을 때 친구'를 만나게 된 거네요. 어릴 적 친구를 흔히 '불알 친구'라고 하잖아요. 이런 경우는 무슨 친구라고 해야 할까요?"

"글쎄?"

"'저승 친구' 어떠세요?"

"'저승 친구'라? 이승에서 만난 '저승 친구'. 그것도 말 되네."

두 형사는 파일을 계속 돌렸다.

"오늘은 너무 좋네요. 평생교육원 회의실도 넉넉하게 잡았겠다, 평생교육원에서 다과도 마련해 줬겠다, 2시간은 마음껏 대화를 나눠도 될 수 있으니까요. 그동안 우리가 나누고 싶었던 이야기요."

"나누고 싶었던 이야기라. 전에 이야기했던 그 '행복한 죽음', 그거 말하는 거죠?"

"맞아요. 그거예요. 우리의 영원한 주제."

"오늘도 우리는 '어떻게 죽을 것인가?', '어떻게 하면 행복하게 죽을 수 있는가?'에 관해 이야기해야 할 것 같아요."

"저는 어떻게 죽을지에 대한 이야기의 마지막 종결은 '비참하지 않게 죽는 것'이라고 생각해요. 그건 행복하게 죽는 것 이전의 문제라고 봐요."

"여기 있는 우리는 어떻게 보면 행복한 사람들이라고 생각해요. 일단 죽을 때 주변 사람들, 특히 가족과 같은 사랑하는 사람에게 폐를 끼치지 않을 수 있는 환경을 만들어놨으니까요. 혼자 산다는 것, 이런 때 좋은 거 같아요. 죽을 때 가장 좋지요. 홀가분하니까."

"혼자 사니까 죽을 때 좋다네."

김명길 형사가 혀를 차면서 강동섭 형사에게 말을 걸었다.

"그러게 말입니다. 혼자 살다가 죽은 사람 문제로 우리가 얼마나 고생이 많은데. 팔자들 좋아요."

강동섭 형사도 말을 거들었다.

"팔자가 좋은 게 아니라, 팔자가 좋지 않은 거지. 다만, 자신들이 자신들의 처지를 좋은 쪽으로 생각하는 거고."

두 형사는 파일을 계속 재생했다.

"사실 저는 자주 '행복한 죽음'을 생각해요. 행복하게 죽는 방법은 뭘까? 그런 것이 있을까? 있다면 나도 그렇게 죽을 수 있을까? 나도 행복한 죽음이라는, 그 행복을 누릴 수 있을까?"

"저는 조금 구체적인 생각을 하곤 해요. 우리처럼 혼자 사는 사람에게 있어서 행복한 죽음이란 어떤 것인가? 우리처럼 혼자 사는 사람도 행복하게 죽을 수 있을까? 그런 거 말이에요."

"저는 '모두가 행복한 죽음'이 '가장 좋은 죽음'이라고 생각하고는 해요. 여기에서 '모두'라고 하는 것은, 죽은 사람은 물론 남아 있는 사람, 이를테면 가족이라거나 친지라거나 친구라거나. 여하튼 내가 죽어도 살아서 이 세상을 살아가는 사람들까지 행복한 죽음. 그런데, 그런 죽음이 있을까요. 감정이 있고, 가슴이 있는 사람들 사이에서."

"너무 깊게 들어가는 거 같아요. 여러 가지 하고 싶은 말은 많은데 다 생략할게요. 다만, 여기에 있는 우리에게는 '행복한 죽음'의 가능성이 크다고 판단돼요. 왜냐하면 우리는 우리의 죽음을 슬퍼

할 가족이나 주변 사람이 없으니까요. 나만 행복하면 그게 행복한 죽음인 거잖아요.”

“우리 스스로만 행복하면 그게 바로 행복한 죽음이라. 그거 말 되는데요.”

“그런 면에서 보면 우린 정말로 행운을 타고났네요. 하하.”

“우리가 행운을 타고난 게 아니라 우리가 행운을 만든 거지요. 흐흐.”

“저는 ‘죽음의 고통을 느끼는 시간을 가장 짧게 하는 죽음’이 가장 행복한 죽음이라고 생각해요. 아니, 죽음의 고통을 모르는 죽음. 아니, 아니, 죽음 자체를 모르는 죽음이 바로 가장 행복한 죽음일 것 같아요.”

“그런 죽음이 있기는 있을까요? 가능하기는 할까요?”

“저는 충분히 가능하다고 생각해요.”

“예를 들면 어떤 것이 있을까요?”

“갑자기, 일본에서 자주 일어나는 죽음이 하나 생각나네요. 일본 사람들은 원래 목욕을 좋아하기로 유명하잖아요. 저녁에 집안 목욕탕에 따뜻한 물을 받아놓고 가족들이 한 명씩 돌아가면서 목욕을 즐기곤 하거든요. 그런데, 일본에서 그 좋아하는 목욕을 하다가 죽는 사람이 꽤 많다고 해요. 저도 뉴스에서 몇 번 봤어요. 얼마 전에는 그렇게 나이가 많지 않은 유명 배우가 집에서 목욕하다가 숨을 거뒀다는 소식도 전해지더라고요.”

“아, 그 소식 저도 들었어요.”

“생각을 해보세요. 내 스스로가 목욕을 아주 좋아한다고 가정해봐요. 하루 종일 열심히 일을 하고 들어와 집안 욕조 안에서 그 좋아하는 목욕을 하다가 어느새, 자연스럽게, 고통 없이 숨을 거뒀다고 생각해 봐요. 그것보다 행복한 죽음이 어디 있겠어요.”

“그렇게 따지면, 술 좋아하는 사람은 집에서 술 한잔하다가 자연스럽게 쓰러져 죽으면 그게 행복한 죽음이겠네요.”

“그렇지요. 저는 그런 게 가장 행복한 죽음이라고 생각해요.”

“그런데, 그런 죽음을 우리가 인위적으로 선택할 수 있는 것은 아니잖아요. 내가 좋아하는 것을 하다가 자연스럽게 죽는다, 생각만 해도 행복하기는 한데, 그게 가능할까요?”

“저는 이렇게 생각해요. 지금 우리가 이야기하고 있는 행복한 죽음은, 결국 예상하지 않은 상태에서 갑자기 다가오는 죽음을 말하는 것 같아요.”

“맞아요. 꽤 오래전에 들은 이야기인데, 예전에 노인들을 가득 태우고 가던 관광버스가 굴러서 여러 명이 죽은 사고가 있었어요. 그런데, 이 사고 이후에 경로당의 노인들이 너도나도 ‘나도 저렇게 죽고 싶다’라고 부러워하곤 한 적이 있다고 해요.”

“뭐가 그렇게 부러웠던 걸까요?”

"당시는 관광버스에서 술도 마시고 노래도 부르고 춤도 출 수 있던 때였다고 해요. 그런데, 노인들이 관광지로 여행을 다녀오는 길에 술 한 잔 마시고 춤추고 노래하던 버스가 언덕길에서 굴러떨어진 거거든요."

"아!"

"생각을 해봐요. 술 한잔 걸치고 신나게 놀고 있는데 버스가 굴렀으니, 고통을 느낄 틈이라도 있었겠어요?"

"그렇네요. 가장 행복한 순간의 죽음이었겠네요."

"물론 갑자기 가족을 잃은 유가족의 처지에서 보면 슬픔은 아주 컸을 겁니다. 하지만, 즐거운 순간에 이승을 뒤로 하고 저승으로 간 그 노인들의 시각에서 보면 이야기가 달라져요. 여담이지만, 관광버스 회사에서 적잖은 보상금도 나왔다고 하더라고요."

김명길 형사가 이 부분에서 파일을 정지시키면서 흥분했다.

"아니, 이게 말이 돼? 이 사람들 말대로 하면 그동안 우리가 수사한 많은 살인사건의 피해자, 그러니까 어느 날 어떤 괴한의 칼에 갑자기 찔려 죽은 사람, 이런 사람들도 행복하게 죽었다는 거 아냐? 말도 안 돼."

"그러게 말입니다. 그러면 교통사고 사망자도 행복하게 죽은 게 되는 거 아닙니까? 이 사람들의 논리대로 하면."

“어딘가 공감이 가면서도, 전혀 이해가 가지 않는 그런 대화야. 몽땅.”

김명길 형사가 파일을 계속 재생했다.

“예상하지 못한 죽음, 예기치 못한 죽음, 그런 것을 행복한 죽음으로 볼 수 있겠네요.”

“맞아요. 내가 예전에 어떤 책에서 본 적이 있는데요, 옛날 서양의 황제 중에는 ‘행복한 죽음’이 바로 ‘예기치 못한 죽음’이라는 사실을 미리 알고 있던 사례도 있었던 것 같아요. 권력의 정점에서 행복을 누리고 있지만, 죽음의 순간에 대한 두려움을 피하기 어려울 것으로 판단한 어떤 황제가 자신이 가장 신뢰하는 신하에게 이런 명령을 내린 적이 있다고 들었어요. ‘내가 가장 행복감을 느낄 때, 내가 절대로 모르는 방법으로 나를 죽여라’라고.”

“그러고 보니, 정말로 현명한 황제라는 생각이 들기도 하네요.”

“자신이 가장 행복해할 때 자신도 모르게 죽여달라고 했다는 황제의 이야기, 정말로 황당하기도 하고, 그럴듯하기도 하고, 그렇네요. 김 형사님.”

강동섭 형사가 파일이 돌아가고 있는 상태에서 김명길 형사에게 말했다.

"저는 요즘 간절하게 빌고는 해요. '나의 몸으로 치명적인 질병이 들어오게 하소서.' 이렇게 말이에요. 저는 의학에 밝지 않기 때문에 치명적인 질병이 뭔지는 잘 몰라요. 내가 원하는 치명적인 질병은, 단순해요. 한 번 걸리면 치료가 되지 않고, 비교적 짧은 시간에 죽는 질병을 말하는 거예요."

"그런 게 뭐가 있을까요?"

"제가 들은 바로는 췌장암이나 폐암, 간암 같은 것이 있는 것 같아요. 한 번 내 몸으로 들어오면 나를, 아니 나의 목숨을 빠르게 갉아먹는 치명적인 병. 그래서 나는 그런 병이 말기 상태에서 확진된다면 치료하지 않을 생각이에요. 그냥 받아들여서 그 병하고 놀아볼 생각이에요."

"그런데, 그런데 우리에게 예기치 않은 죽음도 안 오고, 치명적인 병도 안 오면 우리는 어떻게 하지요. 나는 내가 치매에 걸리는 상황을 생각하면 정말로 끔찍해요. 내가 나를 조절하지 못하는 상황. 이것만은 꼭 피하고 싶거든요. 그런데, 우리 친가나 외가에 모두 치매를 앓다가 돌아가신 분이 계셔요. 치매의 요인 중 유전적 요인이 크다는 얘기를 들은 적이 있어요. 내가 치매에 걸리는 상황을 상상하면 끔찍해요. 그런 상황만은 꼭 피하고 싶어요."

"저도 마찬가지죠. 저는 지금도 젊은 나이에 뇌졸중에 걸려서 거동을 제대로 하지 못하는 사람을 보면 마음이 불안해지곤 해요. 제가 그렇게 되는 상황을 생각하면 정말로 끔찍해요."

"그렇다면 모두 생각을 해봐요. 우리가 치매에 걸렸다고 치자고요. 뇌졸중으로 쓰러졌다고도 생각해 보고요. 그땐 방법이 있을까요? 저는 없다고 생각해요. 우리처럼 혼자 사는 사람에게 이런 일이 생기면 지자체나 국가나 지자체에서 우리를 어떤 시설에 갖다넣겠지요. 죽을 때까지."

"그렇다면 우리의 인간적인 품격은 어떻게 지키지요? 지금까지 내가 그렇게도 소중하게 키워온 나의 마지막 품격은 어떻게 유지할 수 있는 거지요?"

"나는 그런 때를 위해 생각해 놓은 것이 있어요. 나는 그런 때는 과감하게 자살을 선택하겠어요. 내 목숨을 내가 끊는 겁니다. 적어도 내가 나 스스로에 대해 인식하고 있을 때. 예를 들어 내가 치매에 걸렸다고 쳐요. 초기에는 정신이 왔다 갔다 하잖아요. 내가 정상적인 판단을 할 수 있을 때, 내가 나를 빨리 죽이는 거예요. 그게 최선인 것 같아요. 자살."

"나도 자살은 아주 좋은 선택지라고 생각해요. 우리가 생각하는 행복한 죽음을 이루기 위한 아주 좋은 대안 중 하나가 바로 자살이라는데 이견을 달 생각은 없어요."

"이 사람들이 정신 나갔군, 정신 나갔어."

녹음 파일을 확인하던 김명길 형사가 책상을 '탁' 치며 소리를 질렀다. 다행히 주변에는 사람이 한 명도 없어서 그의 이 소리는 허공중으로 흩어졌다.

"자살이 행복한 죽음을 위한 좋은 대안이라고? 이런 놈들 하고는. 이건 아니야."

김명길 형사가 강한 '반 자살론자'라고 강동섭 형사는 생각했다.

"한 가지 모두에게 물어볼 게 있어요. 만약 자살을 선택하게 된다면, 죽기 전에 누군가 만나고 싶지 않을까요?"

"아니, 저는 아무도 만나고 싶지 않을 것 같아요."

"저는 여기에 있는 여러분들을 마지막으로 만나고 싶을 것 같아요. 저는 가족들과는 어차피 관계를 완전히 정리한 상황이거든요. 가족들에게는 알리고 싶지 않아요. 그리고, 친구들과의 관계를 정리한 지도 꽤 됐어요. 가능한 여기 있는 모두, 나 말고 네 명에게는 나의 '죽음 계획'을 알리고 싶어요. 그리고 마지막 배웅을 받고 싶어요. 박수와 함께."

"'죽음의 계획'이라고요? 지금 '계획'이라고 하셨어요?"

"예, 맞아요."

"저는 아주 계획적으로 죽을 생각이거든요. '생전장례식'이라고 들어봤어요? 살아있을 때 치르는 장례식이 생전장례식인데요, 나는 '작은 생전장례식'을 생각하고 있어요."

"생전장례식이라…, 작은 생전장례식."

"나의 장례식을 내가 치르는 거를 말해요. 생전장례식을 치르고 나서 나의 목숨을 내가 끊는 거지요."

"그럼, 그때 자살 계획에 관해서도 이야기하는 건가요?"

"아니요. 다른 사람에게는 안 해요. 다른 사람에게 자살 계획을 이야기하면 분명히 저의 자살 계획을 철회시키기 위해 여러 가지 시도를 하게 될 거예요."

"그럼, 여기 있는 우리에게는 설명을 해줄 생각인가요?"

"이야기하고 싶어요. 여기에 있는 여러분은 저의 자살 계획을 용인해 주고, 축하해줄 테니까요. 그런데 하나 걱정이 있어요. 우리나라 법은 자살을 기도한다는 것을 알고 그걸 방치하면 죄로 봐요. 범죄가 된다는 얘깁니다. 자살방조죄. 그래서 여러분들에게도 이야기하기는 어려울 것 같아요. 그냥 저는 저를 위한 장례식, 그러니까 생전장례식만 치를 거예요. 살아있는 나를 위해 내가 여는 장례식. 그 이후에 계획은 물론 나만 알게 되겠지요."

'생전장례식 아이디어가 여기에서 나왔군.'

김명길 형사는 염석길의 생전장례식이 어떻게 시작됐는지, 그

연원을 알 수 있겠다는 표정을 지었다. 김명길 형사는 녹음파일에 생전장례식 이야기를 한 사람이 바로 염석길 본인일지도 모른다고 생각했다.

“그런데 궁금한 게 있어요. 안락사에 대해서는 어떻게들 생각하세요?”

“다들 아시다시피 우리나라는 안락사를 인정하지 않고 있어요.”

“그게 문제예요. 우리나라가 안락사를 인정하지 않는다면, 우리 스스로 안락사를 선택해 볼 수 있지 않을까요? 우리끼리의 안락사 말이에요.”

“우리끼리의 안락사라.”

“그래요. 우리 중에 안락사를 원하는 사람이 있다면, 우리끼리 안락사에 힘을 보태는 거예요.”

“그건 안 돼요. 우리나라는 법으로 안락사를 금지하고 있어요. 안락사를 시킨 사람이 있다면 그 사람은 바로 살인죄로 벌을 받게 될 겁니다.”

“제가 외국의 안락사 제도에 관해 좀 공부를 해봤는데요. 외국인까지 안락사가 가능한 나라가 바로 스위스더라고요.”

“맞아요. 스위스는 외국인에게도 안락사의 기회를 준다고는 하더라고. 하지만, 그 조건이 무척 까다롭더라고요.”

"당연하지요. 한 사람의 생명을 끊는 것이니까요. 그런데, 제가 스위스의 안락사 과정을 좀 공부했는데요. 안락사할 때 최종적으로 자신의 몸에 죽음에 이르게 하는 약을 넣는 것은 자신이더라고요. 자기 몸에 연결된 링거에 약을 집어넣는 판단과 실행을 자신이 하는 거예요. 참 합리적인 생각이라는 생각을 했어요."

"하지만, 스위스의 안락사도 엄격한 조건이 충족되어야 가능해요. 아무나 할 수 있는 것은 아니더라고요."

안락사 이야기가 나오자, 김명길 형사와 강동섭 형사가 의자를 바짝 당겨 파일을 푸는 노트북 앞으로 다가섰다. 마치 안락사에 관해 공부라도 해야 한다는 사람들처럼.

김명길 형사가 파일을 계속 돌렸다.

"맞아요. 그렇다면, 우리가 주체적으로 행복한 죽음을 선택할 수는 없을까요? 나의 행복한 죽음을 오로지 나의 의지로 실행하는 방법 말이에요."

"있어요. 우리가 몰라서 그렇지 우리 조상 중에도 우리 이웃의 누군가도 그런 방법을 선택해서 실행한 사례가 있어요."

"도대체 어떤 방법인데요?"

"혹시 '곡기를 끊는다'라는 이야기 들어봤어요?"

"들어봤지요. 지난번에도 이야기를 나눴잖아요. 가끔 드라마 같은 데서 가족들과 뜻이 안 맞는 아버지나 어머니가 곡기를 끊고 일종의 스트라이크를 하는 사례를 본 적이 있어요."

"맞아요. 그렇게 아무것도 안 먹는 게 곡기를 끊는 거예요. 그런데 여기에서 제가 이야기하는 것은 단순히 스트라이크를 하기 위해 곡기를 끊는 것이 아니에요. 자신의 힘으로 죽기 위해 스스로가 곡기를 끊는 것을 말하는 겁니다."

"그런데, 그게 가능할까요? 인간의 본능 중에 식욕, 그러니까 먹고 살아나려고 하는 욕구가 얼마나 강한데. 그 본능을 스스로 억제해서 죽는다고요? 어려울 것 같은데요…. 저는 자신 없어요."

"그렇게 생각할 수도 있어요. 저도 자신이 없기는 해요. 하지만 어떤 사람들은 이 방법을 선택해서 죽음의 길로 접어든다고 해요. 물론 통계가 있는 건 아니지만요. 제가 아는 어떤 분의 아버지는 특별한 이유 없이 모든 음식 섭취를 거부하다가 돌아가셨다고 해요. 당시 특별한 지병은 없었지만, 몸이 많이 쇠약해진 상태였다고 하고요. 그렇다고 해서 음식을 먹을 힘이 전혀 없는 것은 아니었고요. 그런데, 어느 날부터 모든 음식, 심지어는 물까지 거부하다가 끝내 숨을 거뒀다고 하더라고요."

"가족들이 그 아버지를 그냥 뒀나요? 저 같으면, 일단 병원으로 옮겨서 링거를 맞게 한다거나 어떤 조치를 했을 것 같은데요."

"저도 그래서 같은 질문을 했어요. 가족들은 처음에 아버지가 음식을 먹을 수 없는 상태에 놓인 것으로 생각했다고 해요. 그래서 병원으로 옮기려고 했는데, 아버지가 강력히 거부했다고 해요. 그 아버지는 음식물을 거부하기 직전까지 음식 섭취에 별다른 문제가 없었는데, 어느 날부터 갑자기 모든 음식을 거부했다고 해요."

"그럼, 그분은 스스로 음식 섭취를 거부하는 방법으로 죽음의 길로 들어선 것으로밖에 볼 수 없네요."

"맞아요. 저는 이분의 선택도 '행복한 죽음'의 한 가지 방법이라고 생각해요. 아니 확신해요."

"그게 '행복한 죽음'이라고요? 뭔가를 먹고 싶다는, 그래서 살아야겠다는 엄청난 욕구를 참아내면서 죽는 것이 '행복한 죽음'이라고요? 그건 아닌 것 같기도 한데…."

"아니에요. 나는 곡기를 끊음으로써 죽음의 길로 들어서는 것은 가장 완벽한 '행복한 죽음'이라고 생각해요."

"글쎄 과연 그럴까요?"

"자 생각을 해보자고요. 우리가 우리 인생을 살면서 스스로 선택해서 이루는 것이 얼마나 될까요? 우선 우리는 우리가 선택해서 태어난 것이 아니잖아요. 부모님의 선택, 그것이 설사 실수라고 해도, 그러니까 우리는 정자와 난자를 나눈 부모님의 뜻에 따라 수동적으로 이 세상에 태어났어요. 나의 탄생을, 내 삶의 시작을 우리가 한 것이 아니지요.”

“그건 그래요. 저도 어떤 때 ‘내가 차라리 태어나지 않았었으면 좋았겠다’라는 생각을 하고는 했으니까요.”

“부모의 성품, 부모의 외모, 부모의 경제력…. 이 모든 것을 우리가 선택한 것이 아니지요. 심지어는 부모의 자식에 대한 양육 방법도 우리가 선택할 수 없어요. 부모가 자식을 어떻게 키울 것인가에 대한 선택권은 자식에게 있는 것이 아니라 모두 부모에게 있으니까요.”

“그렇게 이야기하면, 우리가 말하는 DNA 그러니까 우리의 유전적 특질도 우리가 선택하지 않는 거네요.”

“맞아요. 우리의 삶 속에서 우리 스스로 선택한 것이 얼마나 될까요? 초등학교와 중학교, 심지어 고등학교에 들어갈 때도 내가 부모에 의해 어디에서 어떻게 키워지느냐에 따라 학교가 결정되는 경우가 많잖아요. 그렇다고 대학에 들어갈 때도 내 마음대로 간 거는 아니고요. 저의 경우는.”

“듣고 보니 그렇네요.”

“어른이 되어 결혼할 때부터는 나의 선택권이 넓어지는 것은 맞는 것 같아요. 나의 경우 나의 아내는 전적으로 내가 선택했거든요. 내 직업도 그렇고요.”

“그런데, 아이를 낳고, 직장생활을 이어가면서 내 마음대로 되는 것이 별로 없더라고요. 지금 내가 이렇게 살아가게 된 것도 따지고 보면 나의 의지에 의한 것만으로 보기는 어려워요. 그렇게 흘러온 측면도 있다는 거지요.”

“맞아요. 우리 인생은 그렇게 그렇게 흘러온 거예요. 흘러왔다고 보는 것이 맞을 겁니다.”

“그런 측면에서 나의 삶 중에서 내 뜻대로 할 수 있는 것은 과연 뭘까요?”

“없는 게 아닐까요?”

“있어요. 나는 있다고 생각해요. 그게 바로 죽음이에요. 죽음만은 내 선택대로 할 수가 있다고 생각해요.”

“무슨 얘기예요? 모든 사람이 내 마음대로 죽을 수 없어서 힘들다고 아우성을 치는데요.”

“자, 차분하게 들어봐요. 나의 생명을 결정하는 것, 그것은 나의 자유 영역에 있는 것 아닐까요? 극단적으로 이야기할게요. 자살하는 것은 범죄가 아니잖아요. 자기 자신을 죽이는 것이니까. 다른 사람의 자살을 알고서도 방치하는, 자살방조는 범죄에 해당하지만, 자살하는 것은 범죄가 안 돼요. 자살을 기도했다가 실패하는 사람을 법으로 처벌하지 않는 것도 자살 자체가 죄가 되지 않기 때문이지요.”

“그럼, 자살이 가장 행복한 죽음이라는 건가요?”

“아니에요. 그러니까 내 얘기를 잘 들어봐요. 스스로 죽는 것, 그것은 내가 선택할 수 있다는 얘기예요. 스스로 죽는 방법, 자신이 죽을 장소, 죽는 시간 등등 이 모든 것을 자유롭게 선택할 수 있는 것은 자살밖에 없다는 얘기예요.”

“그렇지요. 죽는 마당에 주저할 것이 뭐가 있겠어요.”

“그런데요. 그런데 말이에요. 사람들, 그러니까 내가 아닌 타인들, 이 세상에 남아있는 사람들, 특히 나와 가까운 가족이나 친구들은 어떤 사람이 자살하는 것을 죽도록 싫어한다는 게 중요해요. 자살을 선택한 사람의 죽음 앞에서 사람들은 우선 자살한 사람의 나약함을 탓하지요. 겉으로 이야기하지는 않는다고 하더라고, 최소한 마음속에서라도 탓하게 돼 있어요. ‘꼭 죽었어야 해?’, ‘그렇게 죽을 용기가 있었다면 살아보지.’, ‘남은 사람들은 뭐가 되는 거야’ 등등. 그리고 자살한 사람의 남은 가족은 매우 나쁜 사람으로 낙인찍히는 경우가 많아요. 사람들은 자살한 사람이 남기고 간 주변 사람들, 특히 가족들에 대해서 욕하는 경우가 대부분이에요. ‘애들이 어떻게 했으면….’, ‘마누라랑 그렇게 사이가 안 좋았던 거야?’ 등등.”

“하지만, 우리는 다르잖아요. 우리에게는 가족이 없으니까요. 우리가 어떤 형태의 자살을 한다고 해서 다른 사람을 비난하게 되지는 않을 테니까요.”

"그렇기는 해요."

"그런데 우리가 잊지 않아야 할 것이 있어요. 우리가 우리 마음대로 목숨을 끊는다고 가정해요. 너무 많은 사람이 어려움을 겪게 될 거예요. 우리가 혼자 살다가 죽어서 몇 달 만에 발견됐다고 쳐요. 언론에서 '고독사' 운운하면서 담당 공무원을 비난할 수도 있어요. 그리고 사건을 처리하기 위해 출동한 경찰관이나 소방서 구급대원은 얼마나 고생하겠어요. 끔찍한 광경을 보면서."

"정말 그렇겠네요."

"우리가 외부적인 힘, 그러니까 어디에 목을 맨다거나 약을 먹고 죽는 것과, 오로지 나만의 힘과 의지만으로 죽는 것은 근본적으로 다르다고 나는 생각해요. 죽음의 방법을 내가 선택하고, 내가 결심하고, 나의 의지대로 실행하는 것, 그것이 가장 행복한 죽음이라고 생각해요."

"저도 공감해요. 그리고, 죽음의 방법을 본인이 선택하고, 본인이 결심하고, 본인의 의지대로 실행할 수 있는 가장 좋은 방법은 역시 '곡기를 끊는 것'이라고 생각해요."

"제가 찾아봤더니, '곡기 끊기'의 사례는 의외로 많더라고요. 제가 가장 놀란 것은 곡기를 끊음으로써 죽음을 선택하는 현상이 인간에서 뿐만이 아니라, 동물에서도 발견된다는 것이었어요. 고양이의 경우 어느 순간부터 음식 섭취를 하지 않음으로써 죽음에 이르는 현상이 관찰된다고 하더라고요. 어떤 고양이는 특정 순간부터 식사량을 줄이다가, 결국에는 아예 먹지 않음으로써 목숨을 끊는 다는 기록도 있다고 해요. 고양이는 곡기를 끊기 전에 잠을 많이 자거나, 평상시 즐기던 놀이에 흥미를 잃는 현상을 보인다고 해요.”

“고양이가 곡기를 끊는다고요? 그렇다면 저도 할 수 있겠다는 생각이 드는데요.”

“사람이 실제로 곡기를 끊음으로써 세상과 이별한 사례도 여기저기에 많이 나와 있더라고요. 대만의 한 의사가 쓴 책은 많은 것을 느끼게 했어요. 책의 제목이 <단식 존엄사>(글항아리, 비류잉[畢柳鶯] 지음)인데요. 존엄사라는 말에서 큰 울림이 느껴졌어요.”

“책 내용이 어떻게 되는데요?”

“대만에 있는 병원에서 일하는 한 의사의 어머니가 소뇌실조증이라는 병을 얻게 됐다고 해요. 신경세포가 퇴화하면서 소뇌의 기능이 마비되고, 나중에는 반신불수가 되는 병이라고 하고요. 의사의 어머니는 재활을 위해 정말로 열심히 노력했지만, 병은 자꾸만 악화했어요. 의사의 어머니가 투병한 세월은 무려 19년에 이른다고 하고요. 의사의 어머니는 몸을 제대로 가누지 못하면서 잠을 자기도 어려웠고, 음식을 먹는 것도 너무나 힘이 들었다고 해요. 결국 그분은 ‘이런 고통에서 벗어나게 해달라’고 애원했다고 하네요.”

“아, 정말 고통스러웠겠어요.”

"의사의 어머니가 최종적으로 선택한 것은, '단식'이라는, '존엄하게 죽는 것'이었다고 해요. 그분은 음식을 섭취하지 않고, 물도 마시지 않음으로써 찾아오는 죽음, 다시 말하면 자연사와 비슷한 상황에서 세상과 작별하기를 희망했다고 해요. 그녀는 다른 사람의 힘에 의존해 죽는 것도, 약물을 이용해 죽는 것도, 스스로 목을 매는 등의 방법으로 세상과 작별하는 것도 원하지 않았다고 해요."

"정말 공감이 가요."

"맞아요. 오로지, 자신의 선택과 자신의 의지로 세상과 작별함으로써 '존엄한 죽음'을 이루려 한 점에서 저도 공감이 갔어요."

"의사의 어머니는 먼저 단식에 돌입했는데, 죽이나 삶은 채소 등을 먹는 방식으로 먹는 양을 줄여갔다고 해요. 10일이 지난 뒤에는 아예 모든 곡기를 끊고 연근의 물과 기름만 마셨다고 하고요. 그녀는 이후 숙면하는 시간이 길어졌고요, 단식에 돌입한 지 21일째 되는 날 그는 가족이 지켜보는 상황에서 저세상으로 갔다고 합니다."

"정말 대단한 분이시네요."

"책을 쓴 의사는 자신의 어머니가 단식 기간에 허기짐을 표시하기는 했지만, 고통스러워하지는 않았다고 했어요. 그리고 떠나는 어머니의 얼굴이 편안했다고 하더라고요."

"편안하게 가셨다고요?"

"맞아요. 저는 이 책을 읽은 뒤 '곡기 끊기', 다시 말하면 곡기를 끊음으로써 죽는 것은, 나의 죽음을 나의 의지로 결정하고, 나의 노력으로 이룰 수 있는 가장 이상적인 죽음의 방법이라는 생각을 했어요. 그리고 이런저런 자료를 찾아보니, 나이가 꽤 들고 거동이 불편해진 노인 중에서 식사를 할 수 있음에도 불구하고, 아무것도 먹지 않음으로써 세상과 작별한 사례가 꽤 많이 있더라고요.”

“그런데 어떤 사람이 직접 곡기 끊기를 실행해 저세상으로 갔는지를 확인할 수 있을까요?”

“음식을 먹지 않음으로써 숨을 거든 사람이 의식적으로 음식을 거부한 것인지, 아니면 몸이 음식을 받아들이지 못했기 때문에 음식 섭취를 하지 못했는지를 확인하는 것은 어려운 일 아닐까요?”

“저는 의식적으로 곡기를 끊는 것, 그래서 죽음을 선택하는 것은 사실상, 자살을 한 것으로 볼 수 있다고 생각해요. 자기 스스로 세상과 이별하기 위해 음식을 거부한 것이니만큼 당연히 자살에 포함된다고 봐요.”

“하지만, 주변 사람들에게 피해를 주지 않고, 자기 스스로 죽음의 방법을 선택해 조용히 숨을 거둔다는 측면에서 보면, 이것은 책 제목처럼 ‘존엄한 죽음’, 또는 ‘존엄사’라고 말을 할 수도 있을 것이라는 생각을 하게 되네요.”

파일은 이 부분에서 끊겼다. 염석길이 일부러 녹음을 중단했는지, 다른 이유로 녹음이 중단됐는지는 알 수가 없었다.

염석길의 휴대전화에 담겨 있던 녹음파일을 들어본 김명길 형사의 마음이 바빠졌다.

"대부분의 비밀은 풀렸어. 죽음의 비밀은 하나씩 풀려가고 있어. 하지만, 더 이상의 죽음이 나와서는 안 돼."

처음 들어보는 '생전장례식'에서부터 자살, 곡기 끊기….

이 사람들은 도대체 어떻게 하겠다는 거지?

김명길 형사와 강동섭 형사가 2개의 녹음 파일에 남아있는 사람들의 목소리를 분석한 결과, 대화를 나눈 이는 모두 5명으로 확인됐다.

이중 지금까지 신원이 확인된 것은 모두 3명.

처참한 모습의 시신으로 발견된 송선동. 오늘일지 아니면 내일일지 모르는 죽음을 기다리는 박수찬. '생전장례식'이라는 말도 안 되는 이벤트를 벌이고 오래전 해외로 떠나버린 염석길.

염석길이 살아있을지 아니면 죽었을지는 알 수가 없다.

김명길 형사는 염석길이 귀국할 가능성은 아주 낮다고 생각했다.

염석길의 일기장에서 본 그의 의지는 결연했다. 어디선가 자신의 결심을 실행하고야 말 것 같은 느낌이 강하게 들었다.

'사건을 다시 정리해 보자.'

송선동을 죽인 것은, 분명히 박수찬이다. 박수찬의 신병은 확보했지만, 아니 확보돼 있지만, 그는 죽기 직전이다. 그와는 자세한 이야기를 나눌 수도, 추가 진술 조서도 받을 수도 없는 상황이다.

박수찬은 송선동을 죽였다는 사실만 인정했을 뿐이다. 그게 전부다.

다행히도 5명의 대화를 녹음해 놔서, 사건 해결을 위한 큰 실마리를 제공한 염석길. 하지만, 그는 해외에서 행방불명된 상태다.

'그와 대화를 나눌 수 있다면, 뭔가 이야기를 더 들을 수 있겠는데….'

김명길 형사는 염석길도 숨진 것이나 마찬가지라는 생각을 했다.

추가로 조사하고, 추가로 알아보고 싶은 것이 수도 없이 많은데 핵심 관계자들을 대상으로 할 수 있는 것이 하나도 없다.

김명길 형사는 연신 자판기 커피를 마셔댔다. 입이 바짝바짝 타들어 갔기 때문이다.

'이대로 두면 죽는 사람이 더 늘어날 수 있어. 서둘러야 해.'

김명길 형사의 마음이 급해졌다.

'하는 수 없지. 남아있는 증거와 증인들을 찾아보는 수밖에.'

　김명길 형사는 염석길의 휴대전화에서 거명된, 이른바 '일기파'의 나머지 멤버를 확인하기 위한 작업에 나섰다.

　일기파 멤버 중 지금까지 신원이 확인된 사람은 모두 3명이다. 이들 3명 이외에 2명을 더 찾아야 한다. 그래야 불행한 사태를 막을 수 있다.

"확인됐습니다. 예상했던 대로 같이 자서전 쓰기 교실과 웰다잉 교실을 함께 다닌 사람들이더라고요."

　강동섭 형사가 급하게 달려와 소식을 전하고, 인적 사항이 적힌 명단을 책상 위에 올려놨다.

　김명길 형사가 강동섭 형사에게 미리 부탁해 놓은 것이었다.

"음, 수고했네. 역시 일기파 멤버들, 모두가 문제군"

"일단 이 사람들에 대해서는 내가 더 알아보도록 하겠네."

"예."

"그건 그렇고, 송선동의 가족은 찾았나?"

"아, 그게 좀….."

"왜?"

"송선동의 동생과 연락이 됐는데, 인연을 끊은 지가 오래됐다면서 시신 인수를 거부하고 있습니다. 부모는 오래전에 돌아가셨다고 하고요. 다른 형제는 없다고 합니다."

"그럼 어쩔 수 없구먼. 그럼, 지자체 쪽으로 넘기지 뭐."

"예, 알겠습니다."

김명길 형사의 책상 위에 강 형사가 놓고 간 일기파 멤버 2명의 자료가 놓여있었다. 김명길 형사는 자료를 살펴봤다.

황성운 : 1인 가구. 무직. 24평 아파트 거주(자가). 우울증·불안장애와 불면증에 시달려 정신의학과에서 치료받은 적 있음. 특별히 연락하며 지내는 사람 없음. 경제적으로 비교적 여유가 있는 편.

이철민 : 1인 가구. 대학 강사. 다가구 주택 거주. 고혈압, 당뇨병 있음.

편안한,
이 세상에서 가장 편안한

'우선 황성운부터 찾아봐야 하겠군.'

김명길 형사는 황성운을 찾는 것이 더 급하다고 판단했다. 우울증, 불안장애와 불면증을 앓고 있는 경우, 더구나 늘 죽음에 관해 이야기를 해온 문제의 일기파의 멤버였기에 불행한 일이 생길 가능성이 크다고 봤다.

김명길 형사는 어렵게 황성운의 소재지를 찾아낸 뒤, 거기로 향했다.

황성운의 집을 찾아가는 김명길 형사의 마음은 찜찜했다. 지난번에 갔던 송선동 집의 처참한 광경이 떠올랐기 때문이다. 잠깐 소름이 끼쳤다. 원래 후각의 기억은 늘 깊고 오래 가는 법인데, 황성운의 집에서는 아무런 냄새도 나지 않았다.

‘그래도 혹시?.’

자물쇠를 부술 수밖에 없었다.

김명길 형사는 누가 끔찍하게 죽어 있을지 모른다는 자신의 짐작이 틀리기를 바라면서 거실로 들어갔다. 집안에서는 아무 일도 일어나지 않은 것 같았다. 집안은 의외로 깨끗했다. 안방과 건넌방, 베란다에도 사람은 없었다.

‘다행인데, 황성운은 도대체 어디로 간 걸까? 혹시, 이 사람도 자살하기 위해 해외로?’

김명길 형사는 황성운의 집을 뒤지기 시작했다.

강 형사가 ‘허탕 친 거 아니냐?’라면서 투덜거렸지만, 김명길 형사는 안도의 숨을 내쉬었다. 일단 그의 집에 아무도 없다는 것은, 적어도 이 집에서는 아무 일도 안 일어났다는 얘기 아닌가?

사건의 흔적, 범죄의 흔적은 없었지만, 조사는 해야 했다.

주변 사람들에게 물어보니, 황성운을 본 적이 꽤 오래됐다고 했다.

그의 아파트 우체통에는 오래전 온 우편물이 그대로 쌓여 있었다. 집 앞에는 꽤 많은 광고지도 널려 있었다. 상당 기간 사람이 드나들지 않았다는 얘기다.

김명길 형사는 일단 황성운의 집 안을 수색했다.

황성운이 우울증과 불면증에 시달렸다는 보고서를 보고 왔지만, 그가 그런 증상으로 고생했다는 걸 보여주는 물건은 집 거실에 없었다. 그의 병과 연관되는 약도 없었다. 아니, 기본적인 상비약 이외의 약은 발견되지 않았다.

황성운이 평소 깔끔한 성격이었음을 바로 알 수 있었다. 음식물 쓰레기는 물론 재활용 쓰레기도 단 하나 없었다.

'일부러 정리를 한 것 같은데.'

그렇다면, 오래전에 신변을 정리하고 어딘가로 떠났다는 건가? 스스로 목숨을 끊은 것일까?

'아, 일기장을 찾아봐야겠군. 이 사람도 그 일기파의 일원 아닌가?'

황성운의 것으로 보이는 책상이 있는 작은 방으로 갔다. 책꽂이에는 꽤 많은 책이 꽂혀 있었다.

"여기에 흔적이 있군!"

김명길 형사가 중얼거렸다.

〈우울증 그 증상과 대책〉, 〈자연의 힘으로 우울감 없애기〉, 〈노년기 우울감 대처법〉, 〈우울증이 불러오는 10가지 질병들〉, 〈불안장애와 공황장애〉, 〈불면증과 싸우는 사람들〉, 〈불면증에 좋은 50가지 음식〉, 〈잠이 보약이다.〉

우울증과 불면증에 관한 책이 책상 가까운 책꽂이에 가지런히 꽂혀 있었다.

하지만, 황성운이 썼을 것으로 추정되는 일기장은 그 어디에도 없었다.

좀 낡은 노트북 컴퓨터가 책상에 놓여 있었다.

김명길 형사는 노트북을 열고 전원을 넣었다. 부팅에 꽤 오랜 시간이 걸렸다. 오래된 구형 노트북인 것 같았다. 하지만, 노트북 자판은 꽤 반질반질했다. 자주 이용했다는 얘기다.

노트북은 별도의 비밀번호 없이도 들어갈 수 있었다. 많은 폴더와 파일이 바탕화면에 떴다.

황성운의 파일 이름은 조금 이상했다. 상당 파일의 이름이 한글 자음으로 이루어져 있었다. 처음 보는 사람은 그 내용을 짐작하기도 어려웠다.

'ㅈㅈㄱㅇㅈ'라는 파일을 열었더니, '자전거일지'라는 제목의 문서가 나왔다.

황성운이 자전거를 탈 때마다 그 거리와 주행시간, 다녀온 장소 등을 정리해 놓은 것이었다. 그는 자전거를 꽤 좋아한 것으로 보였다.

'ㄷㅅㅇㄱ'라는 파일은 황성운이 읽은 책에 대해 정리해 놓은 '독서 일기'였다.

정리된 내용으로 봐서 황성운은 꽤 많은 책을 읽은 것을 알 수 있었다. 그가 읽은 책의 분야는 역사에서 국제관계, 경제학, 문학 등 다양했다. 최근에는 불안증, 우울증, 불면증에 관한 책을 많이 읽은 것으로 나타났다.

그의 자전거일지와 독서일지는 그러나 2024년 12월경까지만 적혀있었다.

그 이후의 기록도 없었고, 행적을 추정할 수 있는 것도 없었다.

여러 개의 폴더도 하나씩 열어봤다.

'내 사진'이라는 폴더에는 몇 개의 증명사진이 있었다. 그 옆에는 '가족사진'이라는 폴더가 있었다.

'가족이 있군.'

후배 형사가 올려준 보고서에는 그가 따로 연락하는 사람이 거의 없었다고 적혀있었다. 그의 가족 관계도 따로 명기되지 않았었다.

김명길 형사는 그가 가족 등 주변 사람들과 대부분 인연을 끊은 채 살아왔을 것이라는 생각을 했다.

'가족사진' 파일을 열자, 2000년부터 2009년까지 연도별 폴더로 정리된 사진이 나왔다. 황성운에게는 아내와 두 아들이 있었던 것으로 보였다. 부인의 인상은 딱 봐도 평범한 가정주부는 아니었다.

'커리어우먼.'

이 말이 떠오르는 세련된 인상이었다. 사회활동이 왕성한 사람일 것이라고 김명길 형사는 생각했다.

황성운의 두 아들은 아빠를 무척 좋아하는 것 같았다. 두 아들이 아빠의 등에 올라타거나, 양팔에 매달려 있는 사진도 있었다.

어디선가 가족 4명이 캠핑을 하는 사진도 있었다.

하지만, 사진은 2009년에서 멈췄다.

그 이후의 사진은 어디에도 없었다.

'이때쯤 무슨 일이 있었군.'

노트북 안에 있는 서류를 하나씩 열어보던 김명길 형사의 눈이 갑자기 한 파일로 멈췄다. 바탕화면의 오른쪽 맨 위에 있는 파일이었다.

'ㅈㅅㅈ-일기'

일기장이었다. 파일을 여니, '자서전-일기'라는 제목이 붙어 있었다.

파일에는 꽤 많은 글이 적혀있었다.

황성운의 노트북은 그가 자전거를 좋아하고, 책을 많이 읽으며, 일기 쓰기를 좋아한다는 것을 보여줬다.

그 일기파 멤버였던 황성운이기에 '자서진'이라는 말을 쓴 것 같다고, 김명길 형사는 생각했다.

2025년 1월 12일

정확하게 이유를 알 수 없다. 어느 날 다가온 이 불안한 느낌.

내가 나를 통제할 수 없다.

오늘은 길을 가다가 차가 마구 달리는 도로로 내가 갑자기 뛰어들 것 같은 불안감 때문에 아무것도 할 수 없었다.

내 마음속에 2명의 내가 있다.

한 명은 도로로 뛰어들려고 하는 나고, 다른 한 명은 도로로 뛰어들 것 같은 나를 무서워하는 나다.

누가 진짜 나인지 구분되지 않는다.

분명히 두 사람 모두 나인데. 두 사람 모두 낯설다.

더 이상 걸을 수도 없었고, 더 이상 서 있을 수도 없었다. 그냥 주저앉을 것만 같았다.

근처에 카페가 있었지만, 카페로 들어가면 사람들이 모두 나만 바라볼 것 같았다.

조금 떨어진 곳에 공원이 보였다. 간신히 다리를 움직여 공원으로 갔다.

그네 앞에 있는 긴 벤치에 몸을 걸쳤다. 한 30분쯤 지났을까?

마음이 좀 가라앉았다.

차가 마구 달리는, 그 어지러운 상태의 도로에서 떨어져 있는 것만으로도 안심이 됐다. 두근거리던 가슴도 어느 정도 진정이 됐다.

다시 도로로 나섰다.

약속 시간이 다가오고 있었기 때문이다. 지인들과 만나기로 한 시간이 30분도 안 남았다.

하지만, 그놈의 불안감이 가시지를 않았다.

도로로 뛰어들고 싶어 하는 나를, 내가 제지하지 못할 것 같았다.

내가 나를 통제하지 못할 것 같은 두려움.

갑자기 갈 길을 잃은 행성이 지구를 향해, 지구 중에서도 내가 서 있는 곳을 향해 날아오고 있는 것 같은 두려움.

지인과의 약속 장소까지 가기가 어려울 것 같았다. 휴대전화를 걸었다.

"죄송합니다. 갑자기 몸이 안 좋아졌어요. 도저히 안 되겠어요. 다음에 다시 날짜를 잡아요."

사실 기다리고 있는 지인은 한 명이 아니었다. 예전에 다니던 직장 때부터 친하게 지내온 사람 4명이 오랜만에 만나기로 한 것이었다.

내가 가족이나 친구들과 제대로 교류하지 않게 된 뒤에도 종종 만났던 사람들이다. 모두가 내가 혼자 살게 되고 나서 알게 된 사람들이다.

서로에 대해서는 자세히 알지 못하지만, 만나면 즐거웠다. 이를테면 사회 친구였기에 서로를 배려했고, 서로의 깊은 곳까지 밀고 들어가 어떤 것을 알려고 하지 않았다. 그런 사이였다. 서로에 대한 배려가 밑바닥에 존재하는 그런 관계.

서로의 상처를 건드리지 않고, 못 본척해 줄 수 있는, 그런 사이였다.

하지만, 한동안 같은 직장에서 고락을 같이했기에 만나면 할 말도 많았고, 서로를 이해할 수 있는 여유도 있었다.

그런데, 그들이 있는 곳까지 갈 수가 없었다.

이유도,

근본도,

출발지도,

그 어떤 것도 알 수 없는 불안감.

이것이 나의 마음과 몸을 온통 붙잡고 있다.

이게 요즘의 내 현실이다.

나락으로 떨어지는 느낌이다.

2025년 1월 13일

이유 없는 불안감은 결국, 우울감으로 다가왔다.

아침에 일어나면 모든 것이 무겁다. 머리도 무겁고, 다리도 무겁고, 무엇보다 마음이 무겁다.

이 지구를 둘러싸고 있는 대기층이 압축기에 눌린 뒤 커다란 덩어리로 변해 나와 내 주변을 짓누르는 것 같았다.

즐거운 것이 사라졌다. TV를 켰을 때, 사람들이 죽 늘어앉아 영상을 보면서 키득거리는, 이른바 관찰 예능 프로그램을 보면 화가 났다.

나를 보면서 비웃는 것 같은 느낌이 들었다.

들고 있던 리모컨을, TV를 향해 던지고 싶은 충동이 생기기도 했다.

배가 고픈데 먹을 것이 없는 경우에도 여러 가지 증상이 나타났다.

배가 고픈 것을 참지 못하고, 혼자서 폭발하는 때도 있었다.

'나는 지금 배가 고프단 말이야. 배가 고파서 미치겠는데, 왜 아무도 없는 거야!'

혼자 산 지도 꽤 오래돼서 모든 것이 익숙해졌는데도, 요즘은 자꾸 혼자인 내가 싫어지고는 했다.

'혼자 사는 것, 그거 네가 선택한 거잖아. 지금 누구에게 화를 내는 거야?'

혼자서 신경질을 내는 나에게, 내가 화를 내기도 했다.

모든 것이 귀찮아졌다.

그리고 모든 것이 싫어졌다.

요즘의 증상과 관련해 이 책 저 책 많이도 사서 읽었다.

우울증에는 운동이 좋다, 걷기가 좋다, 햇볕을 쏘이는 것이 좋다, 자전거를 타는 게 좋다….

이런저런 얘기가 있어서 몇 가지 실천을 해봤다.

운동을 하면 우울감이 사라지기는 했다. 특히 자전거 타기나 달리기를 하면 우울감이 싹 가시는 느낌이 들었다.

자전거 타기는 우울감을 해소하는 데 큰 효과가 있었다.

온몸을 움직여 씽씽 달리고 나면, 땀이 나고 머릿속의 불안감이 일시에 사라졌다.

그런데, 그런 효과는 일시적인 것이었다.

몇 시간만 지나면, 그 감당할 수 없는 우울의 무게가 나의 온몸을 눌렀다.

사람을 만나면 우울감이 해소된다는 얘기도 있었다.

하지만, 지금은 사람을 만나러 가는 것 자체가 어렵다.

무엇인가에 집중하면 우울감에서 벗어날 수 있다는 얘기도 책에서 봤다.

그래서 시작한 것이 집 안 청소였다.

나는 원래 정리를 좋아하는 편이다. 어릴 적에도 책상 정리를 해야만 공부를 시작할 수 있었다.

어떤 때는 공부하는 시간보다, 책상을 정리하는 시간이 더 길었다.

장롱이란 장롱은 다 뒤졌다. 모든 옷을 하나씩 꺼내 살펴보고 다시 개고. 갠 옷을 다시 장롱 안에 넣고.

혼자 사는 집안의 짐은 이렇다 할 게 없었다. 더구나 남자의 옷장을 아무리 뒤져도 옷은 몇 장 되지 않았다. 속옷을 다 합해도 정리하는데 1시간이면 족하다.

하지만, 책장은 달랐다. 책이 꽤 많기 때문이다.

책장이란 책장은 다 뒤졌다.

모든 책을 꺼내 살펴봤다. 중간에 나도 모르게 접어놓은 곳이 있으면, '여긴 왜 접어놓은 거야'라면서 다시 한번 읽어보기도 했다.

책장에 있는 책을 다 살펴보고 정리하는 데는 2~3일 정도 걸렸다.

장롱을 정리하고, 책장을 정리하는 동안에는 정말로 불안감과 우울감이 많이 사라졌다.

다 정리해야 한다는 목표 때문일까? 불안해하고, 우울해할 틈이 없기 때문일까?

냉장고 안에 들어있는 식재료를 모두 꺼내 유효기간을 확인하는 작업도 했다.

냉장고 뒤에 있는 먼지 더미와 머리카락, 종이조각을 빗자루로 꺼내 내는 작업까지.

내 몸 구석구석을 씻듯이 집 안을 청소했다.

그 시간만큼은 불안하지도 우울하지도 않았다.

2025년 1월 18일

"어쩌면 평생 고통 속에서 살아야 할지도 모릅니다. 완치의 방법이 없을 것 같습니다. 참고 지내야 할 겁니다."

수술할 때 한 마취에서 깨어난 나에게 의사는 말했다.

평생 고통 속에서 살아야 한다고?

눈물이 주룩 흘러나왔다.

지난번에 갑작스럽게 닥친 불안감 때문에 만나지 못한 사람들을 다시 만나기로 한 것은 3일 전이었다.

일방적인 약속 취소를 사죄할 겸, 전화를 걸어서 다시 약속을 정했다.

버릇이 된 책장 청소와 집 안 청소를 모두 끝내고 나니, 머리가 맑아졌다.

그 이유도 알 수 없고, 출발 지점도 알 길 없는 우울감과 불안감이 상당 부분 사라진 것 같았다.

그래서 전화했다.

다시 약속을 정했다.

"우리 다시 만날까요? 그때 거기서. 제가 그쪽으로 갈게요. 다른 분들에게는 대신 연락해 주시겠어요?"

"내일 어때요. 저희끼리 내일 모이기로 했었거든요. 그때 그곳에서 다시 만나기로 했어요. 건강이 좀 안 좋으신 것 같아서 따로 연락을 드리지 않았습니다. 내일 뵐 수 있다니 정말 잘됐네요."

하지만 잘된 것은 하나도 없는 상태였다. 우울감과 불안감이 사라진 것은, 책장 청소와 집 안 청소를 끝냈을 때, 그때뿐이었다.

전화를 끊고 나서 1~2시간 정도 흐르고 나니, 마음이 천근만근 무거워졌다. 온몸은 무겁게 내려앉았고, 머리는 둔기에 맞은 것처럼 멍한 상태에 빠졌다.

"곧 나아지겠지…."

하지만, 그다음 날 일어나보니, 변한 것은 하나도 없었다. 마음은 우울했고 불안했다. 집이 갑자기 무너질 것 같다는 생각이 들기도 했다.

오후에 다시 집 안 청소를 했다. 그동안 손을 대지 않았던 유리창을 모두 닦았다. 화장실의 거울까지 모두 깨끗하게 닦았다.

마음속의 구름이 조금은 걷히는 것 같았다.

마음을 단단히 먹고 집을 나섰다.

'사람들을 만나면 조금 나아질 거야.'

택시를 탔다. 약속 장소까지 가는 동안 다시 도로로 뛰어들 것 같은 나에 대해 나 스스로가 불안해하는 사태를 막기 위해서는 그게 최선이라고 생각했다.

택시를 탄 덕분에 약속 장소에 가장 먼저 도착했다.

"물 좀 주세요!"

우선 물을 한 잔 마시고 마음을 진정시켰다.

하지만, 어딘가 모르게 불안하고, 우울한 마음은 가시지 않았다.

손에서 땀이 났다.

그때 사람들이 나타났다.

"아이고, 안녕하세요? 잘들 지내시죠?"

"그럼요."

"덕분에 잘 지내고 있어요."

"아이고, 얼마 전에 손자가 태어나서 얼마나 즐거운지 모르겠어요."

모두 반갑게 인사를 나눴다.

하지만, 나는 인사를 제대로 나눌 수가 없었다. 혹시라도 내가 실수라도 하지 않을까, 실언이라도 하지 않을까 갑자기 불안감이 엄습해 왔다.

사람들의 말이 거의 들리지 않았다. 등에서는 식은땀이 흘렀다.

사람들이 말하면 건성으로 고개를 끄덕이거나 맞장구를 치는 정도였다.

그날 나눈 이야기 중에 기억나는 것은 누군가 손자를 봤다는 이야기 딱 하나였다.

그런데, 그 이야기를 누가 했는지도 제대로 기억나지 않았다.

"아니, 황성운 씨 얼굴이 왜 그래요. 어디 또 아픈 거 아니에요?

얼굴이 창백한데. 오늘따라 말수도 없고.”

도둑질하다 들킨 도둑처럼 소스라치게 놀랐다.

내 마음, 나의 심리상태를 모두에게 들켜버린 것 같았다.

나의 옷이 모두 벗겨진 것 같은 모멸감이 엄습해 왔다.

어떻게 자리를 파했는지 기억도 나지 않았다. 회비를 먼저 내고 나온 기억이 어렴풋이 떠올랐다.

인도로 나왔다.

어두운 차도에서는 내달리는 차들이 쉴 새 없이 지나다녔다.

“아, 어떻게 하지, 내가 저 도로로 뛰어들면 어떻게 하지?”

그날 기억은 거기에서 멈췄다.

다행히 가방 속에 그동안 일기를 써오던 노트북이 있었다. 노트북은 멀쩡했다. 일기를 쓰고 나니 마음이 한결 가벼워진다. 갑자기 일기파 멤버들이 보고 싶어진다.

2025년 1월 20일

“황성운 씨, 좀 어떠세요?”

의사 몇 명과 간호사들이 나를 둘러싸고 있었다. 의사들이 회진 중인 모양이었다.

“정말로 큰일 날 뻔했습니다. 그날은 왜 갑자기 도로로 뛰어드신 건가요?”

하얀 가운을 입은 의사가 물었다.

내가 기운을 좀 차린 것을 알고, 의사는 사고 당시의 상황을 자세히 물어봤다.

하지만, 전혀 기억에 없는 일이었기에 대답할 것도 없었다.

"제가요? 제가 도로로 뛰어들었다고요?"

놀란 내가 반문했다.

의사는 현장을 본 사람이 많다고 했다. 의사는 경찰에게 들은 것들을 나에게 설명해 줬다.

인도를 걷던 내가 갑자기 시속 60~70km로 내달리는 차 속으로 뛰어들었다고 했다. 나를 친 운전자도 많이 다쳤다고도 했다. 따지고 보면 그 운전자가 피해자라는 말도 덧붙였다.

의사의 설명을 듣던 나는 입을 다물지 못했다.

'결국 이런 일이.'

머릿속이 어지러웠다. 아무것도 기억나는 것이 없는데. 약속 장소인 음식점에서 뛰어나온 것, 그것만 생각나는데.

"선생님이 갑자기 소리를 지르면서 차도로 뛰어들었다고 해요. 뛰어드는 선생님을 피하려고 급히 방향을 튼 차가 옆 차선의 다른 차와 충돌하면서 3중 추돌 사고가 났어요. 선생님은 방향을 급히 튼 차를 뒤따르던 치였다고 하고요."

의사의 설명은 나에게 큰 충격이었다.

"아, 그런 일이. 기어이 제가 일을 저지르고 말았군."

"'기어이'라고요?"

내가 혼잣말을 하자 의사가 무슨 일이 있었느냐고 물었다.

그래서 꽤 오래전부터 심각한 불안증과 우울증을 느끼고 있었다는 이야기, 도로에만 나가면 갑자기 도로 쪽으로 뛰어들고 싶은 충동을 느끼곤 했다는 이야기, 가능하면 밖에 안 나가려고 했다는 이야기, 그날은 불가피한 약속이 있어서 나가게 됐다는 이야기 등을 했다.

"아 그러셨군요. 그러면 정신과 진료는 받으셨나요?"

"아니요. 용기가 나지 않았어요."

"그러면 앞으로는 정신과 치료도 받으셔야겠습니다. 아마 경찰 조사도 받게 될 겁니다."

"아, 예…."

"그런데 황성운 선생님, 너무 놀라지 말기 바랍니다. 앞으로 제대로 걸을 수가 없을 것 같습니다. 목과 척추를 너무 심하게 다쳐서 신경에 손상을 많이 입었어요. 하반신은 거의 쓸 수가 없다고 보시면 될 것 같습니다. 살아나신 것 자체가 기적이었으니까요. 통증도 심할 겁니다. 지금은 마취약이 남아 덜 하시겠지만."

청천벽력 같은 이야기였다. 내가 "치료를 해도 마비된 하반신은 살아날 수 없는 거냐"라고 물었다.

의사는 "그렇다"라고 답했다.

"게다가 상반신과 머리도 충격을 많이 받아서 언제 무슨 일이 생길지 알 수 없는 상황입니다. 몸의 여러 부분이 손상됐어요. 앞으로 심한 통증을 느끼시면서 살아가시게 될 가능성이 아주 높습니다."

커다란 절망을 느꼈다.

일기를 읽던 김명길 형사는 후배 강동섭 형사를 경찰서로 들여보내고 나서 황성운의 집안 이곳저곳을 더 살펴봤다.

뭔가 더 있을 것 같은 생각이 들었다.

책상 겸 쓰는 것으로 보이는 식탁 위에 이런저런 해외여행 안내서가 있었다. 유독 스위스에 관한 것이 많았다.

그러나 다른 어떤 특이한 것은 나오지 않았다.

김명길 형사의 머리에 녹음파일에서 들은 '스위스'라는 말이 떠올랐다.

김명길 형사는 노트북의 일기를 계속 읽었다.

2025년 1월 21일

막다른 곳까지 밀린 느낌이다. 마음이 먼저 망가지고, 몸이 망가졌다.

아니 마음이 망가졌기 때문에 몸이 무너진 것이다.

어떻게 하지?

이제 어떻게 하지?

정년을 얼마 안 남겨놓고 받아들였던 명예퇴직. 전혀 명예롭지 않은 명예퇴직이었지만, 돈은 두둑하게 줬다. 명예퇴직금과 퇴직금을 합하니 꽤 많은 돈이 모였다.

대충 노년을 보낼 수 있는 금액이었다. 명퇴 이후에도 이것저것 일을 한 덕분에 아직도 상당한 금액의 돈이 통장에 남아있다.

우선 당장 필요한 휠체어와 전동휠체어를 한 대씩 샀다.

하지만, 앞으로 살아가야 할 길은 보이지 않았다.

앞으로 어떻게 살아가야 하나?

자신이 하나도 없었다.

다치기 전까지는 그럭저럭 살아갈 수 있는, 버틸 여력이 있었는데.

이제는 내가 할 수 있는 것이 하나도 남아있지 않았다.

요양원으로 들어갈까?

아니면 요양병원을 선택할까?

고민이 컸다.

하지만, 일단은 혼자 힘으로 살아보기로 했다.

그냥 지금 사는 집에서 살기로 했다.

전동휠체어 덕분에 가까운 슈퍼나 편의점에는 그럭저럭 다녀올 수 있을 것 같았다.

2025년 1월 23일

사고 이후 담당 의사의 권유로 같은 병원에 있는 정신의학과 진료도 받았다.

사고 직후에는 일시적으로 불안감과 우울감이 해소된 것 같았지만, 그게 아니었다.

정신의학과 의사를 처음 만났을 때의 생각이 난다.

"진작에 오시지 그러셨어요."

그동안에 있었던 이야기를 하니까, 의사는 너무나 안타깝다는 듯이 말을 이었다.

"…."

나는 아무런 대답도 할 수 없었다.

"요즘은 정신의학과 가는 걸 감기 걸렸을 때 내과 가는 것과 똑같이 생각들 해요."

나는 여전히 대꾸할 수 없었다.

"…."

의사는 뇌파검사 등 여러 가지 검사를 하고나서, 장기적인 치료가 필요하겠다고 했다.

의사는 우선 마음을 치료해야 몸도 좋아진다면서 약을 잊지 말고 복용하라고 당부했다.

의사의 이 말은 '앞으로 약에 의존해 살아갈 수밖에 없겠네요'라는 말처럼 들렸다.

또다시 마음속 깊은 곳에서, 커다란 우울감이 또 몰려왔다.

휠체어와 전동휠체어를 보면, 한숨이 절로 나왔고 곧 우울감이 몰려왔다. 불안감보다는 우울감이 컸다.

2025년 1월 24일

의사의 경고대로 마비된 하반신을 제외한 거의 모든 곳이 아팠다. 이 통증은 내 마음속의 우울감을 배가시키는 역할을 했다.

의사가 복잡한 의학 용어를 이야기했지만, 잘 기억나지도 않았다. 기억을 정리해 보면, 사고의 후유증으로 내 몸의 거의 모든 장기와 신경, 세포, 뼈 등이 제 기능을 하지 못한다는 것이었다.

우울감은 갈수록 심해졌다. 정신의학과의 약도 듣지 않았다.

나는 왜 살아야 하는 거지?

나는 지금 어떻게 살아가고 있는 거지?

내가 지금 살아있기는 한 거야?

나의 삶을 사람의 삶이라고 할 수 있을까?

그렇다면,

그렇다면,

죽어야 하는 게 아닌가?

죽는 게 정답 아닌가?

어느 날부터 죽음을 생각하는 횟수가 늘기 시작했다.

죽으면 모든 게 끝나는 것 아닌가?

이 이유를 알 수 없는 이 불안감.

이 끝을 알 수 없는 우울감.

그리고 새로 찾아온 이 엄청난 통증.

이 불안감과 우울감, 그리고 통증에서 빠져나가는 유일한 방법,
그것은 바로 죽음이 아닐까?

그래, 맞아.

나를 구해줄 수 있는 유일한 구세주는 죽음이야.

그게 정답이야.

2025년 2월 20일

아직 고통이 여전한데, 내일 퇴원한다.

장기전에 돌입하는 것으로 보면 된다고, 간호사가 알려 줬다.

일단 정기적으로 통원 치료를 하기로 했다.

2025년 2월 25일

퇴원 이후 한동안 일기를 쓰지 못했다. 몸과 마음 양쪽 모두 여유가 없었기 때문이다.

요즘은 몸의 통증이 조금 완화된 느낌이 든다.

하지만, 하루 종일 엄습하는 우울감에서는 도대체 벗어날 길이 없다.

요즘, 죽음을 생각하는 날이 많아진다.

2025년 2월 28일

죽음.

그것이 이제 내 곁으로 바짝 다가왔다.

죽음은 이제 먼 곳에 있는 것이 아니라 내 곁에 바짝 다가와있다는 생각이 들었다.

죽음은 이제 피할 수 없는 것이다.

아니, 죽음만이 나를 구원할 수 있다.

이런 생각에 이르자, 나를 짓누르던 그 불안과 우울의 무게가 한결 가벼워졌다.

예전에 이유 없이 머리가 아플 때 진통제를 먹고 나면 바로 느껴지던 그 구름이 걷히는 느낌. 갑자기 통증이 사라지는 느낌.

그 느낌이 죽음을 생각하면서 다시 나를 찾아왔다.

죽음은 탈출구가 되었다.

아니다.

죽음을 생각하는 것, 그것만으로도 위안이 되었다.

2025년 3월 1일

요즘, 죽음은 나의 유일한 위안거리다.

죽음을 생각하는 것만으로도, 나는 불안에서 벗어날 수 있고, 우울의 감옥에서 나올 수 있었다.

무엇보다 갈수록 심해지는 온몸의 통증을 어느 정도는 잊을 수 있었다.

그런데,

그런데,

어떻게 죽지?

어떻게 죽어야 제대로 죽는 거지?

어떻게 죽어야 행복하게 죽는 거지?

나의 이 고통스러운 인생, 마지막 갈 때만이라도 행복을 선물할 수는 없을까?

행복한 죽음 말이야.

죽음의 고통을 느끼지 못한 채, 조용히 스르르.

마치 어린아이가 성탄절 전날 산타할아버지의 선물을 기대하면서 잠에 들 듯이 스르르.

조용히.

스르르.

요즘 고민은 죽음의 방법이다.

'죽겠다는 결심도 안 섰는데, 죽는 방법을 고민하는 이 뒤죽박죽의 생각이란.'

그만큼 내 마음이, 그리고 내 몸이 감당해야 하는 우울감과 불안감과 고통이 크다는 것인가?

내가 나를 위로하는 말을 마구 쏘아댄다.

그리고 꿈을 꾼다.

조용히

스르르

아무런 고통도 없이 스르르

저세상으로 가는,

행복한 죽음

그런 죽음의 꿈을

2025년 3월 3일

나는 외부에서 가해지는 '고통'에 유난히 약했다. 어려서부터 그랬다.

초등학교에 다닐 때 선생님으로부터 회초리를 맞을 때도 나는 단 한 대만 맞아도 데굴데굴 굴렀다.

선생님은 그런 나를 보면서 꾀병한다고 화를 냈고, 친구들은 '꾀병쟁이'라고 놀렸다.

중학교에 가고, 고등학교에 가고, 대학에 가고, 그리고 어른이 되어가면서 내 몸에 직접적으로 가해지는 통증은 점차 줄었다.

하지만, 지금은 다르다.

내 몸의 하반신을 제외한 나머지 육신의 통증 감각은 더 조밀해진 것 같았다.

한 인간이 느끼는 통증 세포의 수는 마비가 없는 사람이건, 마비가 있는 사람이건 똑같아야 한다는 법칙이라도 있는 것처럼, 사고 이후 통증에 더욱 민감해졌다.

수시로 머리가 쑤셨다. 뇌의 문제라고 하는데, 눈이 빛에 아주 약해서 조금만 밝은 곳에 가도 고통스러웠다. 밝은 곳에서의 고통은 통증과는 다른 것이지만, 그 괴로움은 일반 통증보다 훨씬 크게 느껴졌다.

사고 이후 등과 가슴에서 느끼는 압박과 그에 따른 통증은 하소연할 곳도 없었다.

방사선 촬영을 해도, CT를 찍어도, MRI검사를 해도 명확한 원인은 나오지 않는데, 아팠다.

나는 나의 하반신을 내 마음대로 조절하지 못하게 됐다. 내 몸의 절반이 나의 통제권 밖에 있다.

의학적으로 보면, 나의 통제권 안에 있는 것은 상체와 머리 부분이었다. 하지만, 그 상체조차도 내 마음대로 움직이기가 쉽지 않았다. 움직일 때마다 느껴지는 강한 통증 때문이다.

그 사고 이후 나는 밤마다 꿈을 꾼다.

꿈 중에서도 가장 악랄한 악몽을.

나는 꿈속에서 늘 뭔가를 토한다. 내 입보다 더 큰 구멍에서 신문지가 다발로 쏟아진 꿈을 꾼 적이 있다. 내 꿈에 내가 놀라 잠에서 깨어나 보면, 내 몸은 온통 땀에 젖어있곤 한다.

한 번 깨어나면 다시 잠을 자기가 어렵다. 이때부터는 고통의 시간이다.

인간이 느낄 수 있는 거의 모든 통증이 내 몸속으로 파고드는 것 같다.

머리는 늘 아프다. 가슴과 등은 늘 내 몸 전체를 압박한다. 위에서 분비된 위산은 식도를 타고 입안까지 넘어온다. 식도가 목을 건드리는 순간, 심한 기침이 나온다. 그리고 목이 아프다. 몸을 자유롭게 움직이지 못하니까, 위도 제대로 기능하지 못하는 것 같았다.

이제 죽어야 한다.

이 고통에서 벗어날 수 있는 유일한 방법은, 죽는 것이다.

2025년 3월 6일

'행복한 죽음.'

이것은 나에게 부여된 마지막 숙제다.

이것을 이루어야 한다.

내 인생의 말년은 참으로 고통스럽다.

살아가는 것 자체가 고통이라는 말이 있지만, 나에게 주어진 이 고통은 너무나 과중하다.

내가 감당하기 어렵다.

어릴 적부터 고통을 참지 못한,

이 나약한 사람에게,

그런 나에게 이런 고통이 한꺼번에 몰려올 줄이야.

이것은 형벌이다.

내가 살면서 죄를 지었기 때문인가?.

내가 지은 죄는 과연 무엇인가?

마지막 길만은 이 고통에서 벗어나고 싶다. 그런 방법이 있을까.

이승에서 저승으로 가는 그 마지막 길만은 편안하고 행복하게 걷고 싶다.

그렇다면, 지난번에 웰다잉 교실에서 만난 사람들이 이야기한 그거,

바로 그거야.

안락사.

스위스와 같은 나라는 자국민은 물론 외국인까지 안락사를 인정한다고 하지 않았나.

그렇다면, 나도 그 안락사를 선택할 수 있겠네.

'안락사할 때 최종적으로 자신의 몸에 죽음에 이르게 하는 약을 넣는 것은 자신이더라고요. 자기 몸에 연결된 링거를 통해 약을 집어넣는 판단과 실행을 자신이 하는 거래요. 하지만, 그 조건이 무척 까다롭대요.'

지난번 일기파 멤버들과 나눈 대화가 떠올랐다.
'죽음에 이르는 약을 내가 넣는다고….'
안락사에 관해 공부를 좀 해봐야겠다.

2025년 3월 8일
'안락사.'

그렇다. 행복한 죽음에 이를 수 있는 최고의 방법은 이 안락사다.

여러 가지 자료가 있었다.

그중에서도 한 방송이 현장 취재를 해서 보도한 영상이 가장 큰 도움이 됐다. 지인을 통해 얻은 이 영상을 보니 스위스에서 시행되는 안락사의 과정을 상당히 구제적으로 알 수 있었다.

영상을 본 지 시간이 좀 지나서 세부적인 내용까지 기억나지는 않는다. 영상의 내용을 되짚어보면 대충 이렇다.

영상에서는 교통사고로 척추에 손상을 입은 유럽 어느 나라의 남성이 소개됐다. 그 남성은 당시 부상으로 목 아래의 몸을 움직일 수 없는 상태였다. 그가 고통받고 있는 것은 온몸을 엄습하는 통증이었다. 통증을 줄이기 위한 수술과 치료를 여러 차례 했지만, 효과가 별로 없었다. 그는 심한 통증으로 거의 잘 수가 없었다.

그는 찌르는 것 같은 통증, 불에 타는 것 같은 통증, 전기 쇼크 같은 통증으로 고통받는다고 호소했다. 통증으로 잠을 자지 못해 밤새 운 적도 있다고 했다. 미치는 것 같은 느낌이 들기도 한다고 했다. 독신인 그는 함께 사는 부모님에게 몇 번이나 죽여달라고 호소했다.

자신의 어머니에게 '여러 가지 약을 모은 뒤, 그걸 나에게 한꺼번에 먹여서 죽여달라'고 애원하기까지 했다.

의사는 통증을 줄여준다고 했지만, 통증은 사라지지 않는다고 그는 호소했다.

그는 안락사를 선택하기로 했다. 하지만, 그가 살고 있는 나라에서는 안락사를 인정하지 않았다.

그는 결국 외국인이 안락사할 수 있도록 돕는 스위스의 한 단체로부터 도움을 받기로 했다.

이 단체의 의사에게, 그는 "사는 것을 포기했으며, 더 이상 살 힘도 없다"라고 호소했다.

남성은 안락사를 위해 정든 고향에서 스위스로 갔다. 남성은 "긴 여행이었지만, '자유'를 찾은 느낌이 든다"라고 했다.

남성은 장시간 이동에 따른 피로로 건강이 악화하면서 고열이 발생했다. 만성적인 통증도 호소했다.

단체의 의료진이 이 남성의 안락사를 인정할 것인지를 최종 판단하는 날, 남성의 동생도 현장을 방문했다.

이 단체가 정한 안락사의 몇 가지 요건이 있다.

우선 견딜 수 없는 고통이 있어야 한다. 그 고통에는 육체적 고통은 물론 정신적 고통도 포함된다.

또 질병이나 고통이 회복될 가능성이 없고, 치료를 대체할 수 있는 수단도 없어야 한다.

그다음으로 중요한 것은 본인이 명확하게 '안락사하겠다'라는 의사를 표시하느냐 여부다.

단체의 의사는 남성의 통증을 비롯한 4가지 요건을 다시 한번 확인했다. 물론 이런 판단은 다른 의사도 중복해서 하게 되는데, 다른 의사도 같은 판단을 하게 되면 안락사를 인정하고 실행하게 된다.

의료진은 남성이 안락사해도 된다는 판단을 내렸다.

의사는 "나의 진심은 치료를 통해 살리는 것이지만, 별다른 치료 방법이 없습니다"라고 안타까워했다.

환자는 이에 "나를 죽여주는 것이 치료입니다"라고 응답했다.

안락사를 시행하기 전, 남성이 사람들과 작별 인사를 나눌 수 있는 시간이 주어졌다.

그리고 남성이 저세상으로 가는 동안 그가 좋아하는 음악을 마지막으로 듣도록 했다.

오빠를 저세상으로 보내기 위해 멀리까지 와준 동생이 남성을 껴안아 줬다.

남성에게는 피자 등으로 꾸며진 최후의 만찬이 제공됐다.

식사를 마친 그는 "맛있다"라고 말했다.

이튿날 남성은 휠체어를 타고 가서 침대에 누웠다.

의사가 최종적으로 안락사의 의지를 확인하는 작업을 했다. 남성이 펜을 입에 물고, 안락사를 확인하는 서류에 직접 서명했다.

스위스에서는 의사가 안락사를 원하는 사람의 몸에 약물을 투여하는 것은 금지돼 있다. 처방된 치사약을 환자 본인이 투여하게 돼 있다.

남성은 링거와 자신의 몸에 연결된 관(얇은 호스) 사이에 있는 레버를 코로 돌려서 치사약을 몸으로 투여하는 연습을 사전에 진행했다.

모든 준비는 끝났다.

준비가 끝나자, 남성의 고향에 있는 부모와 화상으로 통화를 할 수 있도록 전화가 연결되었다.

"안녕."

"안녕."

남성과 부모가 서로 인사를 주고받았다.

"엄마, 아빠 사랑해요."

남성이 말했다.

"그래 우리도 사랑해." 부모가 답했다.

남성은 휴대전화의 화면에 나오는 부모의 얼굴에 입을 맞췄다.

남성은 동생에게 음악을 들으면서 죽을 수 있도록 해달라고 요청했다.

링거에 들어있는 치사약이 남성의 몸으로 투여되기 직전의 상태가 됐다.

남성이 미리 선택한 노래가 흘러나왔다. 남성은 병원에 들어올 때도 이 노래를 들었다.

본격적인 안락사가 시행되기 시작했다.

"당신의 이름은?"

의사가 물었다.

"○○○"

남성이 대답했다.

이런 장면은 모두 비디오 영상으로 촬영됐다. 나중에 경찰에 제출하기 위한 것이다.

"이곳에 온 이유는 뭡니까?"

의사가 물었다.

"안락사하기 위해서입니다."

남성이 답했다.

"링거를 통해 무슨 일이 일어날지 아십니까?"

다시 의사가 질문했다.

"조용히 잠에 들어 몇 분 후에 심장이 정지됩니다,"

남성이 이렇게 말했다.

"그렇습니다. 당신의 심장은 멈춥니다. 이게 당신의 마지막 바람이었습니다."

의사가 확인해 줬다.

"링거의 레버를 열어도 됩니다."

다시 의사가 남성에게 말했다.

의사의 말이 끝나자, 남성은 목을 돌렸고, 레버가 코에 걸리면서 열렸다.

남성은 잠시 흘러나오는 노래를 따라 불렀다.

치사약은 그의 몸으로 흐르는 중이었다.

"졸려와요."

남성이 말했다.

곧이어 의사는 남성의 죽음을 확인했다.

"무사히 여행을 떠났습니다."

의사가 말했다.

남성은 자신의 의지로, 자신이 선택한 안락사를 통해 편안하게 저세상으로 갔다.

스위스에서 일단 허용된 안락사라고 해도 모두 성사되는 것만은 아니었다.

손목을 비롯한 하반신을 사용하지 못해 부모에게 의존해서 생활해 온 한 여성은 오래전부터 안락사를 희망했다.

그녀 역시 스위스의 안락사 단체를 통해 절차를 밟았다.

스위스로 온 여성은 안락사 단체 의사의 마지막 심사를 받았고, 결국 안락사를 해도 된다는 인정을 받았다.

하지만, 여성은 안락사를 진행하는 과정에서 마음이 흔들리는 모습을 보였다.

"나 혼자라면 좋겠는데, 부모님 생각하면 안락사를 선택하기 주저하게 돼요. 자꾸만 부모님의 얼굴이 떠올라요."

여성이 이렇게 말하자, 의사가 다시 물었다.

"진짜로 죽고 싶습니까?"

"예."

일단, 안락사 절차가 시작됐다.

여성의 아빠는 딸의 손을 꼭 쥔 채 "아빠의 딸로 태어나줘서 고맙다"라고 인사를 전했다.

여성은 먹는 치사약을 이용하는 방법을 선택했고, 몇 번이나 약을 먹으려고 시도했으나 끝내 실패했다. 약을 자꾸만 토하고 말았다.

"집으로 가야 합니다. 당신은 죽을 준비가 돼 있지 않습니다. 죽으면 안 됩니다."

의사가 말했다.

"약을 먹으려고 하니까 그동안의 것이 떠올랐어요. 가족들과 있었던 생각, 반려동물과의 추억 등 여러 가지가 떠올랐어요. 지금까지 많은 사람의 도움을 받았던 생각이 나면서(안락사하겠다는 생각이) 흔들렸어요."

여성이 답했다.

여성은 결국, 안락사를 포기하고 집으로 돌아갔다.

안락사는 네덜란드에서 시작돼 유럽 등으로 퍼졌다. 벨기에, 독일, 룩셈부르크, 오스트리아, 스위스, 스페인, 이탈리아, 포르투갈 등에서 시행되고 있다. 법으로 정해져 있지는 않지만, 사실상 인정되는 나라로 캐나다, 미국(일부 주 제외), 콜롬비아, 호주, 뉴질랜드 등이 있다고 알려져 있다.

스위스는 외국인의 안락사도 허용하는 나라다. 스위스의 안락사 관련 기관 또는 단체는 는 외국의 안락사 희망자를 받은 뒤 그들의 안락사를 도왔다. 이런 단체에서는 '안락사'를 인권의 하나로 본다. 또 사람은 누구라도 언제, 어디서, 어떻게 죽을 것인가를 스스로 정할 수 있다고 여기는 것으로 전해진다.

2025년 3월 9일

대략 길을 알 것 같다는 생각이 든다.

하지만, 내가 당장 안락사를 실행하기는 쉽지 않다는 사실도 확인했다.

스위스에서 안락사하려면 안락사를 진행하는 기관 또는 단체 측 의사 등의 엄격한 진단과 검증이 필요하다는 사실도 알았다.

한마디로 스위스의 안락사는 엄격한 조건이 충족되어야 가능하다는 것이었다.

우선 나는 '질병이나 고통이 회복될 가능성이 없고, 치료를 대체할 수 있는 수단도 없어야 한다'라는 등의 조건에서 아직 검증이 덜 된 상태다.

그리고 나는 지금 당장 안락사를 결행할 준비도 돼 있지는 않다.

기다려야 한다.

그리고 내 마음의 준비도 갖춰 가야만 한다.

2025년 3월 10일

어쩌면, 나에게 있어서 스위스는 꿈의 나라인지 모른다. 그래서 자꾸만 스위스에서의 안락사를 생각하고 있는지도 모른다.

어릴 적 읽었던 그 동화가 생각난다.

<알프스 소녀 하이디>

책으로도 읽었고, 애니메이션으로도 봤다.

스위스 특유의 아름다운 자연. 푸르른 산과 맑은 하늘.

그 아래에서 뛰노는 소녀 하이디.

책으로 읽었을 때, 알프스의 아름다운 장면은 더 아름답게 느껴졌다. 모든 것을, 내가 상상하면 됐기 때문이다.

책으로 본 알프스 소녀 하이디를, 애니메이션으로 다시 봤을 때, 어떤 장면은 실망스러웠고, 어떤 장면은 내 상상과 똑같다는 생각에 감탄하기도 했다.

그런데, 책의 줄거리가 어떻게 되더라?

기억이 가물가물하다.

'알프스 소녀 하이디'는 대자연의 아름다움과 그 속에서 펼쳐지는 사람들의 사랑이 큰 흐름을 이루었던 것으로 기억된다.

하이디를 중심으로 한 사람들의 마음과 마음이 이어지면서 생겨난 기적 같은 일에 관한 이야기.

거기에는 물론 대자연의, 그 엄청난 힘에 관한 이야기도 들어있다.

책을 읽으면서, 하이디 덕분에 많은 사람이 행복해진다는 생각을 했던 기억이 새롭다.

나는 학교생활이 어렵고, 친구들과 다투기라도 한 날이면 집에와서 이 책을 읽고 또 읽고는 했다. 하이디가 어릴 적 내 마음을 치유해 준 셈이다.

하이디는 어린 나에게 많은 것을 가르쳐 줬다.

나는 지금까지 알프스는 물론 스위스에도 간 적이 없다.

하지만, 내 마음속의 알프스는, 알프스의 대자연은, 거기에서 사람과 사람의 마음을 연결해 주는 하이디는, 지금까지 늘 내 곁에 존재하고 있다.

지금까지 나는 수많은 난관을 돌파해야 했다. 때로는 그 난관을 뚫지 못하고 피하기도 했다.

그 결과가 지금의 나다. 바로 지금의 내 인생이다.

결국, 혼자서 살게 된 나.

하이디는, 그리고 알프스는 그런 나의 뇌리 저 아래에 깊게 침잠해 있었다는 생각이 든다.

스위스에서의 안락사.

그것은 어쩌면 필연인지도 모르겠다.

자꾸만 그런 생각이 든다.

2025년 3월 12일

그래, 한번 다녀오는 거야.

스위스, 그중에서도 알프스의 대자연에 나의 몸을 맡겨보는 거야.

'스위스는, 알프스는 그리고 지금도 거기에 그대로 살고 있을 것 같은 하이디는, 내 마음의 등대 같은 존재야. 나의 등대를 한 번 확인해 보고 와야지. 가는 김에 스위스에서 할 수 있다는 안락사에 대해서도 자세히 알아봐야지.'

여행사를 통해 알아본 비용은 생각보다 비쌌다. 휠체어에 의존해야만 하는 나의 몸 때문에 다른 사람에 비해 훨씬 비싼 비용이 든다고, 여행사 직원은 말했다.

현지에서 차를 빌리고 가이드 겸 운전을 해줄 사람을 쓰는 데 상당한 액수의 비용이 들었다. 항공료가 비싼 것은 물론이었다.

'그래도 가야 해.'

여러 개로 나눠진 계좌의 잔액을 확인해 봤다. 다행히 생각보다는 여유 있는 금액이 남아있었다.

일상생활을 국민연금에 의존해 온 터라 지출이 많지 않았던 것 같다.

앞으로의 생활비는 국민연금에 기댄다고 해도 앞으로 들어가는 의료비는 꽤 될 것 같다.

앞으로의 의료비.

나의 경제 능력으로 앞으로 몇 년이나 버틸 수 있을까?

10년은 가능할 것이라는 생각이 들었다. 하지만, 요즘 들어 더욱 심해지는 고통을 생각하면 앞으로 10년씩이나 더 살 수는 없다는 판단이 섰다.

우선, 앞으로 5년간의 의료비를 따로 떼어놓기로 했다.

그렇다면 남은 금액으로 이번에 스위스에 다녀오고, 안락사에 드는 비용을 댈 수 있을까?

휴대전화의 계산기를 이용해 빼기, 더하기, 곱하기를 해봤다.

스위스에서의 안락사 비용은 가늠하기가 어려웠다.

‘그래, 일단 가보는 거야,’

가서 우선 알프스의 대자연을 느끼는 거야. 지금도 나를 기다리고 있을 것 같은 하이디도 만나는 거야.

2025년 3월 13일

‘나의 알프스여, 나의 하이디여 내가 갈 테니 기다려줘.’

아침부터 힘이 솟아났다. 하지만 준비는 쉽지 않았다. 가장 큰 장벽은 역시 비용이었다.

대략 5년간의 의료비와 얼마나 될지 모르는 안락사 비용.

이것을 제외한 상태에서 스위스 여행 비용을 마련해야 하는 상황.

이게 가장 큰 문제였다.

여행사 직원에게 비용이 가장 저렴한 항공편, 그러니까 출발 시간에 구애받지 않고 비용을 우선 고려한 항공편을 부탁했다.

스위스 현지에서의 이동은 가이드 겸 운전기사의 안내에 의존하기로 한 만큼, 숙소는 가장 저렴한 교외의 숙소로 알아봐달라고 당부했다.

가능한 스위스의 대자연을 느낄 수 있는 곳, 어디에선가 불쑥 하이디가 나타날 것 같은 곳, 그런 곳에서 1박 하는 것을 핵심 일정으로 짤 것도 당부했다.

또 한 가지 중요한 것.

안락사에 대해 알아보는 것이었다.

외국인도 안락사가 가능한 단체나 기관을 찾아내는 것, 그리고, 스위스에서 진행하는 안락사에 관한 모든 것을 상담할 수 있는 사람을 만나는 것.

이것이 무엇보다 중요했다.

그냥 한 번 알아보는 것이 아니라, 실제로 안락사하려면 필요한 모든 것을 알아보는 것이기 때문이다.

여행사 직원과 안락사 견학에 대해 상의를 하고 나니까 갑자기 여러 가지 생각이 떠올랐다.

이번에는 스위스를 보고, 안락사를 공부하러 가는 거지만, 다음에는 죽으러 가는 것 아닌가?

한 치의 오차도 있어서는 안 된다.

모든 준비는 완벽해야 한다.

게다가 나는 이동도 자유롭지 못하다.

나는 나의 마지막 행보, 그러니까 '행복한 죽음'에 모든 걸, 건다.

더 이상의 후퇴는 없다. 아니 후퇴는 불가능하다.

안락사하고 나면, 내 통장의 잔액은 0원이 된다.

이걸로 끝을 내는 것이다.

2025년 3월 15일

안락사는 내가 죽음으로 이르는 짧은 기간만 나를 행복하게 해 주는 것이 아닌 것 같다.

요즘 그런 생각이 자주 든다.

안락사를 알고 난 이후, 내 마음과 내 몸에서 많은 변화가 생겼다.

우선 이유 없는 불안감이 어느 정도 사라졌다. 내가 느껴온 불안 증상의 핵심은 내가 어떤 일을 저지를지 모른다는 것이었다.

얼마 전까지만 해도 이런 불안 증상으로 참 고통스럽게 지냈다.

도로로 뛰어들지 모른다는 불안감 속에서 살다가 도로로 실제로 뛰어든 것을 경험한 나로서는, 그 지긋지긋한 불안감에서 도대체 벗어날 수가 없었다.

요즘은 많이 사라졌지만, 어쩌다 육교를 건널 수밖에 없어서 전동휠체어를 타고 육교에 오르면, 내가 여기서 떨어지면 어쩌지, 하는 불안감이 밀려오기도 했다. 갑자기 내가 육교 아래로 뛰어들 것 같은 생각이 들기도 했다.

얼마 전에는 복도식 아파트에 사는 사람을 찾아갔다가, 13층 복도에서 내가 뛰어내릴지 모른다는 걱정이 생겨 복도 안쪽에서 잠시 쉬다가 간신히 온 기억도 있다.

TV프로그램에서 본 중국의 산, 그게 이름이 뭐더라, 장가계인가, 어쨌든 그 높은 산의 중턱에 아슬아슬하게 매달려 있는 길을 걷는 사람들을 보며 하마터면 울어버릴 것 같은 공포가 엄습해 온 적도 있다.

그런데, 안락사의 존재를 알고,

'잘하면 그 안락사를 나도 할 수 있다'라는 하나의 가능성을 알고 나서부터,

내 마음속에 있던 그 이유도 끝도 알 수 없고, 지금의 이 비참한 나를 만든 원흉인 불안 증상이 어느 정도 사라졌다.

신통했다.

아침에 일어나면, 내 위에 있는 모든 것이 갑자기 하나로 뭉쳐 나를 짓누를 것 같던, 그 무거운 우울감 역시 부분 부분 해소됐다.

나는 일기파를 만나고 나서, 아니 행복한 죽음을 추구하는 일기파 일원을 만나고 나서 안락사를 알게 되는 행운을 잡았다. 비록 뒤늦게 접하게 됐지만, 안락사는 알면 알수록 나의 마음을 잡아당겼다.

무엇보다 내 마음이 기운 것은 이승에서 저승으로 가는 사이의 고통이 없다는 것이었다.

삶과 죽음의 경계를 건너는 시간이 아주 짧다는 것, 그것은 나처럼 고통을 잘 견디지 못하는 사람에게 아주 매력적인 죽음의 방법이라는 생각이 들었다.

무엇보다, 나의 죽음을, 나의 마지막 길을 내가 선택할 수 있다는 것이 좋았다. 내가 다른 사람의 의지로 태어났지만, 죽을 때만이라도 내 의지로 죽는 것, 얼마나 멋진가?

오래전 내가 불안감과 우울감을 느끼기 시작한 것은 내 집 거실에서다.

그날도 하루 종일 일과 스트레스에 시달리다 귀가했다.

몸이 내 몸이 아닌 것 같았다.

옷을 벗을 수도 없을 정도로 힘이 들었다.

소파에 걸터앉았다. 그런데, 소파가 쑥 꺼지면서 집안이 내려가는 느낌이 들었다.

그런 느낌은 처음이었다. 나는 소파와 현관 사이의 벽을 부여잡고 간신히 버티고 있었다.

잠시 쉬면 불안감은 어느 정도 사라졌다. 집이 무너지지 않은 것을 확인하니 안심이 됐다.

하지만, 그게 끝이 아니었다. 갑자기 우울감이 몰려왔다. 뭐라고 표현해야 하나?

내 편이 하나도 없다는 느낌이라고 해야 하나?

즐거운 것은 당연히 하나도 없었다.

먹고 싶은 것, 하고 싶은 것, 보고 싶은 것. 모든 것이 나의 마음에서 사라지는 느낌이었다.

불안감 이후에 갑자기 몰려드는 우울감.

그렇다고, 갑자기 죽고 싶다는 생각까지 드는 것은 아니었다.

아무것도 하기 싫었고, 아무것도 필요 없다는 생각이 들었다.

그럴 때는 서둘러 잠을 청했다.

하지만, 불안감에 이어 우울감이 온 날은 도대체 잠이 오지 않았다.

처음에는 술을 마셨다.

아는 사람들에게 받는 양주와 같은 독주를 한두 잔씩 마셨다.

처음 며칠은 효과가 있는 것 같았다.

하지만, 내 마음과 몸은 빠르게 내성을 키워갔다.

한두 잔에는 잠을 이룰 수가 없었다. 커다란 맥주잔으로 한두 잔을 마셔야만 잠이 왔다.

술의 힘에 의존해 불면증과 싸웠다.

하지만, 내 마음에서 성장해 온 마음의 병은 갈수록 힘을 키워갔다.

어떤 때는 술을 한 병 다 마셔도 잠을 이룰 수가 없었다. 잠을 자지 못하니 아침에 일어나도 술이 깨지 않았다.

술 냄새 때문에 회사에 나갈 수 없는 때도 있었다. 몸이 아프다고 거짓말을 하고 집에서 쉬는 날이 늘어났다.

어느 날 감기가 찾아왔다. 목이 아프고 콧물이 나기 시작했다.

가벼운 감기 같아서 동네 약국에서 마시는 감기약을 몇 병 사 왔다.

감기에 걸렸는데도, 불안감과 우울감 그리고 불면증은 사라지지 않았다.

'오늘은 술을 마시지 말아야지'라고 결심을 하고 약국에서 사다 놓은 감기약을 마신 뒤 잠자리에 들었다.

하지만, 잠은 오지 않았다. 목은 아프고 콧물은 나는데, 그리고 온몸이 괴로운데도, 잠이 오지 않았다.

할 수 없이, 대형마트에서 사다 놓은 저가 양주를 다시 마셨다. 그러는 동안 집에 있던 양주나 술은 모두 마셔버려 하나도 없었다. 그래서 저가 양주를 박스 단위로 사다 놨었다.

그런데, 놀라운 일이 벌어졌다.

아니다. 놀라운 일이 벌어진 것은, 그다음 날에나 알았다.

언제 잠자리에 들었는지 모르게 잠에 들어버린 것이었다.

이렇게 빨리 잠을 자본 적이 있었던가 싶을 정도로 빨리 잠에 든 것이었다.

왜 이렇게 잠을 잘 잘 수 있었을까?

곰곰이 생각해 보니 그 이유를 알 수 있을 것 같다. 전날 나의 행위를 더듬어 보니 답이 나왔다.

'감기약을 먹었다. 그리고 술을 마셨다.'

다른 때와 다른 것이 있다면 이것뿐이었다.

감기약을 먹어도 잠이 오지 않길래 술을 마신 것뿐이었는데, 잠이 기가 막히게 잘 온 것이다.

쾌재를 불렀다.

'이거야!'

그 당시 나는 정신의학과에 가본다는 것은 꿈에도 생각하지 못했다.

내 마음은 내가 통제할 수 있다는 어느 정도의 자신이 있었다.

겨우 술의 힘에 의존하는 주제에.

그게 불행의 시작이었다는 것을 안 것은 한참 뒤였다.

정신의학과 의사의 진료를 받기 시작할 때는, 그동안 있었던 일을 자세히 설명했다.

"가장 나쁜 행동만 골라서 했습니다. 가끔 불면증 때문에 감기약을 상복하는 사람들이 있는데 건강에 정말로 좋지 않습니다. 물론 일시적으로 효과가 있을 수는 있습니다만, 중독성이 무섭습니다. 술로 불면증을 줄이려는 사람, 술로 불안감이나 우울감을 잊으려는 사람도 물론 무척 많고요. 상당수 알코올중독자가 그런 식의 판단을 바탕으로 술을 마시다가 막다른 곳까지 이르게 됩니다. 그런데, 선생님은 그 두 가지, 그러니까 술과 감기약을 함께 사용하신 겁니다. 최악입니다. 증상이 개선되는 것이 아니라, 악화할 뿐입니다.”

감기약과 술을 멀리할 수밖에 없었다. 그리고 정신의학과에서 처방해 준 약에 전적으로 의존했다. 아니 의존하려고 노력했다.

하지만, 약은 한계가 있었다.

불안감과 우울감, 그리고 불면증. 이것은 오랜 세월 내 몸을 지배했고, 결정적으로 내 마음을 공격해 왔다. 그렇게 해서 나를 엉망진창으로 만들어놨다.

완전히 벗어날 길은 없는 것 같았다.

‘언제까지 이런 고통 속에서 살아야 하나? 이 고통의 끝은 어디인가?’

하루에도 몇 번씩 나에게 묻고는 했다.

그것은 내가 회사를 떠나고, 홀로 살아가게 된 결정적인 이유가 되기도 했다.

먼 옛날의 일이지만, 기억이 또렷하다.

2025년 3월 17일

스위스에 가서 꼭 해야 할 일

1. <알프스 소녀 하이디>의 배경이 된 곳 가보기

2. 안락사의 실제 과정을 완벽하게 알아 오기

3. 외국에서 온 사람도 마음 놓고 안락사를 한 뒤 완벽하게 뒤처
리까지 해줄 수 있는 단체나 기관을 찾아오기

스위스 갈 때 꼭 가져가야 할 것

1. <알프스 소녀 하이디> 책

2. 안락사의 모든 과정과 비용을 정리할 수 있는 노트

3. 의사의 설명을 모두 녹음할 수 있는 녹음기(휴대전화로 대
체)

이제 3일 후면 떠난다.

안락사 사전 답사를 계획하기 시작한 뒤 불안감과 우울감이 많
이 사라졌다. 그래서 요즘은 한결 편안하게 잠도 이루게 됐다.

안락사를 준비하니, 안락한 삶이 찾아오는군.

'안락사'가 아니라 '안락생'이라는 생각이 들었다.

이래서 사람은 삶의 목표가 있어야 하는 것인가?

갑자기 그런 생각이 들었다.

그런데, 그러니까, 내 삶의 목표는 편안하게 죽는 것, 행복하게 죽는 것, 그거네.

삶의 목표가 죽음이라는 생각에 피식 웃음이 나기는 하지만, 참 좋은 목표를 설정했다는 생각도 들었다.

스위스행 일정을 잡아놓고 나서 또 다른 변화가 느껴졌다.

뭔가 기대에 부푼 마음.

소풍 가기 전날 아이의 마음이 이럴까?

아니 그 옛날 소풍 가기 전날 내 마음이 이랬던 걸까?

드디어 떠난다, 나는

김명길 형사의 눈에 안도감이 돌았다. 3일 후 떠난다는 말로 끝나는 일기지만, 그 내용을 보면 황성운이 돌아온다는 것으로 귀결되기 때문이다.

"정말 다행이야. 그런데 이건 뭐야. 안락사라고? 가지가지들 한다, 정말. 왜 살아가려고 노력하지 않는 거야? 왜?"

김명길 형사는 식탁 위에 놓인 자료에서 황성운이 거래한 것으로 추정되는 여행사 관련 서류를 찾아냈다.

"○○여행사지요?"

“맞습니다.”

“혹시 황성운이라는 사람이 그 여행사를 통해서 해외로 나간 것 같은데, 확인해 주실 수 있으신지요? ○○경찰서 김명길 형사라고 합니다.”

“아, 맞습니다. 저희가 황성운 씨 해외 일정을 도와드렸습니다. 황성운 씨 항공권 예매와 현지 차량·가이드 수배, 숙소 수배 등 저희가 모두 안내했습니다. 현지의 구체적인 일정은 현지 여행사에서 짜서 진행하고 있고요. 황성운 씨의 이번 스위스 일정이 워낙 특별해서 자세히 기억하고 있습니다.”

“일정이 특별하다는 것은, 무슨 뜻인지….”

“아, 그건, 말씀드리기가 좀 곤란합니다. 고객님의 사생활이어서….”

“아, 대충 알겠습니다. 저희도 황성운 씨가 스위스에서 어떤 것을 하려고 하는지 파악하고 있거든요. 어쨌거나 황성운 씨가 왕복 티켓을 끊은 것은 맞지요?”

“물론입니다. 왕복 티켓을 끊었어요.”

“그럼, 귀국 일은 언제인지는 알 수 있을까요?”

“그런데 무슨 일이시죠? 저희가 고객의 개인 일정을 다른 사람에게 공개하는 것이 좀 그래서요. 혹시 공문 같은 것이 있으면 좋겠습니다.”

"아, 예. 어떤 사건과 관련이 있는 분이라서요. 참고인으로 간단하게 조사할 것이 좀 있습니다. 그러면 제가 공문을 만들어서 보내도록 하겠습니다. 귀국 날짜와 항공편만 알려주시면 됩니다."

"예, 알겠습니다."

"시간 내주셔서 고맙습니다."

4월 초, 김명길 형사는 귀국하는 황성운을 공항 안 카페에서 만났다. 황성운은 예상 밖으로 김명길 형사의 만나자는 요구에 선선히 응했다.

"여행사 직원으로부터 경찰에서 연락이 왔었다는 이야기 들었습니다. 그리고 제 집을 수색한 것도 알고 있고요."

"예, 수사상 필요한 것이어서 어쩔 수 없었습니다. 번거롭게 해드려 죄송합니다."

"아, 아닙니다. 그런데 어떤 일로…."

"예, 송선동 씨, 박수찬 씨, 염석길 씨 아시죠? 지자체에서 하는 자서전 쓰기 교실과 웰다잉 교실에서 만났다고 들었는데…."

"맞습니다. 자세히 알고 계시네요. 자서전 쓰기 교실이라고는 하지만, 저희는 자전적 일기 쓰기를 좀 썼습니다만. 그런데 무슨 일이 있는지요?"

“아, 좀 복잡한 사건이 발생했어요.”

“사건이라고 하면….”

“송선동 씨가 피살됐습니다.”

“예? 송선동 씨가요?”

“유력한 용의자, 아니 범인은 박수찬 씨고요.”

“박수찬 씨가 송선동 씨를 죽였다고요? 그럴 리가 있나요? 저희 멤버 중에서 두 사람의 친분이 특별히 두터웠는데요.”

“지금까지의 수사 결과, 사실입니다. 그리고, 박수찬 씨는 지금 암 말기 판정을 받고 사경을 헤매고 있습니다. 박수찬 씨로부터 간단하게나마 송선동을 죽였다는 진술도 받았습니다.”

“아, 믿기 어려운데요. 두 분 사이가 정말로 좋았는데….”

“그랬을 거라고 저도 생각하고 있습니다. 친밀했기 때문에 벌어진 살인이었거든요.”

“그런데, 함께 어울리시던 염석길 씨도 행방불명이 됐습니다.”

“염석길 씨가 행방불명됐다고요? 그 사람이 갑자기 사라질 사람이 아닌데…. 아, 그러고 보니, 평상시 대화할 때 자살에 관한 이야기를 자주 했던 것 같아요. 자신은 치매와 같은 불치병에 걸려서 자기 자신을 잃기 전에 스스로 목숨을 끊게 될 것 같다고 이야기했던 것 같아요.”

“저희가 파악한 것도 비슷합니다. 이번 실종도 그런 생각과 연관이 있는 것 같습니다."

"그럼, 연고지 같은 데를 찾아보셨나요?"

"아닙니다. 그럴 필요가 없습니다. 저희가 확인한 바로는 염석길 씨는 이미 해외로 떠났습니다. 염석길 씨가 찾아간 나라가 어딘지도 확인했는데요, 그 이후의 행적이 확인되지 않고 있습니다. 염석길 씨의 행적을 확인할 방법이 현재로서는 없습니다."

"아, 염석길 씨가 사라졌다니…. 그럼, 저희가 어울리던 다섯 명 중에 저와 이철민 씨만 남아있는 셈이네요. 아니, 우리 두 명만 멀쩡한 상태네요?"

"맞습니다. 송선동 씨는 죽었고, 박수찬 씨는 사경을 헤매고 있고, 염석길 씨는 해외에서 실종되고…."

"아…. 요즘 만남이 뜸했는데, 그 사이에…. 사실, 저희는 각자의 사생활에 대해서는 거의 이야기를 하지 않았거든요. 처음에 관심이 높았던 것은 자서전을 쓰는 것이었는데. 저희가 모두 혼자 사는 신세라서 '자서전을 굳이 써야 하나'라는 회의적인 생각도 많이 했어요. 그래서 자서전 대신 자신의 하루하루 삶을 기록하는 일기를 쓰기로 했었거든요. 그냥, 생각나는 대로."

"예."

"저희 멤버 중에 왕년에 글을 좀 쓴 사람이 있어서, 자서전 대신 일기 쓰는 방법을 좀 배웠어요. 일기를 쓰되 너무 고민하지 말 것, 그날, 그날 있었던 일을 있는 그대로 기록할 것, 대화 내용도 그대로, 기억 나는 대로 쓸 것 등등.”

“예, 저도 알고 있습니다. 멤버 중에 한 사람이 쓴 일기에서 봤어요.”

“아, 예.”

“사실은 황성운 씨에게도 무슨 일이 있을 수 있어서 조사를 시작한 겁니다. 송선동 씨 피살사건, 아니 처음에는, 그냥 변사사건인 줄 알았는데, 여하튼 송선동 씨 피살사건을 담당하게 되면서 정말로 이상한 일이 계속 발생했거든요.”

김명길 형사는 송선동의 사체가 피살된 뒤 약 6개월 만에 발견됐다는 이야기, 그동안의 수사 결과 박수찬이 송선동을 죽인 것으로 확인됐다는 이야기, 주변 인물을 조사하다가 염석길이 ‘생전장례식’이라는 이상한 이벤트를 벌인 뒤 해외로 나가버렸다는 사실을 확인했다는 이야기 등을 자세히 설명해 줬다.

“이른바 일기파 멤버 다섯 명 중에서 세 명의 행적을 확인했는데, 황성운 씨와 이철민 씨의 행적이 확인되지 않아 조사하고 있는 겁니다. 황성운 씨의 일기를 통해 황성운 씨는 반드시 돌아올 것이라는 생각을 하고 있었는데, 이렇게 무사히 돌아와 주시니 고맙다는 생각까지 듭니다. 일기는 수사상 불가피하게 읽어봤다는 점, 양해 바랍니다. 일단 황성운 씨가 무사하다는 걸 확인하니 안심이 됩니다.”

“아이고, 그럼요. 저는 처음부터 다시 돌아올 작정을 하고 떠난 거거든요. 아마 확인하셨겠지만.”

“예, 일기를 통해 확인했습니다. 스위스에 가서 안락사하고 싶으시다고요….”

“예, 그래요. 죽을 때만이라도 편안하면서 행복하고 싶거든요. 제가 찾아본 죽음의 방법 중에서 안락사 이상으로 저에게 맞는 것은 없었어요.”

“그럼, 이번 스위스 방문의 결과는…?”

“글쎄요. 성과가 있었다고 할 수도 있고, 없었다고 할 수도 있고. 안락사를 할 수 있는 정확한 절차와 비용, 안락사의 대상이 될 수 있는 병이나 병의 상태 등을 알아봤어요. 하지만, 모든 정보를 얻는 데는 한계가 있었어요. 애초에는 외국인의 안락사를 도와주는 단체가 있다고 해서 그 단체를 찾아갔는데, 지금은 그 단체가 외국인 안락사 희망자를 받지 않는다고 하더라고요. 그래서 구체적으로 확인하지는 못했어요. 하지만, 어느 정도 흐름은 파악을 해놨고요. 제 병이 악화해 다음에 떠날 때는 스위스까지 가는 편도 비행기표만 끊고 가겠다고 생각하고 있는데, 어떻게 될지 잘 모르겠어요. 제 몸이 안락사의 대상이 될 수 있을지, 스위스 단체의 의사가 안락사를 인정해 줄지, 인정해 준다면 그게 언제쯤일지는 아직 모르겠지만요. 일단 우리나라에서 치료를 받으면서 견딜 수 있을 때까지 견뎌볼 생각입니다. 가장 중요한 것이 저의 죽겠다는 결심이라고 하는데, 아직은 그 결심이 서지도 않은 상태고요.”

“아, 그러시군요. 제가 뭐라고 말씀드려야 할지 모르겠습니다.”

“그러시겠지요. 안락사를 준비하는 사람을 만나신 적은 없을 거 아닙니까?”

“물론 그렇습니다. 그런데, 제가 황성운 씨를 꼭 만나고자 한 데는 두 가지 이유가 있습니다. 하나는 황성운 씨가 무사히 귀국하셨는지 확인하는 것이었고요. 다른 하나는, 이철민 씨의 소재지를 확인하는 것입니다. 황성운 씨를 제외하면 이른바 ‘일기파’ 멤버 중 안부가 확인되지 않은 사람은 이철민 씨뿐이거든요. 여러분들의 통화 기록 등을 통해 이철민 씨의 휴대전화 번호와 집 주소 같은 것은 확인했는데, 주민등록상 주소지에 이철민 씨가 거주하지 않고 있는 걸로 확인됐거든요. 전화도 안 받고요.”

“저도 멤버들을 만난 지가 오래돼서 이철민 씨가 어디에서 무엇을 하고 있는지는 모르겠네요. 하기야, 예전에 모임을 가질 때도 저희는 사생활에 대해서는 거의 이야기를 하지 않았거든요. 서로의 집도, 주소도 몰랐고요.”

“아, 사실 송선동 씨 피살 사건과 이철민 씨가 직접 연관이 돼 있을 가능성은 없다고 생각하고 있습니다. 하지만, 지금까지의 수사에서 이른바 '일기파' 멤버들의 수상한 행동, 아이구 죄송합니다, 어쨌거나 석연치 않은 행동이 드러난 이상 모든 멤버의 현재 상황은 확인해야만 사건을 마무리할 수 있을 것 같아서요. 지금까지, 무사한 것으로 확인된 것은 황성운 씨뿐이고요. 이철민 씨의 신변에도 무슨 이상이 생겼을 수 있다는 생각이 들거든요. 오랜 기간 형사 생활을 한 사람의 감이라고 해야 할지 모르겠는데⋯."

"듣고 보니 그렇네요. 저희는 사실, 그 흔한 단톡방 같은 것도 안 만들었어요. 그냥 자서전 쓰기 교실에서 만났고, 웰다잉 교실이 열리는 날에야 겨우 조금씩 어울렸을 뿐이거든요. 처음에 전화번호 정도만 주고받았고요. 자서전 쓰기 교실에서는 사실 전혀 어울리지 못했어요. 그래서 교실이 끝나고 나서 나눈 대화를 통해 단편적으로 멤버들에 대해 파악하는 정도였어요. 전화번호를 공유했기 때문에 카톡과 같은 SNS에서 자동으로 친구가 되기도 했는데, 제가 알기로는 저희는 카톡으로 대화를 나누거나 한 적은 없었어요. 혹시 모르겠네요. 개별적으로 카톡을 나눈 사람이 있는지는⋯."

"아, 카톡을 안 하셨군요. 서로가."

"그렇습니다. 다들 뭔가 비밀로 가득한 사람들 같았거든요. 우선 저도 멤버에게 이야기하지 않은 게 많았고요. 아니, 이야기한 게 거의 없다고 보는 게 낫겠네요.”

“죽음에 관해 관심들이 많았던 것 같더군요.”

“맞아요. 자서전 쓰기 교실과 웰다잉 교실에서 만난 거니까, 죽음에 관한 이야기를 가장 많이 한 것 같아요. 특히 ‘행복한 죽음’에 대해서 가장 자주 이야기한 것 같아요. 교실이 끝나고 나서 평생교육원의 빈 강의실 등에 둘러앉아 이야기할 때도 있었고요. 어떤 때는 술집에도 갔는데, 그런 일은 드물었어요.”

“거기서 이철민 씨가 무슨 이야기를 했는지 기억이 나세요?”

“글쎄요?. 여러 사람이 이야기한 것이어서 누가 무슨 이야기를 했는지는 정확하게 구분해서 기억하지 못하고 있는 것 같아요.”

“아, 저도 휴대전화에 남아있는 녹음 파일을 통해서 다섯 분이 나눈 대화를 들은 적이 있습니다만, 누가 누군지 잘 모르겠더라고요. 더구나 저는 여러분들의 목소리를 잘 모르니까요?”

“그러실 겁니다. 저도 멤버와 대화를 나누고 집에 가서 일기에 적어 놓으려고 하면, 누가 무슨 얘기를 했는지 기억이 나지 않아, 그냥 들은 이야기, 그러니까 행복한 죽음의 방법 1, 2, 3, 이런 식으로 적어 놓은 적도 있거든요.”

“그래도 잘 생각해 주세요. 이철민 씨가 이야기한 것 중 특이한 것이 있었는지….”

"글쎄요. 아무리 생각해도 떠오르지 않는데요? 형사님 말씀을 하다 보니, 이철민 씨에게 무슨 일이 있지 않을까, 저도 무척 궁금해지는데요. 제가 지금 전화를 한 번 걸어보겠습니다. 제 이름이 등록돼 있을 테니까 혹시 받을 수도 있지 않을까 싶어서요."

황성운은 휴대전화 전화번호 목록 중에서 이철민을 찾아 전화를 걸었다. 하지만, 이철민은 전화를 받지 않았다. 3차례 연달아 전화를 걸었지만, 받지 않았다.

황성운이 건 전화 신호가 가는 소리를 들으면서 '어딘가에서 살아있겠군….'이라고, 김명길 형사는 생각하며 안도의 숨을 쉬었다. 그러면서 전화를 건 사람이 황성운인 것을 알면서도 이철민이 일부러 받지 않는 것 같다는 생각이 들었다. 황성운은 이철민에게 전화를 건 것은 이번이 처음이라고, 김명길 형사에게 말했다.

"이철민을 꼭 만나봐야겠는데…."

김명길 형사가 허공중에 대고 이런 말을 내뱉었다.

"형사님, 제가 이철민 씨와 계속 통화를 시도해 보겠습니다. 연락되면, 알려드리겠습니다. 저도 이철민 씨의 안부가 엄청 궁금하거든요. 한 번 보고 싶기도 하고요."

"그렇게 해주시겠어요? 정말 고맙습니다. 그럼 잘 부탁드립니다."

내 뜻대로,
오로지 내 마음대로

"김명길 형사님이세요? 저 얼마 전에 뵈었던, 황성운입니다. 뵙고 드릴 말씀이 있어서."

김명길 형사의 눈에서 빛이 났다.

"아아 황성운 씨, 전화 주셔서 정말 고맙습니다. 계속 기다렸습니다. 좋습니다. 계신 곳으로 제가 가겠습니다."

약속 장소인 카페 안에서 전동휠체어에 앉아 있는 황성운은 힘이 하나도 없어 보였다.

"무슨 일이 있으신가요?"

"아닙니다. 제가 아니고. 이철민 씨에게 무슨 일이 있었습니다. 형사님께서 걱정하시던 대로."

"그게 무슨 말씀입니까?"

“이철민 씨도 이 세상을 떠났습니다.”

“아….”

김명길 형사의 머릿속이 하얗게 변했다.

‘이철민도 죽었다고?’

‘혹시’ 하는 생각은 했지만, 막상 이철민이 숨졌다는 소식을 들으니, 숨이 꽉 막히는 것 같았다.

‘왜, 이런 일이 이어지지….’

“그동안 이철민 씨에게 자주 전화를 걸었어요. 그런데 받지 않더라고요. 전원이 꺼져 있었던 적은 한 번도 없었고요.”

“그런데, 이철민 씨가 결국 죽었다고요?”

“그렇습니다.”

“어제였어요. 이번에도 받지 않을 거라는 생각으로 그냥 전화를 걸었는데, 어떤 여성이 받더라고요.”

“여성요? 그래서요.”

“누구냐고 물었더니, 지인이라고 하더라고요. 그러면서 이철민 씨가 얼마 전에 저세상으로 갔다고 하더라고요.”

“어떻게 죽었는데요? 사인이 뭐라고 했어요?”

“저도 당연히 궁금하니까 물어봤어요. 그런데, 사인이 분명하지 않다고 하더라고요.”

“사인이 분명하지 않다고요?”

"예, 그게 자연사에 가깝다고…."

"그럼, 누군가에 의해 살해당한 것은 아니네요. 암 같은 무슨 질병에 걸려 죽은 것도 아니고, 교통사고와 같은 사고에 의해 죽은 것도 아니고, 저절로 죽었다…."

"저도 정확하게는 모르겠어요. 그 지인이라는 여자분이 설명해 줬는데…. 자다가 돌아가신 것 같다고 합니다."

"알겠습니다. 제가 그분을 한 번 만나봐야겠습니다."

"예, 그렇게 하세요. 그 분에게 저와 이철민 씨 사이의 관계를 설명했어요. 또 전화를 걸겠다고 했더니 그러라고 했거든요. 제 전화로 걸면 아마 통화가 될 겁니다."

그때, 김명길 형사의 휴대전화가 울렸다. 후배 형사가 건 전화였다.

김명길 형사는 "알았다"라면서 밖으로 나가 긴 통화를 했다.

김명길 형사의 통화가 끝나자, 황성운이 자신의 휴대전화를 김명길 형사에게 줬다.

"아닙니다. 먼저 황성운 씨께서 전화를 걸어 통화를 한 뒤 저를 바꿔주시죠."

"아, 그게 좋겠네요."

황성운은 통화 기록에 나와 있는 이철민의 이름을 꾹 눌렀다.

몇 번 신호가 가니까, 상대방이 전화를 받았다.

"안녕하세요? 지난번에 통화한 황성운입니다. 기억나시죠? 이철민 씨 때문에 통화한. 이철민 씨 유골이 있는 곳에라도 한 번 가보고 싶어서 전화했습니다. 다녀와도 괜찮겠지요? 예, 예 감사합니다. 시가 운영하는 공원묘지의 수목장 구역이군요. 잘 알겠습니다. 그리고, 지금 제 옆에 경찰서에서 나오신 형사님이 계신데 바꿔드리겠습니다. 아닙니다. 그냥 여쭤보실 것이 있다고 하셔서요. 무슨 일이 있는 것은 아니니까 걱정은 하지 마시고요."

황성운이, 전화를 김명길 형사에게 건넸다.

"안녕하세요? 김명길 형사라고 합니다. 고인의 명복을 빕니다. 다름 아니라, 이철민 씨가 교류해 오던 모임의 멤버 중 한 명이 피살되는 일이 벌어졌거든요. 그리고 다섯 명의 멤버 중 한 명은 해외로 나가 행방불명되었고요. 살인사건을 수사하다가 알게 된 건데요. 함께 교류하던 분 중에 불행한 일을 당한 경우가 잇따라 생기고 있거든요. 이철민 씨에게는 아무런 일도 없나 해서 찾았는데, 돌아가셨다고 들었습니다."

"아, 이미 경찰 조사도 마쳤는데요."

"예, 저도 조금 전에 후배 형사로부터 들었습니다. 제가 근무하는 경찰서에서 조사를 했더라고요."

"그런데 어떤, 추가로 확인하실 것이 있나요?"

"아, 꼭 확인하고 싶은 것이 있어서요. 고인이 되신 이철민 씨가 일기를 쓰셨을 가능성이 높은데, 혹시 그게 있으면 받아서 읽어보려고요. 이철민 씨가 죽음에 이르게 된 확실한 경위가 거기에 나와 있을지도 모르거든요."

"아니, 이미 화장까지 끝냈는데, 지금 와서 무얼 또 알아보겠다는 건가요?"

"맞습니다. 사인도 나왔고, 모든 것이 종결됐습니다. 또 의사가 진단한 사인을 의심하는 것도 아닙니다. 다만, 이철민 씨가 죽음에 이르게 된 과정을 알고 싶어서요. 이철민 씨가 여러 가지 성인병을 앓고 있었고, 얼마 전에 발생한 불의의 사고로 몸이 불편하기는 했지만, 갑자기 숨질 정도는 아니었다고 들었거든요. "

"그건 그렇습니다. 제가 봐도 이상하기는 했어요. 돌아가시기 얼마 전까지만 해도 나름대로 지내실만했거든요. 그런데 약 한 달 만에 가보니까, 돌아가셨더라고요."

"그래서 좀 더 알아보려는 겁니다. 이철민 씨의 일기장에는 뭔가 적혀있을 것 같다는 생각이 들었거든요. 중요한 단서가 될 만한 것이. 이철민 씨가 일기를 썼을 가능성이 있습니다."

"아, 그러시군요. 고인의 유품 중 일부를 제가 갖고 있어요. 고인이 원래 사시던 집에 가서 짐 정리를 하면서 발견된 책과 노트 등을 가지고 왔는데, 내용은 보지 않았어요. 이철민 씨의 죽음은 저에게 너무나 큰 충격이었어요. 아무것도 할 수 없었습니다. 그래서 이철민 씨의 유품을 하나하나 살펴볼 용기가 나지 않았어요. 고인이 되신 분의 물건을 함부로 건드리면 안 된다는 생각도 들었고요. "

"이철민 씨가 돌아가신 곳은 어디죠?"

"예, 고인의 집에서 3㎞쯤 떨어져 있는 제 집의 바로 옆집에서 돌아가셨어요. 제가 원룸에 살고 있는데, 얼마 전에 제가 사는 집의 옆집으로 이사를 했거든요. 고관절을 심하게 다쳐서 거동할 수 없게 됐거든요. 거동을 하실 수 없게 되니까, 혼자서 해결하시던 식사가 문제가 됐어요. 제가 제집으로 가자고 했는데, 싫다고 거절하시더라고요."

"예, 알겠습니다."

"이철민 씨는 원래 누군가의 신세를 지는 걸 아주 싫어했어요. 그리고 뭔가를 결정하면, 고집을 절대로 굽히지 않는 성격이었어요. 참을성도 많고, 한번 하기로 한 것은 끝까지 해내는 성격으로 느꼈고요. 제 집에서 신세를 지는 것도 끝내 싫으시다고 하더라고요. 그 부분에 대해서는 아주 완고했어요. 그래서 비어 있는 제 옆집으로 잠시 이사 오시면, 부상 부위가 나을 때까지 거기서 지내자고 했고요. 그랬더니, 고민 끝에 그렇게 하겠다고 하시더라고요. 집세는 이철민 씨 본인이 이 내셨고요. 집주인과는 6개월 단기 계약을 했어요. 6개월이면 어느 정도는 회복될 수 있을 걸로 생각했거든요. 집세를 1.5배 더 주는 조건으로 계약하고 이사를 오신 겁니다. 그리고 제 이름은 서민희라고 합니다.”

김명길 형사는 이튿날, 서민희와 함께 이철민이 임시로 살던 집을 방문했다.

이철민이 살던 집은 깨끗하게 정리된 상태였다.

“죄송합니다. 이미 제가 근무하는 경찰서 형사에게 말씀하신 것을 다시 여쭙게 돼서요. 저의 경찰서 형사들은 이철민 씨의 사망을 단순 변사로 처리했습니다. 그리고 그 결과에 특별한 이의를 갖고 있는 것도 아닙니다. 다만, 저는 이철민 씨가 함께 어울리던 분들의 잇따르는 사망, 실종 사건을 수사하고 있거든요. 조금만 협조해 주시면 좋겠습니다.”

“예, 알겠습니다. 그런데 이철민 씨의 사망이 다른 분들의 사망이나 실종과 관련이 있나요?”

“어제 말씀드렸듯이, 이철민 씨가 교류하던 그룹이 하나 있는데 그 멤버 중 한 명은 돌아가시고, 한 명은 현재 사경을 헤매고 있습니다. 그리고, 또 한 명은 실종됐고, 다른 한 명도 건강이 아주 좋지 않은 상태입니다. 이철민 씨에 대해서는 정확하게 확인된 것이 없고요.”

“아 그렇군요. 저는 이철민 씨와 우연히 알게 돼 친분을 나눠 왔는데, 따로 어울리시는 분들이 있다는 얘기는 들어보지 못했습니다.”

“그러셨을 겁니다. 그 사람들이 각자 사연이 있었고, 게다가 죽음에 대해 깊은 관심을 보이고 있었거든요. 제가 꼭 여쭙고 싶은 것은 맨 처음 현장을 발견했을 때의 모습입니다. 현장 모습이 어땠습니까?”

“아, 예. 제가 2월에 한 달 정도 해외 출장을 다녀왔거든요. 지금이 4월 하순이니까, 벌써 2개월이 다 돼 가네요. 꼭 가야 하는 세미나여서 어쩔 수 없었습니다. 제가 이철민 씨를 돌보고 있었는데 불가피하게 떠났었습니다. 그동안은 간병인이 돌보기로 했었고요. 이철민 씨가 몸을 제대로 움직일 수 없는 데다 통증도 많아서 고생하셨을 겁니다. 제가 공항에 갔을 때 그리고 해외에 도착해서 이틀 정도 됐을 때까지는 카카오톡으로 연락이 됐었는데, 이후에는 연락이 끊기더라고요. 그래서 ‘참 궁금하다’ 생각하면서 지냈어요. 2월 말 귀국하자마자 제 집보다 이철민 씨가 살고 있는 집에 먼저 가본 겁니다. 저도 열쇠를 갖고 있었거든요. 그런데, 이철민 씨가….”

“숨져있었던 거군요?”

“그렇습니다. 너무나도 조용하게 계셨어요. 숨을 거둔 채로.”

“현장은 어땠습니까? 사람이 죽을 때는 대소변이 나오기도 하고 그러거든요.”

“그런 것이 전혀 없었습니다. 저도 죽은 사람, 그리고 죽은 사람의 염을 하는 장면을 본 적이 몇 번 있는데, 이철민 씨는 몸을 따로 씻지 않아도 될 정도로 깨끗했어요. 그리고 방이 무척 추웠어요. 난방기도 꺼져 있었고요. 겨울이라서 그런지, 시신이 거의 그대로였어요. 냄새도 거의 나지 않았고요.”

“다른 이상한 점은 없었나요?”

“아 그런데, 한 가지 이상한 것이 있었어요. 제가 해외로 떠나던 날 차려준 간단한 밥상이 그대로 있었는데, 음식은 깨끗하게 비워진 상태였어요. 제가 세 끼니 식사를 준비해 드렸는데, 모두 드신 것 같았어요.”

“다른 것을 먹은 흔적은 없었나요?”

“그런 것 같아요. 제가 차려드린 음식의 그릇이 모두 비어 있었을 뿐, 다른 그릇은 없었어요. 그리고, 제가 외국에 가 있는 동안 이철민 씨를 돌보기로 한 간병인에게 연락을 해봤는데, 제가 떠난 다음 날부터는 이철민 씨가 나오지 말라고 이야기했다고 하더라고요. 급여도 모두 주시면서. 저에게는 제가 없는 동안에는 간병인의 도움을 받겠다고 했거든요. 지금 생각해 보면 일부러 그렇게 이야기하신 것 같습니다.”

“그러니까, 서민희 씨가 해외로 나가신 그날 이후부터 아무것도 먹지 않았을 가능성이 있는 거네요. 저도 후배 형사가 정리해 놓은 자료를 봤는데, 이철민 씨가 아주 오랜 기간 아무것도 먹지 않은 것 같은 정황이 여러 곳에서 확인됐습니다. 부검에서는 위나 장에 남은 것이 거의 없었다고 합니다. 아마 숨지기 전에 드신 것도 살아있는 동안 활동에 필요한 에너지원으로 모두 사용된 것으로 추정됩니다. 이런저런 상황을 보면, 이철민 씨가 스스로 숨지기 위해 아무것도 안 먹은 것으로 여겨집니다. 이런 경우 죽은 사람의 시신에서는 대소변도 나오지 않는 경우가 있다고 합니다. 상대적으로 깨끗한 상태로 숨을 거둔다는 거지요.”

“아.”

“그리고 실례지만, 두 분은 어떻게 알고 지내오셨는지요?”

“도서관에서 우연히 만났어요. 저와 전공이 같았고, 강의를 하는 대학교가 같아서 자연스럽게 친해졌고요. 전공에 관한 이야기를 주고받으면서 서로 믿음을 나눌 수 있는 관계로 발전했다고 생각해요. 저희는 아주 친밀하게 지냈습니다. 서로의 마음을 의지하는 사이라고 보면 될 것 같아요. 그렇다고 해서 흔히 얘기하는 남녀관계는 절대로 아닙니다.”

“아 그러시군요. 잘 알겠습니다.”

김명길 형사는 서민희가 보관하고 있던 이철민의 짐 속에서 일기장으로 보이는 노트를 발견했다. 대학노트 같은 소박한 공책에 일상이 가득 적혀있었다.

일기파 멤버인 이철민 씨 역시 일기를 쓰고 있을 것으로 본 김명길 형사의 추정은 맞았다.

경찰서로 돌아온 김명길 형사는 이철민의 일기를 읽기 시작했다.

2024년 12월 4일

화장실 바닥에 깔아놨던 고무 매트를 걷어놓은 게 문제였다. 모든 사달의 시초는 그거였다.

고무 매트 아래에는 검은 곰팡이가 슬어있었다. 그동안 매트에 가려 보이지 않았던 모양이다.

세제를 뿌리고 박박 닦아도 곰팡이는 좀처럼 지워지지 않았다. 하는 수 없이 매트를 걷어놓은 채 곰팡이 위에 몇 가지 세제를 듬뿍 뿌려놨다.

'하루쯤 놔두면 곰팡이가 사라지겠지….'

그렇게 해놓고 외출했다가 돌아왔는데 오줌이 마려웠다.

화장실 문을 열자 매캐한 세제 냄새가 코를 찔렀다.

급히 화장실 바닥을 밟는 순간, 온몸이 붕 뜨는 느낌이 들었다.

쿵 떨어지고 보니, 바닥에 세제가 가득했고, 언제나 깔려있던 매트가 없었다.

엉덩이에서 엄청난 통증이 느껴졌다.

몇 분 동안 일어날 수가 없었다. 누군가 일으켜 세워 줬으면 하는 생각이 들었지만, 집 안에는 아무도 없었다. 당연하다. 혼자 사는데 도와줄 사람이 있을 턱이 없다.

한동안 욕실 바닥에 그대로 누워있었다. 통증이 심했고, 몸을 움직일 수 없었기 때문이다. 사실상 원액이나 마찬가지인 세제가 옷을 타고 나의 몸속으로 빨려드는 것 같았다.

소리를 지르고 싶었지만, 참았다. 아무도 들어주는 사람이 없다는 것을 알고 있었기 때문이다.

'혼자 산다는 것이, 이런 건가'하는 생각이 머리를 스쳤다.

엉덩이와 다리 쪽에서 강한 통증이 느껴졌다. 좀처럼 움직일 수가 없었다.

혼자 산다는 신세가 느껴졌고, 그에 따른 서러움이 몰려왔다. 외로움은 온몸으로 번졌다.

순간, 눈물이 났다.

30분쯤 됐을까?

아니면 1시간쯤 됐을까?

통증이 어느 정도 잦아들었다. 하지만, 코앞에 퍼져있는 세제 원액에서 나오는 강한 냄새 때문에 머리가 아팠다.

'빨리 여기서 나가야 해.'

사지에 힘을 줬다. 하지만, 다리 쪽에 힘이 가지 않는 느낌이 들었다. 내 다리인데, 내 마음대로 움직일 수가 없었다.

간신히 상체를 일으켜 앉았다. 바지는 물론 속옷까지 세제로 범벅이 됐다.

'빨리 씻어내야 해.'

몸을 돌려 샤워기 손잡이 쪽으로 갔다. 레버를 당겼다. 그 순간, 머리 위에 있는 샤워기 꼭지에서 물이 쏟아졌다.

강산성 세제가 범벅이 된 내 몸 위로 수돗물이 마구 쏟아졌다. 그 순간 눈물도 함께 쏟아졌다.

내가 혼자서 생활하기 시작하면서, 스스로 운 적은 한 번도 없었다.

사실 평상시는 혼자 사는 게 너무나 좋다는 생각도 자주 들었다.

모든 것을 내가 계획한 대로, 내가 생각한 대로, 내가 하고 싶은 대로 하면 됐다.

그 누구도 뭐라고 하는 사람이 없었다.

저녁에 집에 들어올 때 불이 꺼져 있는 집이 싫다는 사람도 있지만, 나는 그게 좋았다.

아무도 나를 반기는 사람이 없지만, 그것은 아무도 나의 생활을 방해하는 사람도 없다는 것을 의미하는 것이기도 하다.

TV나 신문 등에서 1인 가구가 늘어나서 문제라는 식의 보도가 이어지고 있지만, 나는 그런 보도를 볼 때마다 '1인 가구가 어때서?'라고 반문하곤 했다.

TV에서 1인 가구의 문제점을 지적하는 뉴스가 나올 때 나는 그 뉴스를 보도하는 앵커나 기자에 대고 이렇게 되묻고는 했다. 혼자서.

"너희들도 혼자 살아봐. 얼마나 편한지 알기나 해?"

하지만, 오늘은 그게 아니었다.

특별한 이유도 없이 그냥 눈물이 쏟아졌다.

'내 몸을 내 마음대로 움직일 수 없어서 그런가?'

나는 나에게 이런 질문을 던지면서 당겨진 샤워기 레버를 원위치시켰다.

샤워 꼭지에서 나오던 물은 멈췄다.

하지만, 화장실 바닥은 거품으로 가득했다. 세제 원액이 뿌려져 있는 상태에서 물이 쏟아졌고, 그 안에서 내가 발버둥을 쳤기 때문이었다.

엉덩이 쪽의 통증이 어느 정도 사라졌다고는 하지만, 여전히 아팠다.

우선 옷을 벗어야 했다.

먼저 윗도리를 벗고 나서 바지를 벗었다. 물과 세제로 범벅이 된 속옷을 벗으니, 알몸에 양말만 걸쳐져 있었다.

양말까지 벗고 나니 진짜 알몸이 됐다.

그때 오줌이 나왔다.

'아, 내가 오줌 누러 들어왔던 거지.'

소변을 보기 위해 화장실에 들어왔다가 넘어졌다는 것을, 그때 알게 됐다.

갑자기 다리 아래가 따스해졌다.

아래를 보니, 옅은 노란색 오줌이 나의 엉덩이와 다리 사이로 흐르고 있었다.

세제와 찬물을 뒤집어쓰고 차디찬 화장실 타일 위에 앉아 있던 나의 몸을 내 몸에서 배출된 나의 오줌이 보듬어 주고 있는 것처럼 느껴졌다.

'오늘은 혼자가 아니군. 내 곁에 나의 오줌이 있었어.'

오랜만에 사람의 온기를 느낀다는 생각이 들었다. 오줌이 나의 몸 아래에서 흘러내리고 있었지만, 전혀 더럽다는 생각이 들지 않았다.

오랜 세월 나와 함께 한 친구와 같이 있는 느낌이 들었다.

'내가 너무 오래 홀로 살아왔나?'

그런 생각을 하면서 몸을 일으키려고 했지만, 몸은 좀처럼 말을 듣지 않았다.

아무래도 엉덩이 쪽에 문제가 있는 것 같았다.

몸을 움직일 때마다 통증이 전신으로 퍼졌다.

몸을 간신히 움직여 화장실 바닥의 세제를 되는대로 닦아낸 뒤 샤워기로 몸에 묻은 세제와 오줌을 씻어냈다.

몸은 거의 화장실 벽에 기댄 상태였다.

제대로 일어설 수가 없었다.

몸에 묻은 물을 닦아내는 것도 쉽지 않았고, 다시 옷을 찾아 입는 것도 쉽지 않았다.

이후 집안을 거의 기어다녔다. 통증이 너무 심했다. 파스를 꺼내 엉덩이와 다리 이곳저곳에 붙였지만, 언 발에 오줌 누기에 불과했다. 통증은 전혀 가시지 않았다.

전에 사놨던, 인스턴트 죽을 전자레인지에 데워 먹었다. 여전히 거의 기어다니는 상황이었다.

거실에 가만히 앉아 있으니, 통증이 조금 가시는 것 같았다.

내일은 좀 나아지겠지….

그런 생각을 하면서 꺼낸 것이 이 일기장이다. 일기를 쓰는 것도 참 오랜만이다.

'자서전을 쓰지 못하니까, 우리는 일기를 쓰는 거야. 뭔가 중요한 일이 벌어지면, 그걸 있는 그대로 기록해 보는 거야.'

일기파의 누군가가 했던 말이 떠올랐다. 그래서 이 일기를 쓰고 있는 거다.

뭔가 중요한 일?

아, 그렇구나. 오늘 처음으로 눈물을 흘렸구나.

오늘 처음으로 오줌을 쌌고, 오줌과 같이 놀았구나.

바보처럼.

2024년 12월 5일

어제는 밤늦게까지 뒤척이다가 겨우 잠이 들었었나 보다.

아침에 일어나보니 엄청난 통증이 밀려왔다.

엉덩이를 거의 들 수가 없었다. 걸을 수도 없었다.

병원에 가야겠다는 생각이 들었다.

어떻게 가지?

이런 상태에서 병원에 갈 수 있는 방법이 있을까?

민정 씨가 떠올랐지만, 그건 아니었다. 민정 씨에게 내 모습을 보이기도 싫고, 폐를 끼치기도 싫었다.

'아, 119를 부르자.'

지금까지 살아오면서 119를 부른 적인 단 한 번도 없었다. 119로 화재 신고를 한 적도 물론 없다.

119로 전화를 한 뒤 몇 가지 필수품을 챙겼다. 아무래도 입원해야 할 것 같은 생각이 들어 속옷 몇 개도 준비했다.

휴대전화 충전기와 세면도구, 그리고 평소 먹던 고혈압약, 당뇨병약, 고지혈증약. 마지막으로 일기장을 챙겼다.

병원에서 할 일이 없을 때는 일기라도 써야겠다는 생각이 들었기 때문이다.

119구급대는 생각보다 빨리 왔다. 준비물을 다 챙기기도 전에 왔다.

태어나서 처음으로 들것에 실려 차에 태워졌다.

나를 챙겨줄 사람은 이제 나라밖에 없네.

기분이 묘했다.

병원 응급실은 예상한 대로 붐볐다. 119 구급대는 나를 응급실에 내려놓고, 홀몸인 나를 대신해 간단한 수속을 진행해 준 뒤 총총히 사라졌다.

젊은 의사는 사진을 찍어봐야겠다고 말했다. 의사가 말한 사진이 엑스레이인지, CT인지, 아니면 MRI인지 정확하게 알 수 없었다.

응급실에서의 대기는 속절없는 기다림이었다.

나를 챙겨줄 사람이 없어서, 의사나 간호사가 내 곁으로 오지 않는 이상 언제쯤 찍느냐고 물어보기도 어려웠다.

"이철민 씨!"

내 이름이 그렇게 반가운 것인지, 예전에는 미처 몰랐다.

“예!”

“촬영하러 올라 가실 게요. 몇 가지 검사도 해야 하는데, 혹시 드시는 약은 있으세요?”

“예, 있어요. 혈압약, 당뇨약, 고지혈증약…. 여기 가방에 들어 있습니다. ”

“아, 예.”

검사 결과를 보는 의사의 표정이 무척 무거워보였다.

“아니, 조심 좀 하시죠? 오래 고생하시겠어요. 골반이 완전히 부러졌습니다. 이 연세에는 골반이 무엇보다 중요한데.”

“아, 어쩌다 그렇게 됐습니다.”

“앞으로 걸으실 수 없을 것 같습니다. 하반신으로 내려가는 신경이 큰 손상을 입었습니다. 게다가 당뇨까지 있으셔서 치료에 시간이 꽤 걸릴 것 같습니다. 누워서 생활하셔야 하는 상황입니다.”

“아, 단순 타박상이 아니었군요?”

“예. 게다가 복합골절입니다. 아주 심각한. 일단 입원을 하셔야 하는데…. 고관절 골절로 인해 오랜 기간 움직이지 못하게 되면 신진대사의 기능이 크게 떨어집니다. 이렇게 되면 폐렴, 혈전에 의한 뇌졸중, 욕창, 영양실조와 같은 합병증도 발생할 수 있습니다. 여기에 오실 때 혼자 오셨다고 들었는데, 간병을 해주실 분은 있나요? 병원에서는 그냥 혼자 계셔도 되는데, 퇴원하고 나서….”

“아, 예, 있을 수도…. 아니, 없습니다. 혼자서 어떻게 해봐야지요.”

민정 씨가 생각났지만, 금방 ‘그건 아니야’라는 생각이 들었다.

“그게 쉽지 않을 텐데. 어쨌든 이제 입원하시죠.”

어제, 오늘 있었던 일을 생각하면. 기가 막힌다.

화장실 매트를 치운 것이 이렇게 큰일이 될 줄이야.

그러나저러나 퇴원하면 어떻게 하지?

나 혼자 살아갈 수 있을까?

일어서서 걷지 못하게 되면 어떻게 하지?

나는 혼자인데.

일기장을 끄적이는 동안에도 엉덩이를 중심으로 한 온몸이 아프다.

2025년 1월 5일

입원한 지 한 달 만에 집으로 돌아왔다.

나는 휠체어를 이용하지 않아도 될 줄 알았다. 대신 목발을 이용하면 그럭저럭 생활은 할 수 있다고 생각했다.

하지만, 나의 그런 생각은 사치였다. 나의 기대는 처참하게 무너졌다.

"부상이 너무 심해요. 혼자 걸을 수 없습니다. 대부분의 생활을 눕거나 앉아서 해야 합니다. 물론 휠체어 같은 것의 도움을 받아야만 할 것 같습니다. 그리고 일상생활은 간병인의 도움을 받아야만 가능할 것 같습니다. 그렇지 않으면 요양원이나 요양병원으로 가셔야 하고요."

의사의 이 말은 사형선고처럼 들렸다.

이 사회와 나를 단절시키겠다는, 그런 형벌을 내리는 판사의 판결처럼 들렸다.

나 혼자의 힘으로는 걸을 수 없고, 나 혼자는 생활도 할 수 없다는 말 아닌가?

할 수 없이 간병인의 힘을 얻기로 했다.

몇 푼 안 되는 국민연금으로는 생활도 벅찬데, 간병인이라니?

기가 찼다. 통장에 들어있는 돈을 생각해 보니, 대충 1~2년은 버틸 수 있을 것 같았다.

'이런 때 가족이 있었으면….'

혼자 살게 된 이후에 이런 생각을 진심으로 하게 된 것은 정말로 처음인 것 같다.

하지만, 나에게는 가서 얹혀서 살아갈 수 있는 가족이 없다.

비용을 최소화하기 위해 간병인은 오전에만 부르기로 했다.

오전에 와서 청소와 빨래도 하고, 매일 세 끼니 식사를 준비해 주기로 하는 특별한 내용의 계약을 맺었다.

잠자리에 들려고 하는 순간, 전화가 왔다.

민희 씨였다.

서민희.

그 이름만 들어도 가슴이 떨리는 사람이다.

받을까 말까, 고민하다가 받았다.

"저예요."

내가 말을 하기도 전에 민희 씨가 말했다.

"아, 잘 지냈죠?"

"그런데 왜 전화를 받지 않았어요? 얼마나 걱정했는데. 집에 가 봐도 아무도 없고. 정말 답답해서 미치는 줄 알았어요. 지금은 어디에 계세요?"

입원해 있는 동안 민희 씨의 전화를 받지 않았다. 뭐라고 말해야 할지 몰랐기 때문이다.

"무슨 일이 있었던 거예요? 당장 뵈러 갈게요."

"무슨 일이 있기는 있었어요. 오늘은 좀 그래요. 지금 막 자려고 하는 상황이었어요. 몸이 좀 아파요."

"몸이 아프시다고요?"

“예.”

“그럼. 지금 당장 갈게요.”

“아니에요. 오늘은 너무 늦었잖아요. 내일 오세요.”

“그럼 그렇게 할게요. 내일 아침 일찍 갈게요.”

전화를 끊었다.

민희 씨를 처음 만난 것이 언제더라.

대략 5년은 된 것 같다.

민희 씨와 나는 시내에 있는 큰 도서관에서 처음 만났다.

당시 나는 대학원 박사 논문을 쓰고 있었다. 논문 심사를 목전에 둔 상황이어서 거의 도서관에서 살다시피 했다.

직장생활 때 하지 못한 공부를 하기로 하고 60대에 들어간 대학원 과정은 쉽지 않았다.

평소 관심이 있던 심리학을 체계적으로 공부하고 싶었다.

민희 씨는 책 몇 권과 가방, 도시락, 커다란 패딩점퍼를 한 아름 안고 도서관 계단을 오르고 있었다.

그런데, 민희 씨의 짐에서 책 한 권이 뚝 떨어졌다.

그의 뒤를 걷던 나는 본능적으로 떨어진 책을 주웠다. 얼핏 보니, 심리학 관련 책이었다.

“저기요, 책이 한 권 떨어졌네요.”

나중에 민희라는 이름을 쓰는 것으로 확인된 그녀에게 책을 건넸다.

"아, 정말 고마워요. 저는 책을 떨어뜨린 줄도 몰랐네요."

"웬 책이 그렇게 많아요?"

내 입에서 갑자기 이런 질문이 나올 줄은 나도 몰랐다.

"뭘 좀 할 게 있어서요. 여하튼 고마워요."

나는 책을 민희 씨에게 건네주고 내 자리로 돌아와 논문 작업을 계속했다.

그 이후로 민희 씨를 도서관에서 만나는 일은 없었다.

그런데, 어느 날 대학 캠퍼스에서 그녀를 다시 만났다. 도서관에서 만나고 나서 세월이 꽤 지난 뒤였다.

우리가 다시 만난 곳은 내가 무사히 박사학위를 따고 나서 강의를 나간 대학이었다. 지도교수의 소개로 강의를 할 수 있는 기회를 얻었다. 비록 시간강사이기는 했지만.

심리학 개론 강의를 끝내고, 강의실을 나오는데 어딘가 익숙한 느낌의 여성이 있었다.

"아, 안녕하세요?"

나도 모르게 내 입에서 인사말이 나왔다.

"아, 아, 안녕하세요?"

민희 씨도 내 인사에 화답했다. 민희 씨의 뇌리에도 나와 도서관에서 만났던 기억이 남아있는가 보다, 라고 나는 생각했다.

"여기는 어쩐 일로?"

"예, 제가 여기서 강의하거든요."

순간, 민희 씨가 도서관에서 만났을 때 심리학 관련 책을 떨어뜨렸던 것이 생각났다.

"그럼, 심리학?"

"예. 심리학 가르쳐요."

"아, 그러시군요. 저도 심리학을 가르치고 있는데, 이 대학에서."

이런 인연이 있을까?

"그럼 사시는 댁은 도서관 근처인가요. 지난번에 뵈었던 그 도서관."

"맞아요. 그 근처 살아요."

"저도 그 근처에 사는데. 반갑습니다. 이번 강의 끝나면 또 강의가 있나요?"

"아니에요. 이게 끝입니다."

"그럼, 강의 끝나실 때까지 기다릴게요."

"아, 그러실래요?"

나는 민희 씨의 강의가 끝날 때까지 3시간을 기다렸다.

강의실에서 학생들이 쏟아져 나왔다.

학생들 틈에 그 지적이면서도 따스한 분위기의 민희 씨가 사부작 사부작 걸어 나오고 있었다.

그때까지도 나는 민희 씨의 이름을 모르고 있었다.

학생들이 주르르 빠져나간 뒤 민희 씨 앞으로 갔다.

함께 학교 근처 카페로 갔다. 인사를 나누고 이름을 교환했다. 나는 명함이 없었지만, 민희 씨는 명함을 갖고 있었다.

'서민희. ○○ 대학교 심리학과 강의전담교수'

"강의전담교수이시군요. 저는 그냥 강산데…."

"지난번에는 고마웠어요. 그 책은 제가 개인적으로 어렵게 구한 것이거든요. 그걸 분실했으면 아주 곤란할 뻔했어요. 정말로 감사합니다."

"아이고, 무슨 말씀이세요. 그냥 뒤에 가다가 떨어져서 주워드린 것뿐인데요."

우리는 이후 정말로 자주 만났다. 도서관에서, 대학 캠퍼스에서 수시로 만나 심리학을 이야기하고, 처음에 우리는 서로를 '동네 친구', '도서관 친구'라고 부르면서 부담 없이 만남을 이어갔다.

오랜 세월 가족과 떨어져 지내온 나에게 있어서 민희 씨의 존재는 절대적이었다.

그녀에게서 온기를 느낄 수 있었고, 사람을 느낄 수 있었다.

민희 씨는 미혼이라고 했다. 어떤 때는 공부하느라 바빠서 사람을 다 놓쳤다고 했고, 어떤 때는 인기가 없어서 결혼하지 못했다고 했다. 또 어떤 때는 가정을 가질만한 용기가 나지 않았다고도 했다.

민희 씨가 혼자 살아가게 된 이유를 정확하게 알기는 어려웠다. 그녀는 오래전부터 혼자 살아왔다고 했다. 그래서 혼자 사는 것이 아주 익숙하다고도 했다.

내가 민희 씨와 결정적으로 가까워지게 된 것은 그녀의 연구실을 이용하게 되면서부터다. 강의전담교수인 민희 씨에게는 비록 작은 규모지만 전용 연구실이 배정돼 있었다. 늙은 시간강사에 불과한 나에게는 그림의 떡과 같은 공간이었다.

나는 강의와 강의 사이에 공백이 생길 때면 민희 씨 연구실에 가서 휴식을 취하거나 다음 강의를 준비했다.

나는 민희 씨의 연구실에서 민희 씨를 기다릴 때마다 마음이 설렜다.

민희 씨가 자신의 연구실을 나에게 열어주면서 우리는 서로의 마음도 열기 시작했다.

어느 날 민희 씨와 근교 산에도 다녀왔다.

민희 씨는 그 누구보다도 산이나 물, 바람 같은 자연을 좋아했다.

"소나무 숲이 우거진 산꼭대기에 올라가 내려다보는 구름바다도 아주 좋아하는데. 언제 한번 구름바다 보러도 같이 가요."

"그래요 같이 가요. 꼭."

"저는 달빛으로 만들어지는 윤슬도 좋아하는데, 노을이 지고 난

호수에 가면 제가 좋아하는 윤슬을 함께 볼 수 있을 것 같아요. 햇빛으로 만들어지는 잔물결보다는 달빛으로 만들어지는 잔물결이 더 아련하거든요."

하지만, 민희 씨와 함께 구름바다나 윤슬을 만나러 갈 수 있는 기회는 지금까지 없었다.

민희 씨는 나보다 10여 살이나 아래다. 나는 민희 씨의 정확한 나이를 묻지 않았지만, 대화 속에서 그녀의 나이를 짐작할 수 있었다.

"우리는 친구예요."

나는 민희 씨의 이 말이 너무나 기뻤다. '우리는 친구'라는 그 말은 첫 직장을 잃고, 가족과 헤어지고, 이런저런 직장을 돌며, 이제는 시간강사로 떠돌이 생활을 하는 나에게 커다란 안도감으로 다가왔다.

민희 씨는 나에게 꼬박꼬박 존댓말을 쓰면서도 친구라고 우겼다.

나도 늘 존댓말을 썼다.

그렇게 우리 사이에는 시나브로 신뢰가 싹텄다.

우리는 그 신뢰를 키워갔고, 그 신뢰의 바탕 위에서 서로 의지했고, 서로 안식을 찾았다.

내일은 드디어 우리 민희 씨가 온다.

2025년 1월 6일

민희 씨가 다녀갔다.

민희 씨는 나의 처참한 몰골을 보고 눈물을 흘렸다.

'나를 위해 눈물을 흘려준 사람이 지금까지 있었던가?'

민희 씨는 나의 상태를 하나씩 확인했다. 간병인의 도움을 받고 있다는 이야기를 듣고 민희 씨는 또 울었다.

민희 씨는 자기 집 바로 옆집이 비어 있으니까 거기로 오라고 했다. 집주인과 잘 알기 때문에 바로 가능할 거라고 했다.

나는 그 제안을 거절했다.

민희 씨에게 폐를 끼칠 수는 없었다.

하지만, 민희 씨의 의지는 강했다. 절대로 혼자 둘 수는 없다고 했다.

그래서 민희 씨의 옆집으로 가자는 제안은 결국 받아들이기로 했다.

내일 당장 집을 보고 계약한 뒤 그다음 날 이사하자고 했다.

민희 씨의 제안을 받아들인 내 마음을 나도 이해할 수 없었지만, 어쨌거나 그렇게 했다.

'비겁한 놈.'

민희 씨 옆집으로 간다는 것은 결국 민희 씨에게 폐를 끼치는 것인데….

내가 원하는 것은 아닌데.

2025년 1월 7일

민희 씨의 차를 이용해 민희 씨가 사는 다세대 주택에 갔다. 민희 씨가 집주인과 이미 이야기를 끝내놓은 상태였다.

비어 있는 민희 씨 옆집을 6개월간 단기 계약 조건으로 들어가기로 했다. 모든 것은 민희 씨가 집주인과 쌓아온 신뢰 덕분에 가능한 일이었다. 방세 6개월 치를 한꺼번에 내기로 했다.

민희 씨는 하루 세 끼 식사를 자신이 챙기겠다고 했다.

나는 이 제안을 완강하게 거절했지만, 결국 졌다. 그렇게 하기로 했다.

간병인에게는 집 청소와 나의 목욕 등을 의뢰하기로 했다. 간병인의 간병 시간을 줄임으로써 비용을 아낄 수 있게 되었다. 간병인은 1주일에 3차례 와서 오전만 이런저런 일을 해주는 것으로 계약 내용을 바꾸기로 했다.

내일부터는 민희 씨의 그 고운 손으로 만든 음식을 먹게 된다고 하니 왠지 기뻤다.

부담스러우면서도 기뻤다. 고맙다는 생각보다 기쁘다는 생각이 더 컸다.

'꽤 뻔뻔해졌구나, 너도.'

내일 이사한다.

2025년 1월 8일

결국 이사를 했다.

짐을 대충 정리한 민희 씨가 점심 준비를 한다며, 자기 집, 그러니까 옆집으로 갔다.

낯선 집안에 홀로 앉으니 막막했다. 몸이 불편한 상태에서 익숙하지 않은 환경을 맞이하게 되니 불안감도 느껴졌다.

갑작스러운 부상으로 대학 강단에 서지 못하게 된 이후, 우울감이 자주 엄습했었는데, 요즘은 거기에 불안감까지 겹치곤 했다.

하지만, 요리를 준비해 나타난 민희 씨를 만나자, 우울감과 불안감이 싹 사라졌다.

"이것 좀 드셔보세요."

민희씨의 목소리는 밝았다.

그 밝고 고운 민희 씨의 목소리는 나를 편안하게 했다.

점심 식사를 마치자, 민희 씨는 가져온 음식이 남은 식기 등을 모두 들고 자기 집으로 가면서 저녁에 보자고 했다.

오후에 특강이 있어서 다녀와야 한다고 했다.

저녁 식사도 민희 씨와 함께했다. 민희 씨가 차려온 저녁 식사의 메뉴는 점심의 그것과 달랐다.

몸을 움직이기 불편한 사람, 몸을 움직일 수 없는 사람은 식사에 특히 신경을 써야 한다는 설명도 했다.

"소화가 잘되는 것으로 준비했어요."

세심한 배려에 감동했지만, 표시는 내지 않았다.

저녁 식사가 끝난 뒤 민희 씨를 자기 집으로 보냈다. 민희 씨의 시간을 빼앗는 걸 줄여야 한다고 생각했기 때문이다.

2025년 1월 16일

민희 씨의 집 옆집으로 이사를 오고 나서 식생활이 개선됐기에 몸 상태가 좋아질 줄 알았는데, 그렇지 않았다.

온몸의 통증이 갈수록 심해졌다. 그래서 일기도 쓰지 못했다. 수시로 불안감과 우울감도 밀려왔다.

게다가 걱정거리가 하나 더 늘었다.

대학 강의를 이어 나가면서 동시에 매일 내 식사를 챙겨주는 민희 씨의 건강이 요즘 부쩍 나빠진 것 같았다.

본인은 아니라고 했지만, 나는 안다. 민희 씨의 건강 악화는 나 때문에 발생한 것이 분명하다.

민희 씨는 철저하게 나의 식단을 관리해 줬다. 그만큼 시간과 노력이 많이 들 터이다.

민희 씨도 고혈압과 당뇨병이 있었다. 집안 내력이라면서 대수롭지 않게 이야기했지만, 요즘 몸이 몰라보게 달라졌다. 최근 들어 민희 씨의 살이 빠지기도 했다.

너무 무리하지 말라고 여러 차례 말했지만, 민희 씨는 들은 척도 하지 않았다.

'내 상태와 민희 씨의 상태가 동시에 악화하는 상황.'

이건 아니다. 무슨 대책이 있어야 한다. 하지만 뾰족한 방법이 없었다.

내가 민희 씨 곁을 떠나야 하는데.

과연 어떻게.

2025년 1월 21일

민희 씨가 학회 세미나 때문에 한 달 정도 해외 출장을 가야 한다고 말했다.

민희 씨의 보살핌에 익숙해 있는 상태여서, 가슴이 철렁 내려앉는 느낌이 들었지만, 나는 내색하지 않았다.

잘 다녀오라고 했다.

민희 씨가 해외에 나가 있는 동안에는 다시 간병인의 도움을 매일 받겠다고 했다.

2025년 1월 22일

몸의 상태가 갈수록 악화하고 있다. 통증은 심해지고, 마음은 불안하고 우울하다.

의사는 약을 쓰면 차차 좋아질 것이라고 이야기했지만, 그게 아니었다.

시간이 갈수록 통증은 더 심해졌다.

고통이 너무 심해 잠을 이루지 못하는 경우도 많았다. 몸이 아픈데 잠을 자지 못하는 상황, 이건 정말로 견디기 어려웠다.

경험해 보지 못한 사람은 절대로 알 수 없는 고통이다.

하지만, 민희 씨에게는 이야기하지 않았다.

민희 씨가 편안하게 세미나에 다녀오면서, 그 사이에 휴식을 취할 수 있도록 하고 싶었다.

2025년 1월 23일

통증이 견디기 어려울 정도로 심해졌다. 병원에 가서 진료를 받고, 처방받은 약을 먹어도 통증은 좀처럼 사라지지 않았다.

그리고, 내 몸을 내 마음대로 움직일 수 없는 상황도 여전하다.

끝을 알 수 없는 불안감이 수시로 몰려들었다. 과연 내가 살아야만 하나?

내가 살 가치가 있는 것인가?

내가 계속 존재하면, 민희 씨의 부담만 커지는 것은 아닌가?

나는 나에게 계속 질문을 던졌다.

내 마음이 답변했다.

'나는 살 가치가 없어. 나는 경제활동도 하지 못하고, 사람들과 정상적으로 관계를 맺을 수도 없어.'

'그래 내가 살아가는 것은 '연명치료'에 의존하는 것과 마찬가지야.'

'수많은 진통제에 의존해서 살고 있잖아.'

'진정한 의미의 연명치료와는 다르지만, 내용을 보면 연명치료가 맞아.'

'내가 살아있는 것 자체가 민희 씨에게는 부담이야. 이제는 결정을 내릴 때가 됐어. 아니 결단을 내려야 해.'

2025년 1월 25일

3일 뒤면 민희 씨가 떠난다.

민희 씨의 여윈 얼굴이 떠올랐다.

나를 보면서 눈물을 흘리던 민희 씨의 그 애처로운 모습도 떠올랐다.

이건 아니야.

이건 정말로 아니야.

2025년 1월 26일

모레 민희 씨가 떠난다. 민희 씨가 챙겨온 식사는 언제나 맛이 있다. 내 입에 딱 맞는다. 무엇보다 좋은 것은, 하루 종일 누워있는데도 소화가 아주 잘 된다는 것이었다.

오늘은 민희 씨가 와서, 다음 학기부터는 강의를 조금 줄여야겠다고 말했다.

나는 아무 말도 하지 못했다. 결국, 나 때문에 강의까지 줄이게 되는 건데도, 나는 아무 말도 하지 못했다.

나라는 사람의 존재로 인해 민희 씨가 어려움을 겪고 있는 것이다.

민희 씨의 몸에 문제가 생기고, 심지어는 사회활동에도 지장이 생기고 있다.

이건 아니다.

무슨 대책이 필요하다.

결단할 때가 왔다.

그래, 방법은 그것밖에 없어.

2025년 1월 28일

민희 씨가 떠났다. 민희 씨가 내 곁을 떠나는 기간은 한 달이다. 민희 씨는 오늘 공항으로 떠나기에 앞서 세 끼니 분량의 식사를 준비해 왔다.

아침은 민희 씨와 함께 먹었다.

"나머지는 점심하고, 저녁에 드세요. 점심에 드실 것과, 저녁에 드실 것을 잘 나눠서 준비했어요."

민희 씨는 밥 잘 챙겨 먹으라는 이야기를 몇 번이나 했다.

떠나는 민희 씨는 뒤돌아서며, 어깨를 들썩였다. 민희 씨의 얼굴을 보지는 못했지만, 그녀의 얼굴에 눈물이 흐르고 있음을 직감적으로 알았다.

나도 울었다. 하지만, 나는 속으로 울었다. 나의 마음을 민희 씨에게 보여줄 수는 없었다.

'그래 잘 가요.'

그래서, 가슴으로만 인사를 했다.

오후에는 간병인을 불러 집 안을 깨끗하게 청소해 줄 것을 당부했다.

"아주 아주 깨끗하게 청소해 주세요."

간병인에게 돈도 찾아와달라고 부탁했다. 찾아온 돈으로 간병인의 급여를 지급했다. 그리고 더 이상 오지 않아도 된다고 말했다.

민희 씨와 같이 살기로 했다고 거짓말을 했다.

나로 인해 어려움을 겪을 수도 있는 집 주인에게도 얼마의 비용을 별도로 남겼다.

2025년 2월 1일

오늘은 하루 종일 추웠다. 하루 종일 구름이 하늘을 덮었다. 곧 눈이 내릴 것 같은 날씨였지만, 정작 눈은 내리지 않았다.

봄을 생각하기는 아직 이르지만, 봄이 그리워졌다. 곧 다가오는 초봄에는 민희 씨가 돌아온다. 하지만, 민희 씨를 다시 만날 수는 없다. 봄도 그립고, 민희 씨도 그립다.

이제부터 민희 씨에게 남길 편지를 쓸 예정이다. 내 인생의 마지막 글이 될….

이철민의 일기는 서민희에게 편지를 쓰겠다는 말로 끝을 맺었다.

김명길 형사는 이철민이 서민희에게 쓴 편지를 일기장의 맨 뒷장과 뒤표지 사이에서 찾아냈다.

편지는 정성스럽게 접힌 채 끼어있었다. 별도의 편지봉투는 없었다.

김명길 형사는 어느새 편지를 펼쳐 읽고 있었다.

민희 씨에게!

빨리 봄이 왔으면 좋겠다고 생각했는데, 아직 봄이 오지 않았네요.

2월 초는 여전히 겨울이고 추워요. 그 어디에서도 봄의 기색은 찾아볼 수가 없습니다.

민희 씨가 머무는 그곳은 어떤지요? 거기에는 이미 봄이 와 있나요?

세미나는 잘 진행되고 있지요? 좋은 분들 만나서 공부 많이 하고 있지요?

민희 씨가 주제 발표를 하고, 토론자들과 이런저런 의견을 주고받는 모습을 상상해 봤습니다.

너무나 멋집니다. 저도 함께 했으면 좋았을 텐데….

민희 씨는 저에게 선생님이었습니다. 그리고, 지금도 선생님입니다.

저는 민희 씨를 만나서, 드디어 심리학의 맛을 알게 됐습니다. 언젠가는 민희 씨와 함께 학회 세미나에도 같이 가고 싶었는데….

그 꿈은 그냥 꿈으로 남겨놓겠습니다.

민희 씨, 고마웠습니다.

오늘 점심, 그리고 저녁 정말로 정말로 잘 먹었어요. 특히 오늘 저녁은 제 일생 최고의 식사였습니다.

솔직하게 이야기할게요.

사실은 민희 씨가 준비해 준 점심 식사를 반쯤 남겨뒀었어요. 아
니, 남겼다기보다는 아꼈다고 하는 게 맞겠네요.

왜, 있잖아요. 우리가 아주 어릴 적, 너무 맛있는 게 있으면 그걸
한꺼번에 다 먹는 것이 아까워 남겼다가 나중에 먹고는 하는 거.

민희 씨가 정성스럽게 준비해 주신 점심 반찬 중에서 미역무침과
두부조림을 남겨 뒀다가 저녁에 모두 먹었어요.

그래서 오늘 저녁 식사는 아주 푸짐했답니다. 모든 반찬과 밥에
서 민희 씨의 손길이 느껴졌어요. 한 숟가락 한 숟가락이 모두 소
중했습니다.

미역무침과 두부조림, 그리고 저녁 반찬으로 준비해 주신 시금
칫국 등등….

정말로 맛있었어요.

모두 제가 좋아하는 음식인 거 아시고, 저의 몸 상태를 고려해
만들어주신 거잖아요.

그래서 더 소중했고, 더 맛있었습니다.

민희 씨의 정성이 담긴 음식을 제 몸속에 꽉 채우고 싶었습니다.
그래서 점심 반찬까지 남겼다가 저녁에 먹은 겁니다.

이제부터 더 이상의 음식은 제 몸속에 넣지 않을 겁니다.

제 몸속으로 들어가는 음식은 이게 마지막입니다.

지금 저는 너무 행복합니다.

이제 와서 보고 싶다는 말은 아무런 의미도 없겠지요.

한 번도 '보고 싶다'라고 직접 말한 적도 없네요.

사실은 늘 보고 싶었습니다.

민희 씨를 보면 힘이 났고, 민희 씨와 대화하면 꿈이 생기곤 했으니까요.

제 몸이 이렇게 된 뒤로는 민희 씨를 보는 것, 그것만으로도 고통을 잊을 수 있었습니다.

정말로 고마웠습니다.

덕분에 외롭지 않았습니다.

그리고 지금도 외롭지 않습니다.

몸과 마음이 아파서 고통스러울 때는 늘 민희 씨의 힘으로 살았습니다.

미안한 게 아주 많아요.

그중에서도 구름바다와 달빛 윤슬을 보러 가기로 한 약속을 지키지 못한 게 특히 미안합니다. 꼭 같이 가고 싶었는데….

혹시 저세상에서 다시 만난다면 달빛 윤슬을, 민희 씨가 좋아하는 구름바다와 달빛 윤슬을 함께 볼 수 있을까 하는 생각을 잠시 해봤습니다.

참 부질없는 생각이지요?

곧 민희 씨가 저를 다시 보게 될 텐데, 그때 저의 모습을 보고 너무 놀라지 마세요.

그리고, 너무 슬퍼하지도 마세요.

저는 외롭지 않게 떠납니다.

저의 의지로, 제가 원하는 방식으로 이 세상과 작별을 하는 겁니다.

저는 꽤 오래전부터 이렇게 세상과 헤어지겠다는 생각을 해왔습니다.

저 때문에 민희 씨까지 고통을 받아서는 안 된다고 생각했습니다.

요즘 민희 씨 건강에 여러 가지 문제가 생긴 거 잘 알고 있습니다.

부탁이 있습니다.

민희 씨, 앞으로 건강 잘 챙겨주세요.

제 부탁은 그것뿐입니다.

민희 씨가 건강하게 살아가는 것.

제가 건강을 잃고 나서 보니, 혼자 사는 사람에게 있어서 무엇보다 중요한 것은, 역시 건강이라는 걸 알겠더군요.

다시 한번 당부드립니다. 건강이 최곱니다. 건강을 최우선으로 해서 살아가시길 바랍니다.

그리고, 멋진 심리학자의 길을 이어가시길 기원합니다. 그 여정 속에서 행복을 찾아 민희 씨의 것으로 만들기 바랍니다.

이제 작별 인사를 하겠습니다.

민희 씨, 안녕히 계세요.

민희 씨의 멋진 삶을 응원하겠습니다.

이제 영원히 깨어나지 않는 잠자리에 들려고 합니다. 이 잠자리는 오래오래 저를 편안하고 행복하게 할 거라고 믿습니다.

이 시간부터 제가 살아있는 동안 저를 움직이게 하는 힘, 그 에너지는 모두 민희 씨가 만들어다 주신 맛있는 음식에서 나올 겁니다.

이 편지를 쓰는 힘도 모두 민희 씨가 만들어주신 음식에서 나온 겁니다.

그 힘이 다 다하고 나면, 제 몸에서 모든 에너지가 사라지고 나면, 저는 영원한 잠의 세계를 거쳐 저세상으로 가게 될 겁니다.

민희 씨 덕분에 행복했습니다.

이 행복을 온몸으로 끌어안고 떠납니다.

2월 1일 도서관 친구 이철민 올림

끝

에필로그
– 두 형사의 대화

"다섯 명 중 두 명은 죽고, 한 명은 실종됐고, 한 명은 혼수상태에 빠져있고, 한 명만 살아있네. 이걸로 끝인가?"

김명길 형사가 이철민이 서민희에게 쓴 편지를 한 손에 든 채 먼 산을 바라보면서 중얼거렸다. 김명길 형사는 이철민의 편지를 서민희에게 빨리 전해줘야겠다고 생각하며 혼잣말을 이어갔다.

"송선동의 시신을 처음 확인하고 수사에 들어간 게 4월 2일이었으니까…. 지난 20여 일 동안 숨 가쁘게 뛰었구먼…. 내가, 아니 우리가 할 수 있었던 건, 그동안 벌어진 일을 확인한 것뿐이었어. 우리가 막을 수 있는 건 하나도 없었고."

김명길 형사의 목소리가 조금 높아졌지만, 강동석 형사는 아무런 반응도 하지 않았다. 그도 먼 산을 바라보고 서 있을 뿐이 었다.

'송선동을 살해한 뒤 췌장암이 악화하면서 혼수상태에 빠진 박수찬을 찾아내고, 박수찬으로부터 송선동을 직접 죽였다는 진술을 받아내고, 치매 진단을 받고 생존장례식이라는 기이한 이벤트를 연 염석길이 해외로 사라진 사실을 확인하고, 안락사 계획을 짜고 있는 황성운을 만나고, 사고로 이동이 자유롭지 못 한 상태에서 통증에 시달리던 이철민이 곡기를 끊어 이승과 작 별을 하고…. 최근 2~3년 사이에 벌어진 이 엄청난 일들. 따지 고 보면 모두가 한마을에 살던 이들인데. 지나간 세월, 살아온 나날이 다르듯 가는 길도 제각각이군.'

김명길 형사의 머릿속에 최근 20여 일 사이에 직접 확인한 일 들이 파노라마처럼 스쳐 지나갔다. 2019년 자서전 쓰기 교실과 웰다잉 교실에서 만났다는 다섯 명의 삶. 마치 옴니버스 영화 같 다고, 김명길 형사는 생각했다.

"이 사람들의 삶은 서로 무관한 것 같으면서도 연결돼 있고, 서로 연결된 상태인 것 같으면서 무관하기도 하고. 잘 모르겠어. 이들의 죽음. 어떻게 보면 행복한 죽음인 것 같기도 하고, 어떻 게 보면 불행한 죽음인 것 같기도 하고, 가만히 생각해 보면 멍 청한 죽음인 것 같기도 하고…."

창문 너머 먼 산을 바라보며 혼자 내뱉은 김명길 형사의 말은 허공으로 흩어졌다. 김명길 형사의 표정은 마치 먼산바라기와 같았다.

"김 형사님, 혼자 살다 죽는 게 정말 불행한 걸까요?"

옆에 있던 강동섭 형사가 갑자기 김명길 형사에게 물었다.

"죽는 거, 다 그게 그거 아닐까? 사람들은 혼자 살다가 죽는 걸 보고 '고독사'라느니, '안타까운 죽음'이라느니 떠드는데, 어떤 측면에서는 혼자 살다 죽는 게 더 편할 수도 있는 거 아닐까? 살 때도 홀가분하고, 떠날 때도 홀가분하고."

"그런데, 이번 사건에 연루된 사람들처럼 다른 사람의 행복한 죽음을 돕는다면서 누구를 죽인다거나, 자살을 생각하는 건 아니라고 봐요."

"그건 나도 동감이야. 다만, 안락사는 우리 사회도 논의해야 할 때가 됐다고 봐. '곡기 끊기'도 하나의 좋은 선택지라고 개인적으로 생각하고. 하지만, 난 '곡기 끊기'는 못할 것 같아. 죽기 전에 얼마나 배가 고프겠어."

"저도 그건 못할 것 같은데요. 그리고, 불행한 죽음 따로 있고, 행복한 죽음 따로 있는 것도 아닌 것 같아요. 제 생각에는. 죽으면 다 끝이니까요. 그냥 살아있는 사람의 시각에서 행복과 불행을 구분하는 건 아닐까, 그런 생각이 들기도 해요."

“글쎄, 죽음은 그저 죽음일 뿐이라고 생각해 나도. 그냥 끝인 거지. 삶의 끝. 행복한 죽음도, 불행한 죽음도 없다는 거지.”

“….”

“남아있는 몇몇 사람들이 잠시 아파할 뿐이라고 생각해. 정말로 잠시. 죽은 사람은 그냥 잊힐 뿐이지. 서서히. 모든 사람의 기억 속에서.”

“….”

“그건 결국, 사람의 마음속에서 진행되는 ‘풍화’가 아닐까, 나는 그렇게 생각해.”

행복한 고독사

1판 1쇄   2026년 4월 20일

지은이   윤희일
편집   김효진
교열   이수정
디자인   최주호
펴낸곳   마르코폴로
등록   제2021-000005호
주소   세종시 다솜1로9
이메일   laissez@gmail.com
인스타그램   instagram.com/marcopolopress

ISBN   979-11-24110-20-1

책 값은 뒤표지에 있습니다. 잘못된 책은 교환하여 드립니다.